CO 219
DI QUESTO PALAZZO
LIO GADDA
E VICENDE DEL ROMANZO
TTO DE VIA MERULANA"
ATURA ITALIANA DEL'900

Edition
CONVERSO

Fabio Stassi

ICH TÖTE WEN ICH WILL

Kriminalroman

Aus dem Italienischen von
Annette Kopetzki

Für Gianni Mura, weil
dein Herz lauter war
als eine Schreibmaschine

Sich in einer Stadt nicht zurechtfinden heißt nicht viel. In einer Stadt sich aber zu verirren, wie man sich in einem Walde verirrt, braucht Schulung. Da müssen Straßennamen zu dem Irrenden so sprechen wie das Knacken trockner Reiser und kleine Straßen im Stadtinnern ihm die Tageszeiten so deutlich wie eine Bergmulde widerspiegeln. Diese Kunst habe ich spät erlernt; sie hat den Traum erfüllt, von dem die ersten Spuren Labyrinthe auf den Löschblättern meiner Hefte waren.

WALTER BENJAMIN
Berliner Kindheit
um Neunzehnhundert[1]

Er phantasierte, denn allzu verrückt war der Gedanke, sie hätten ihn mit einer Ermittlung beauftragt, die am Ende den Beweis lieferte, dass er selbst der Schuldige war. Erst musste er das Rätsel in Worte fassen und dann sehen, ob es zu lösen war.

RICARDO PIGLIA
I casi del commissario Croce[2]

Mittwoch,
16. Dezember 1959

Epilog

Er sitzt in einem Sessel, mit Kissen an der Seite, wo man den Kopf aufstützen kann. Auf dem Nachttischchen stapeln sich viele Bücher. Überall liegen Bücher, auf den Regalen, auf dem Schreibtisch. Seine Mutter ist in der Küche oder an einer anderen Stelle in der Wohnung. Manchmal meint er zu hören, wie sie durch den Flur geht, eine Tür schließt, doch weit weg, wie aus einer anderen Stadt. Er hat einen neuen Roman angefangen, es geht um den seltsamen Fall eines Arztes, und er unterstreicht die ersten Zeilen mit einem Bleistift, den er angespitzt hat:

> Rechtsanwalt Utterson war ein Mann mit bärbeißigem Gesicht, das niemals von einem Lächeln erhellt wurde; kalt, wortkarg und verlegen im Gespräch; schwerfällig in seinen Gefühlen; hager, lang, ein verstaubter, trauriger Mensch, und dabei doch in gewisser Weise liebenswürdig.[3]

Die nächsten zwei, drei Stunden dieses Nachmittags wird er lesend verbringen, ohne sich zu rühren, wie immer. Wenn da nicht dieser Durst wäre. Wahrscheinlich ist der Ausflug ins Museum Schuld, all diese Gemälde und Sta-

tuen, dieses ständige Treppauf, Treppab in einem riesigen Gebäude. Noch immer tun ihm die Beine weh, und er fürchtet, der stechende Schmerz in der Wade werde zurückkommen, der ihn nachts im Bett derart quält, dass er sich zusammenkrümmt.
Der Arzt hat seiner Mutter gesagt, sie soll ihn viel trinken lassen, Kinder brauchen Flüssigkeit. Es wäre besser, er würde jetzt aufstehen, bevor einer dieser Krämpfe ihm wieder in die Muskeln beißt. Er braucht ja nur in die Küche zu gehen, sich ein Wasserglas zu füllen und es bis zum letzten Tropfen auszutrinken. Danach kann er wieder in Ruhe lesen.
Also überwindet der Junge die Trägheit, steckt sich den Bleistift in die Tasche, schlägt das Buch zu und legt es auf den Sessel. Er braucht kein Lesezeichen, denn er hat gerade erst mit dem Buch angefangen. Er öffnet die Tür des Zimmers und steht im Flur.
Den hat sein Vater erst vor kurzem neu streichen lassen, die Farbe haben sie zusammen ausgesucht, ein Hellblau wie das Blau des Zuckerpapiers. Er mag den Farbton, den der Flur annimmt, wenn man abends die Deckenlampen einschaltet. Doch jetzt ist Nachmittag, und aus dem Wohnzimmer kommt ein diffuser Lichtschimmer, der die Wände dunkler macht.
In der Küche ist niemand. Er öffnet den Kühlschrank. Gestern Abend hat er eine Flasche Cola offen gelassen, sicher ist die Kohlensäure entwichen. Er gießt den Inhalt in ein Glas, immer dasselbe.
In der Familie hat jeder sein eigenes Glas, das ist nicht schwierig, sie sind nur zu dritt. Das des Vaters ist das größte, auch die Form ist anders, darum hat er oft gedacht,

dass sein Vater dem Glas ähnelt, aus dem er trinkt. Ein dummer Gedanke, das weiß er, aber wenn der Vater ein Glas wäre, würde der Junge ihn sich so vorstellen: breiter als die anderen, aus dickem, opaken Glas, so dass man nie sieht, was es enthält.
Auch seine Mutter gleicht ihrem Glas. Der Hals vor allem, so zart und lang, wie gläsern. Als er kleiner war, nannte er sie meine Giraffe.
Und er?
Ähnelt auch er seinem Glas?
Schwer zu sagen, es kommt ihm nämlich so vor, als hätte sein Körper sich in den letzten Monaten verändert. Er ist gewachsen, nicht viel, aber doch um so viele Zentimeter, dass er es selbst merkt. Seine glatten Haare kräuseln sich jetzt, wenn er sie kämmen will, genügt der Kamm nicht mehr. Am Handgelenk trägt er nun die Uhr, die seine Großeltern ihm zum Geburtstag geschenkt haben.
Vielleicht wird es jetzt Zeit, sich ein neues Glas auszusuchen, denkt er, aber noch gefällt ihm die Gravur. Immer muss er mit dem Finger darüber streichen. Sie stellt einen Vogel dar, eine große Eule mit angelegten Flügeln. In einem Handbuch hat er gelesen, dass Eulen im Dunkeln sehen können. Aus dem Glas zu trinken, wird auch ihm diese Kraft verleihen. Mit jedem Schluck wird seine Sehkraft besser, davon ist er überzeugt. Er trinkt das schale Getränk und stellt das Glas auf die Arbeitsfläche in der Küche. Im Wohnzimmer erwartet ihn ein Buch, und es verspricht, eine spannende Lektüre zu sein. Der Schmerz im Bein scheint verflogen. Vielleicht kann er ihm heute entgehen. Er ist schon im Flur, als er ein Geräusch hört, ein leises Geräusch, kaum vernehmlich. Wie eine Türangel, die knarrt.

Es kommt aus einem der Zimmer. Das wird seine Mutter sein, die irgendwelche häuslichen Angelegenheiten erledigt. Da fällt ihm ein, er hat ihr gar nicht erzählt, dass da im Museum ein Gemälde war, das ihn zum Lachen brachte. Es ähnelte dem Gesicht, das der Vater manchmal beim Abendessen macht. In Wirklichkeit war es kein Portrait, es bildete keine menschliche Gestalt ab. Wenn jemand nachgefragt hätte, er hätte es nicht beschreiben können, es war nur eine chaotische Ansammlung von Linien und geometrischen Figuren, mehr nicht. Trotzdem war ihm das Gekritzel sofort vertraut vorgekommen. Er hatte eine Weile darüber nachdenken und das Bild von verschiedenen Punkten im Saal aus betrachten müssen. Dann hatte er verstanden: In einer Ecke tauchte dieser rundliche, fahle, ahnungslose Gesichtsausdruck auf, den auch seine Mutter so gut kannte.
Der Vater versteht nicht, was sie beide so amüsiert. Nie würde er vermuten, dass seine Frau und sein Sohn sich mit diesem Gekicher und den Blicken, die sie sich zuwerfen, ausgerechnet über ihn lustig machen. Aber schon seit einiger Zeit stört ihn das Einverständnis zwischen den beiden.
Anfangs machten ihn seine Wutanfälle noch komischer. Sein Blick verhärtete sich, die Kinnladen zitterten fast. Dann veränderte sich sein ganzes Verhalten. Er fing an, zu übertreiben. Sich mit beiden anzulegen. Der Mutter vorzuwerfen, dass er wie ein Ochse schuftete, während sie sich einen faulen Lenz machte, mit dieser Halbtagsarbeit bei der Stadtverwaltung, die sie ganz in der Nähe gefunden hatte, sie und all ihre Kolleginnen, die zu nichts anderem taugten, als auf dem Balkon zu rauchen und

dummes Zeug zu quatschen. Von da an gab es nichts mehr zum Lachen.
Jetzt passiert es immer öfter. Wenn der Vater abends nach Hause kommt, hadert er mit der ganzen Welt. Die Abendessen enden in eisigem Schweigen, die Stille lastet so schwer, dass der Junge unwillkürlich langsamer isst, langsamer als eine Schnecke: er hat Angst, sogar eine Gabel, die gegen den Teller stößt, könnte den Vater aufregen.
Darum geht er hinterher immer in sein Zimmer, um zu lesen. Er liest alles, am liebsten aber Romane. Und das tut er mit der gleichen grimmigen Erbitterung, mit der sein Vater von der Arbeit heimkehrt. Die Lampe bleibt bis spät in der Nacht an, obwohl er am nächsten Morgen immer nur mit Mühe aus dem Bett kommt, um zur Schule zu gehen. Zum Glück hat er keine Probleme mit den Lehrerinnen, weil er sich gut ausdrücken kann und ein ausgezeichnetes Gedächtnis hat und alle zufrieden mit ihm sind und er für sie einer der tüchtigsten Schüler an der Schule ist – sie verzeihen ihm sogar seine Zerstreutheit.
Nein, vielleicht war es besser, der Mutter nichts von dem Bild zu erzählen. Vor ein paar Wochen hat er sie mit den Händen vorm Gesicht auf dem Badewannenrand sitzend gefunden. Sie sagte, sie habe sich gerade gewaschen, aber es war klar, dass das nicht stimmte. Und am Tag darauf geisterte sie mit verstörten Augen und ihrem Glas mit dem langen Hals in der Hand unablässig durch die Wohnung.
Heute hingegen scheint sie wieder normal zu sein. Sie hat beim Mittagessen sogar Witze gemacht. Und sie hat ihm ein neues Buch geschenkt und gesagt, das habe sie in seinem Alter auch gelesen und in den Jahren danach noch

viele Male. Der Junge kann es nicht erwarten, zu erfahren, was in diesem Roman passiert und warum er so berühmt ist. Ob es stimmt, was die Mutter behauptet, dass in allen Menschen etwas Gutes und etwas Böses steckt. Doch da ist wieder das Knarren. Es kommt nicht aus dem Wohnzimmer. Er trägt nur Strümpfe, und im Flur liegt Teppichboden. Er überlegt eine Weile, beschließt, zurückzugehen.

Er geht wieder an der Küche vorbei, lässt die Badezimmertür hinter sich. Die Tür zum Schlafzimmer der Eltern ist geschlossen. Er versucht, sie zu öffnen, doch sie ist von innen abgeschlossen. Er legt ein Ohr an das weiße Holz. Ja, das Knarren kommt von hier. Mama? ruft er, aber niemand antwortet. Das Schlüsselloch befindet sich genau auf seiner Höhe. Er könnte hindurchschauen. Er schließt ein Auge und nähert das andere dem Schlüsselloch: Im Zimmer ist kein Licht, das schwarze Dunkel ist undurchdringlich. Er will schon gehen, da fällt ihm ein, dass er keine Eile haben darf. So machen es die Eulen, sie hocken einfach da, auf einem Zweig, warten und starren im Dunkel der Nacht einen Wald an, bis ihre Augen leuchten und sich die Umrisse der Bäume vor ihnen abzeichnen, das Gewirr der Zweige, ein rasch vorüberlaufendes Tier.

Schon meint er Konturen zu erkennen. Er muss sich nur ein bisschen anstrengen, sich an die Dunkelheit gewöhnen, den Blick schärfen, all seine Sinne gebrauchen, wie vor diesem Gemälde. Und endlich erscheint das Zimmer, ein Möbel nach dem anderen.

Das Sesselchen beim Bett,
der Nachttisch,
das kleine Kruzifix aus Holz.

Es ist dasselbe Gefühl wie damals, als sie mit ihm im Zirkus waren und ein Zauberkünstler Gegenstände nach Belieben verschwinden und wieder auftauchen ließ. Er hat den Eindruck, dass das Licht sich im ganzen Zimmer verbreitet, wie Wasser aus einem Loch.
Da ist der Schrank,
der Spiegel neben dem Fenster,
und im Spiegel ...
Jetzt spürt der Junge, wie ihm etwas Feuchtes über die Wangen rinnt. In dem Handbuch über Raubvögel hat er gelesen, dass Eulen drei Lider haben, die brauchen sie, um ihre beste Waffe zu schützen. Aber er hat nur zwei, und sie genügen nicht, um den Weinkrampf aufzuhalten, der ihn jetzt schüttelt.
Die erste Träne ist schon bis zum Mundwinkel geflossen. Er kann mit der Zunge das Salzige schmecken. Aber die zweite hat einen anderen Geschmack. Sie schmeckt nach Eisen, nach Graphit. Seine Arme zittern, den Bleistift hält er noch umklammert.
Er macht zwei Schritte zurück, bis er die Wand des Flurs im Rücken spürt.
Dann bricht er auf dem Boden zusammen.

Eine Stunde später fand der Vater ihn in dieser Position. Es war ein anstrengender Tag. Er hatte eine sehr komplizierte finanzielle Transaktion wagen müssen. Würde sie glücken, dann würden er und die anderen ein Vermögen machen. Aber er war nicht sicher, ob es gut ausginge. In den letzten Monaten war nichts mehr so gelaufen, wie es sollte, das Ansehen, das er sich in gewissen Kreisen erworben hatte, drohte zu verpuffen. Das Risiko war enorm, und er hatte den Einsatz erhöht. Er war erschöpft, fühlte sich bleischwer. Er hängte seine Jacke an den Haken im Eingang, dann ging er in Richtung Bad, um sich das Gesicht zu waschen.

Zuerst sah es nur aus wie ein Haufen Schmutzwäsche, den seine Frau dort in den Flur geworfen hatte. Er blieb in ein paar Metern Entfernung stehen und versuchte, klarer zu sehen. Es war, als würde sein Gehirn sich weigern, den Anblick zu benennen. Eine undefinierbare Masse aus Formen und Farben. Erst nach einem endlos langen Augenblick begriff er, dass diese reglose Marionette ohne Schuhe, die vergeblich auf die Wand starrte, die er vor kurzem hatte streichen lassen, sein Sohn war. Anstelle seiner Augen waren da zwei Löcher, und in den blutverschmierten Händen hielt er einen zerbrochenen Bleistift.

Mittwoch,
29. Juni 2016

Z

Je crois les étreindre encore

In jener Nacht Ende Juni, so sagte Vince Corso später aus, habe er geträumt, dass ein Schwarm Nachtfalter aus dem Portal der Basilika Santa Maria Maggiore strömte und die Straßen Roms heimsuchte. Ein unwichtiges Detail, aber es war das erste, was ihm einfiel, als er sämtliche Ereignisse jenes Tages nacheinander erzählen sollte. Er hätte damit beginnen müssen, dass die Diebe zwischen Mittag und zwei Uhr nachmittags in seine Wohnung eingedrungen waren, und dass die Tür auf den ersten Blick keine Spuren von Gewaltanwendung zeigte. Das Namensschild war an seinem Platz, die Tür nur angelehnt. Das Türschloss – eines von herkömmlicher Machart, das weder Signora Doliner noch die Vormieter je ersetzt hatten – war mit einem Multipick-Dietrich geöffnet worden, ein einfacher, lautloser Vorgang. In dem Mietshaus hielten sich um diese Zeit nur wenige Rentner und zwei Familien aus Bangladesch auf. Die Hausmeisterloge war geschlossen, das Treppenhaus menschenleer, alle Fenster lagen im Schatten der Mittagsruhe.

Das und nichts anderes hätte er sagen sollen: sich damit begnügen, das mutmaßliche Zeitfenster der strafbaren

Handlung anzugeben, die Umstände darzulegen, unter denen er die Tat entdeckt hatte, den Zustand, in dem Unbekannte nach ihrem unerklärlichen Raubzug seine Wohnung hinterlassen hatten, präzise zu beschreiben. Doch statt sich strikt an die Tatsachen zu halten, sprach Corso von Träumen und Vorahnungen.

Für ihn hatte die Geschichte mit dem verstörenden Auftauchen dieser Myriade von Nachtfaltern eingesetzt, die seinen Schlaf empfindlich gestört hatte, bevor jemand ein paar Stunden später in seine Wohnung eingedrungen war, um sie zu verwüsten. Ihre Flügel waren aschgrau mit langen, messerförmigen Enden, und ihr Schlagen – das Schlagen Hunderter winziger, mit Zeichnungen geäderter, grauer Häute – hatte eine Welle aus Staub und Wind rings um den Schwarm aufgewirbelt. Sogar die Bäume am Ende der Via Merulana hatte sie erfasst, die Pflanzen auf den Fensterbrettern hatten sich gebogen, die Straßenlaternen entlang der Fußgängerwege waren erloschen.

Um der Genauigkeit willen hätte er hinzufügen müssen, dass die Stadt am Abend zuvor nach zwei Tagen drückender Hitze von einem tropischen Wolkenbruch verheert worden war: Die Fahrbahnen und Gehwege waren überschwemmt, Metrostationen, Unterführungen und Keller vollgelaufen, Bäume entwurzelt, Ampeln und die Straßenbeleuchtung lahmgelegt. Doch das hielt er für überflüssig, denn der Geruch des Regen hatte die Luft so intensiv erfüllt, dass er in die Träume vieler Menschen eingedrungen war. In seinem erschien der Asphalt noch nass und glänzend, das Licht schwach, wie auf manchen alten Schwarzweißfotos. In diesen verunstalteten Straßen hatte sich der Flug der Insekten ohne erkennbares Ziel fortgesetzt, hysterisch, aber als geschlossener Schwarm, und erst als auch der letzte Nachtfalter verschwunden war, hatte Corso endlich seine Schritte in den leeren Eingeweiden des Viertels widerhallen hören, aber es war ein hinkender Gang, der Gang eines Menschen, dem plötzlich etwas genommen war.

Beim Aufwachen hatte ihn die heftige Sehnsucht nach Feng wieder als physischer Schmerz erschüttert. Jede Einzelheit der letzten Nacht, in der sie bei ihm geschlafen hatte, bevor sie abreiste, hatte er tagelang immer wieder durchlebt: der Druck ihrer Hüften im rosigen Licht des Sonnenaufgangs, die Silhouette ihres Rückens, ihre Art zu küssen. Trotzdem hatte er sie dann gehen lassen.

Nichts von ihr war in dieser Wohnung geblieben. Kein Ring, kein Geschenk. Ihre Beziehung war von so kurzer Dauer, dass sie dafür keine Zeit gehabt hatten. Wenn er etwas, was ihnen gemeinsam gehörte, an dieses Museum in Zagreb hätte schicken wollen, wo unbedeutende Gegenstände und Spuren gesammelt werden, die ein Paar nach seiner Trennung zurückgelassen hat, hätte er nicht gewusst, was er schicken sollte. Wie viel Zeit war vergangen seit dem Sommer, als er dieses Museum besucht hatte? Er erinnerte sich nur, dass er bei der Gelegenheit ein neues Schreibheft eingeweiht hatte, das *Notizbuch der abgebrochenen Beziehungen*. Auf den ersten Seiten hatte er sorgfältig einige der Ausstellungsstücke in diesem seltsamen Ort vermerkt: die Beinprothese, die ein Kriegsveteran seiner Ex-Frau geschickt hatte; die Tischleraxt, mit der eine Frau aus Berlin die Möbel ihrer Wohnung in Stücke gehauen hatte; ein Brautkleid; ein Schiffsmodell; ein roter Slip; eine angeschlagene Tasse; ein Schlüssel. Dieses Museum war ein Tribut an die Ambivalenz jeder Erinnerung. Nein, es gab keine Spur von Feng in seiner Dachwohnung, kein vergessenes Kleid, kein Buch, kein Foto. Er hätte sie auch nie wiedersehen können, und nichts hätte ihren vorübergehenden Aufenthalt in seinem Leben bezeugt.

Er hatte sich mit fast tauben Gliedmaßen erhoben und überlegt, was er am Vorabend gegessen, wie sehr er sich den Mund und die Kehle mit Tabak vergiftet hatte. Doch sein Unwohlsein war anderer Art.

Einmal hatte seine Mutter ihn, er war noch klein, zu einer übergewichtigen, bizarren Dame gebracht, die die Zauberin genannt wurde und in der Nähe von Antibes wohnte. Sie hatten ein Zimmer betreten, in dem es nach Weihrauch roch. Mein Sohn erkrankt manchmal an Traurigkeit, hatte seine Mutter gesagt. Die Zauberin hatte seine Hände genommen, dann hatte sie ihn und seine Mutter angeschaut, den Mund zu einer mitleidigen Grimasse verzogen.

Er zündete das Gas unter der Espressokanne an. Doch weder ein doppelter Kaffee noch eine Schallplatte von Charles Trenet konnten seine Nervosität lindern. Er stellte sich unter die Dusche, dann lieferte er sich, zusammen mit Django, wieder dem Stadtviertel aus, in das es ihn verschlagen hatte und das er längst als eine Heimat und ein Versprechen empfand.

In der Hausmeisterloge ordnete Gabriel gerade die Post. Er öffnete die Fensterluke, um ihm einen Brief zu übergeben.

»Die Hausnummer ist falsch, aber jetzt wissen ja sogar die Boten wo du wohnst.«

Corso steckte ihn ungesehen ein und überflog die Schlagzeilen der Tageszeitung, die aufgeschlagen auf dem Tisch lag.
»Auch die Chinesen ziehen von hier weg«, sagte Gabriel mit seinem unverwechselbaren südamerikanischen Akzent.
Corso zog eins der letzten Päckchen Gitanes aus der Tasche, aber es war leer. Gabriel gab ihm ein bisschen Tabak und ein Zigarettenpapier. Bevor er ging, sagte er wie zur Warnung: »Der Brief da, der kommt aus einem Gefängnis.«
Die Eingangstür fiel mit einem Ruck zu, der ihn zusammenzucken ließ, Django schnüffelte an den Reifen eines Mofas, dann gingen sie langsam in Richtung Piazza Vittorio, mischten sich unter die vielen Passanten.
Das hier war ein Hafenviertel. Es hatte den typischen Geruch der Häfen, nach faulendem Obst, Bratküchen und orientalischen Gewürzen. Jeder Gehweg ein Marktstand: Hier verkaufte einer enorme Stoffbahnen, dort schnitt ein anderer Haare, wieder einer kämmte sie, manche spielten mit Würfeln auf der Straße, es war ein ständiges Kommen und Gehen samt Koffern und Stimmen. Ein Ort zum Ankern und zum Entladen, der sich am Morgen füllte und am frühen Nachmittag leerte. Viele standen untätig in merkwürdigen ethnischen Gewändern an der Straßenkreuzung, warteten, dass irgendein Kapitän ihnen eine Arbeit als Schiffsjunge oder Matrose auf dem nächsten Schiff anbot. Andere, in weißen Jacken mit orientalischem Schnitt, rauchten vor einem Kiosk, dann verschwanden sie in einer indischen oder chinesischen Spelunke oder tauchten in den Gängen der Metro unter. Den Neuankömmlingen

wurden Legenden aufgetischt: Diese Stadt hätte sieben Könige gehabt, so viele wie ihre Hügel, und über dreihundert goldene Kuppeln, und abends würde sie mit bunten Lampen erleuchtet. Nur das Meer fehlte, sein salziger Vorbote hinter den Häusern, oder wenigstens das breite Delta eines Flusses, wenn nicht gar ein Ozean. Trotzdem ahnte man, dass ein ganz anderes Panorama in Reichweite war, man musste nur ein paar hundert Meter hinabgehen und die gewaltige weiße Zollstation des Bahnhofs durchqueren, um sich vor dem Horizont der Gleise und ihrem Netz aus Trossen, Stangen und Großmasten wiederzufinden. Dieses Viertel hätte Genua oder Lissabon oder Buenos Aires heißen können – mit seiner langen Reihe Landungsstege begrenzte Termini es wie eine Küste. Wie in den Häfen am Wasser war hier alles ein einziges Pulsieren zwischen dem, was abfährt, und dem, was zurückkehrt oder stillsteht; auch die Zeit staute sich, zusammen mit den Pfützen. Hierher kam man nicht, um zu entdecken, wer man geworden war, sondern wer man schon immer war.
Eine Frau mit einem Einkaufswagen ging um Geld bittend vor ihm vorbei, doch Corso hatte keine Münzen und entfernte sich, Entschuldigungen murmelnd. Er überquerte wieder die Straße und setzte sich auf eine Bank. Ohne Besatzung, allein war er hier angekommen, wie man an einer Anlegestelle oder an einer Bucht ankommt, und jetzt fühlte er sich müde, müde auch all dieser Einsamkeit. Doch dies war die Stadt des Vergessens, Leute frühstückten im Caffé del Portico, jemand holte Geld an einem Bankautomaten, das Neonschild der Apotheke blinkte.
Er bemerkte erst jetzt, dass er gegenüber dem Haus der alten Schwestern saß, die vor zwei Monaten niedergemet-

zelt worden waren. An die Hauswand hatte jemand mit weißer Farbe eine Ente gemalt, und auf der anderen Seite war das Graffiti eines Mädchens mit langen Wimpern. Alle Fenster des Hauses gingen auf den Park hinaus. Er betrachtete sie, während aus einem riesigen, quer geparkten Lastwagen eine automatische Leiter bis zum ersten Stock hinauffuhr. Es musste ein lang geplanter Umzug sein, doch das Auf und Ab der Möbel und Stühle auf einer mechanisch bewegten Plattform klang in seinen Ohren schaurig und endgültig wie die Räumung einer Wohnung, die ihre Besitzer verloren hat.
Wieder suchte er seine Taschen nach einer Zigarette ab, fand aber nur den Briefumschlag, den Gabriel ihm ausgehändigt hatte. Der Brief kam aus der Strafanstalt Regina Coeli, Via della Lungara 29. Er riss ihn mit den Zähnen an einer Ecke auf; der Umschlag enthielt einen handgeschriebenen Zettel.

Sehr geehrter Vince Corso, bitte entschuldigen Sie die Kürze dieser Nachricht, aber ich komme nicht gut zurecht mit dem Italienischen. Ich heiße Queequeg und habe meine Nachricht einer freiwilligen Sozialarbeiterin von L'Aquilone überlassen, die mir geholfen hat, Ihnen zu schreiben, und die alle meine Fehler korrigiert hat. L'Aquilone ist die Kooperative, die sich um unsere Freizeit kümmert, eines der wenigen Dinge, an denen es im Gefängnis ja nicht mangelt. Ich gestehe, dass ich mit Ihnen über viele und dringende Fragen sprechen muss. Fragen, die mit Büchern zu tun haben, aber nicht nur. Meine einzige Möglichkeit, dem Gefängnis zu entkommen, ist das Lesen, und vor kurzem

habe ich von dem Beruf erfahren, dem sie nachgehen, und wie er in den Strafanstalten anderer Länder ausgeübt wird. Darum wollte ich Sie fragen, ob es möglich ist, dass wir uns in der kleinen Bibliothek meiner Abteilung treffen. Ich wünsche Ihnen, dass Sie achtsam mit Ihrer Zeit umgehen. Kümmern Sie sich auch um sich, nicht nur um Ihre Patienten.
Queequeg

Am unteren Rand des Zettels stand eine Telefonnummer. Corso faltete den Zettel zusammen und steckte ihn zurück in den Umschlag. Er wunderte sich. Wie hatte sein Name die Mauern eines Gefängnisses durchdringen können? Und dann diese Unterschrift ... Was waren diese *vielen und dringenden Fragen*, über die der Unbekannte mit ihm sprechen wollte? Und was meinte er mit diesem *Kümmern Sie sich auch um sich*?
Ein Windstoß bewegte die Dattelpalmen und Granatapfelbäume im Park. Er hatte nicht die geringste Lust, einen Behandlungsraum in einem Gefängnis aufzumachen. Dieser Brief war eine Falle. Er steckte den Umschlag in die Hosentasche, löste die Hundeleine, und Django sprang auf, um sich an seinen Beinen zu reiben. Eine Gruppe indischer Frauen ging vorüber, musterte ihn neugierig. Hinter ihnen, unter den Arkaden, entfernte sich die magere, dunkle Gestalt eines Kommissars.

Y

Luttant quand même,
suprême effort

Nachdem er lange am Zeitungsstand vor der Endstation der Züge nach Centocelle gestanden hatte, war er in seine Dachwohnung zurückgekehrt, dann hatte er ein paar Stunden damit verbracht, die letzten Kapitel eines japanischen Krimis zu lesen, in dem ein alter Detektiv, dessen Jacketts noch zerschlissener waren als die seinen, im Fahrplan der Züge den Beweis für ein Verbrechen erkannte. Als er den Roman beendet hatte, hatte ihn ein Hungergefühl überkommen. Also war er, und diesmal allein, zum Gourmet-Markt am Bahnhof Termini hinuntergegangen.
Er hätte nicht sagen können, wie lange er außer Haus gewesen war, er erinnerte sich nur, dass auf den Bildschirmen über ihm zwei Videos von Nirvana liefen, während er langsam an einem eiskalten Stout nippte. Eins war *The man who sold the world*. In dem anderen, das er noch nie gesehen hatte, starrte Kurt Cobain mit fahlem, geistesabwesendem Blick in die Kamera. Er hätte wohl besser eine letzte Platte als verstimmter Sänger aufnehmen sollen, anstatt sich eine Kugel durch den Kopf zu jagen, hatte Corso gedacht und war mit diesem Solitär aus abstrusen Reuege-

fühlen nach Hause zurückgekehrt, doch seinem Abscheu hatte das nicht gutgetan. Bei den herrschenden Temperaturen schien der Asphalt sich aufzulösen und die Stadt, nach dem Regen am gestrigen Abend, zu verdunsten.
Vor seinem Haus angekommen, hatte er den Schlüssel umgedreht und die Eingangstür aufgedrückt.
Wie immer um diese Zeit war der Innenhof von Sonnenlicht überflutet, und er musste die Augen zukneifen. Er bemerkte kein besonderes Geräusch von den Fenstern der anderen Wohnungen, vielleicht nur Geschirrklappern, aber das konnte sowohl aus der Küche von Signora Manuela als auch von der Familie Malfenti kommen. Er öffnete die zweite Tür am Ende des Innenhofs und ging zum Aufzug, es war zu schwül, um zu Fuß hinaufzusteigen, und selbst die paar Stufen nach dem letzten Treppenabsatz kosteten ihn große Mühe.
Als er seine Wohnungstür angelehnt sah, dachte er an Gabriel, der eine Kopie des Schlüssels hatte. Schüchtern rief er ins Innere, dann stieß er die Tür auf. Der Fußboden war mit Büchern und zerbrochenen Schallplatten übersät, die Stühle umgeworfen, die Schubladen des Schreibtisches herausgezogen. Auch der Ventilator und die Sofakissen lagen auf dem Boden. Und ein Haufen ungeschriebener, zerrissener Postkarten.
Er ging einen Schritt vorwärts und hob das leere Cover eines alten Albums von Sylvie Vartan auf, dazu eine aus einem Buch herausgerissene Seite. Die Türen des Schranks auf dem Hängeboden standen offen, Häufchen von Unterwäsche lagen auf dem Bett.
Benommen blieb er stehen, betrachtete das unbegreifliche Chaos.

Kannten sie seine Uhrzeiten? Hatten sie ihn ausspioniert? Oder war das der Raubzug eines Diebs auf der Durchreise?

Er ging bis zur Mitte der Einzimmerwohnung. Der Ledersessel, auf dem seine Patienten Platz nahmen, stand mit dem Rücken zu ihm, und in dieser ungewöhnlichen Position inmitten des Raums kündete er weitere, noch furchterregendere Unsinnigkeiten an. Auch den Teppich hatten sie in die Mitte gezogen, doch an zwei Stellen bildete er eine Stolperfalle.

Django.

Wo war er?

Er rief ihn, ein, zwei, drei Mal, doch bevor er den Zipfel des Teppichs anhob, sah er eine graue Pfote hinter dem Sofa hervorschauen. Djangos Schnauze war voller Speichel, die Glieder steif, und der Bauch blähte sich immer wieder ruckartig auf. Als er ihm eine Hand unter den Hals schob, bewegte der Hund schwach den Schwanz. Einen Moment lang versuchte er, sich auf den Vorderbeinen aufzurichten, fiel aber sofort wieder um, und eine Art Niesen schüttelte seinen ganzen Leib. Corso hielt ihm den Kopf und stellte fest, dass er aus der Nase blutete. Er versuchte, das Blut mit einem Taschentuch zu stillen, doch große rote Flecken tränkten den Zellstoff, breiteten sich schnell aus. Corso zog sein Telefon aus der Hosentasche und rief Gabriel um Hilfe.

In den folgenden fünf Minuten drückte er unablässig Taschentücher auf Djangos Nase und streichelte ihm über die Brust. Außer dem Blut, das auf den Boden gespritzt war, gab es keine Flecken auf dem Parkett, und eine flüchtige Untersuchung ergab, dass der Hund keine Verletzun-

gen an Bauch oder Kopf hatte. Wahrscheinlich hatte er etwas Giftiges verschluckt, denn in der Luft lag ein Geruch nach Gift, und in dem Fall blieb nur zu hoffen, dass es kein Strychnin war.
Gabriel bestätigte später, zu der Zeit, als Vince ihn anrief, sei im Fernsehen gemeldet worden, dass die Anzahl der Opfer des Attentats in dem türkischen Flughafen gestiegen war. Da habe er gerade sein Mittagessen beendet. Er habe seine Sandalen angezogen und sei sofort hinaufgegangen. Die Tür von Vinces Dachbodenwohnung sei offen gewesen. Er habe keine Erklärungen verlangt und auch keine Zeit damit verloren, sich umzublicken. Wenn der Hund vergiftet worden war, musste man ihm auf der Stelle Salzwasser zu trinken geben, damit er sich erbrach. Er ging zum Waschbecken, um ein Glas zu füllen, doch als er es ihm ins Maul gießen wollte, floss der größte Teil seitlich heraus auf den Fußboden. Sie hätten eine Spritze gebraucht, um ihm das Wasser in die Kehle zu spritzen, aber es gab keine Spritzen in der Wohnung, und Gabriel hatte den Eindruck, dass der Hund im nächsten Moment einen Krampfanfall bekommen würde. Also beschlossen sie, ihn zum nächsten Tierarzt zu bringen. Im Fahrstuhl lehnte Corso sich an eine Wand, Gabriel drückte den Knopf, die Stahlseile rollten von der Trommel, und der Spiegel hinter ihnen gab ein ungewöhnliche Bild wieder: ein Mann mit einem ohnmächtigen Hund auf dem Arm, der mühsam atmete, und ein anderer, der ihm Platz machte.
Im Hof trennten sie sich, Gabriel lief das Auto holen, Corso ging zum Ausgang. Kein Mieter zeigte sich am Fenster, niemand bemerkte sie. Vor der Eingangstür versperrten drei Scooter und ein schwergewichtiges Motorrad den

Weg. Corso musste weiter vorne einen Durchschlupf suchen und besetzte die Fahrbahn mit ausgebreiteten Beinen, das Gewicht des Hundes auf den Armen. Kurz darauf kam Gabriel angefahren, er sprang aus dem Auto und riss die hintere Wagentür auf.

Viele Geschäfte hatten ihre Rollläden heruntergelassen. Die Wahrscheinlichkeit, mitten im Juni um zwei Uhr mittags eine geöffnete Tierarztpraxis zu finden, war gering, doch Gabriel fiel eine Spezialklinik in der Nähe der Basilika San Giovanni ein, in die er vor einem Monat seinen Dackel gebracht hatte. Auch während der Fahrt wechselten sie kein Wort, und schweigend stürzten sie wenige Minuten später in die Ambulanz.

Am Empfang telefonierte man sofort nach einem Arzt. Eine Ärztin mit roten Haaren erschien und half ihnen, Django im Raum gleich nebenan auf einen Untersuchungstisch zu legen. Sie holte ein Paar Einmalhandschuhe aus einem Metallschränkchen, kontrollierte rasch Djangos Pupillen und untersuchte Zunge und Zähne, indem sie sie mit einer weißlichen Substanz säuberte. Sodann versuchte sie beharrlich, ihn zum Erbrechen zu bringen, doch alles was er ausspuckte, war ein grünliches Gerinnsel aus Magensäften und Speichel zusammen mit ein paar Papierfetzen. Sie gab ihm eine Spritze in die Haut am Rücken, die sie mit zwei Fingern zusammenkniff. Mit einer anderen Spritze nahm sie ihm Blut ab und verließ kurz das Zimmer.

Die Wände waren vor nicht allzu langer Zeit weiß gestrichen worden, doch nicht nur das verlieh dem Raum ein aseptisches Aussehen. Neben dem Waschbecken standen aufgereiht auf einem langen Arbeitstisch chemische Produkte, Nahrungsmittel, physiologische Kochsalzlösungen, Sprühflaschen, Watte, Pflaster, Verbandmull. Während er mit der Hand über den Bauch des Hundes strich, seinen Kopf berührte und ihm die Ohren glättete, machte Corso eine alphabetisch geordnete Bestandsaufnahme sämtlicher Gegenstände in dem Raum: Fieberthermometer, Mikroskope, Mundsperreisen, Pinzetten, Scheren, Sonden, Sterilisatoren, Umschläge und Wundhaken. Auf einem Regal stand ein Ventilator, die Klimaanlage lief schon auf vollen Touren.

»Er wird jetzt eine Weile schlafen«, sagte die Ärztin, als sie wieder hereinkam.

Corso fragte, was sie sonst noch tun konnten.

Die Frau breitete die Arme aus.

»Wir müssen ihn hierbehalten und können nur hoffen, dass das Gift, das er geschluckt hat, nicht tödlich ist.«

Dann hatte ihn also jemand vergiftet?

»Kommen Sie mit mir und erklären Sie mir alles«.

Sie ließen Django allein, der auf dem Untersuchungstisch schlief, und gingen in ein kleineres Sprechzimmer.

»Hatte Ihr Hund bereits einmal eine Infektionskrankheit?«

»Soweit ich weiß, nein.«

»Ist er gegen etwas allergisch?«

»Das kann ich nicht mit Sicherheit sagen, ich glaube nicht, aber ich habe ihn erst seit wenigen Monaten.«

»Haben Sie ihn gekauft?«

»Er gehörte zwei älteren Leuten, meinen Nachbarn im Haus, sie sind umgezogen.«

»Dann wird er Papiere haben.«

»Da muss ich nachfragen.«

»Besteht bei ihm eine Lebensmittelunverträglichkeit?«
»Er hat immer mit gutem Appetit gefressen.«
»Wurde er schon einmal von einem anderen Hund gebissen?«
»Nein.«
»Irgendein anderes besonderes Kennzeichen?«
»Niemand hat ihn je bellen hören.«
»Auch kein Winseln oder Jaulen?«
»Niemals.«
»Ich kenne nur eine Hunderasse, die wirklich stumm ist, die Basenji, aber auch die stoßen von Zeit zu Zeit vereinzelte, leise Laute aus.«
»Meiner nicht, er ist tatsächlich stumm.«
Nachdem er diese ersten Fragen beantwortet hatte, ging Corso dazu über, ihr von der Rückkehr in seine Wohnung zu erzählen, dem verwüsteten Zimmer, Django hinter dem Sofa. Die Ärztin notierte sich jede Einzelheit und wollte wissen, ob er Essensreste in der Wohnung gefunden hätte. Corso hatte nur den Eindruck gehabt, dass ein merkwürdiger Geruch in der Luft lag.
»Ich nehme an, Sie werden Anzeige erstatten«, sagte die Ärztin und legte den Stift weg.
Corso nickte.
»Werde ich lange warten müssen?«
»Schwer zu sagen, einige Stunden, vielleicht sogar mehrere Tage.«
Er hätte gerne noch länger mit dieser Frau geredet, doch sie sagte, er und sein Freund möchten bitte im Wartezimmer Platz nehmen, dann übergab sie die Papiere, die sie ausgefüllt hatte, der Sekretärin und verschwand in dem Zimmer, wo sie Django zurückgelassen hatten. Gabriel

bestand darauf, bei ihm zu bleiben, aber Corso wollte, dass er zurückfuhr, er erinnerte sich nicht einmal mehr, ob er seine Wohnungstür abgeschlossen hatte oder nicht.

X

Tous ces pantins que je vois,
ce sont eux

Corso rührte sich den ganzen Nachmittag lang nicht aus dem Wartezimmer der Tierarztpraxis. Gerne hätte er Feng angerufen, um sie zu bitten, so schnell wie möglich zu ihm zu kommen. Aber Feng war seit fast einem Monat in China. Erst hatten sie geplant, gemeinsam zu fahren, doch Corso hatte im letzten Moment einen Rückzieher gemacht. Er wollte nicht wieder die gleichen Fehler begehen wie bei Serena und hatte sich in ein peinliches Knäul aus Entschuldigungen und Zaudern verwickelt, aus dem er sich nicht einmal dann befreien konnte, als Feng ihm vorgeschlagen hatte, woanders hinzufahren, er solle sagen, wohin. Seit drei Wochen hatten sie weder schriftlich noch telefonisch voneinander gehört.

Das Plakat an der Wand zeigte die häufigsten Hunderassen, vom deutschen Schäferhund über den Labrador bis zum Jack Russell, mit Ausnahme des Weimaraners, und auch das erschien ihm als ein böses Omen. In einer Ecke erkannte er nur die schwarze, etwas plumpe Silhouette des Cane Corso.

Wer mochte ein Interesse daran gehabt haben, in seine Wohnung einzudringen? Was wollten sie? Und – wäre er

früher zurückgekommen, wäre er ihnen dann im Treppenhaus begegnet?
Instinktiv suchte er nach seinen Zigaretten, aber er hatte sie zuhause gelassen. Diese Entdeckung löste ein Gefühl der Panik aus, wie er es noch nie in seinem Leben verspürt hatte. Sogar als seine Mutter gestorben war, war er ungerührt sitzengeblieben, wie angesichts eines beliebigen Ereignisses. Erst beim Verlassen des Krankenhauses hatte ihn am Fuß der Treppe ein Weinkrampf überfallen, er hatte sich an eine Wand lehnen und sein Gesicht mit den Händen bedecken müssen, um vor den Leuten, die hinaufgingen, nicht wie ein Kind zu schluchzen. Es hatte jedoch nur wenige Sekunden gedauert, kaum war er draußen, hatte er seine gewohnte Selbstbeherrschung zurückgewonnen. Jetzt aber wurde er von Kälteschauern und Herzrasen geschüttelt und verspürte wahnsinnige Lust zu rauchen. Das Bild von Django auf dem Boden mit dem Blut, das ihm aus der Nase rann, ging ihm nicht aus dem Kopf.
Er griff nach einer Zeitschrift auf der Bank an der Wand. Es war eines dieser Magazine über Haustiere mit langen Fotoreportagen, in denen die Sommerferien gefeiert und die besten haustierfreundlichen Hotels Italiens vorgestellt werden. Hastig blätterte er es durch, ohne Interesse. Dann bemerkte er eine zwei Tage alte Ausgabe des *Messaggero*, die auf einem Stuhl liegengeblieben war. Es bereitete ihm immer großes Vergnügen, die Nachrichten zu überfliegen, wenn sie für andere schon alt oder überholt waren; ihm schien das eine Art Protest: Das Leben hat kein Ablaufdatum. Gabriel legte ihm oft die Morgenzeitungen oder die vom Vortag ans Fenster der Hausmeisterloge, und Corso nahm sie mit aufs Dach. Nach dem Abendessen suchte

er sich eine alte Platte aus, legte sich aufs Sofa und schlug die bereits veralteten Zeitungen auf. Er las allerdings nur die Nachrufe, die Kino- und Theaterseiten und die Sportnachrichten. Bei den Horoskopen verdoppelte sich das Vergnügen, denn es war, als betrachtete man ein Kreuzworträtsel, dessen Lösungen man schon kannte. Doch jetzt war er nicht in seiner Wohnung, und Django lag nicht schwanzwedelnd zu seinen Füßen. Die Ausgabe, die er in Händen hielt, beschäftigte sich vor allem mit den riskanten Auswirkungen des Brexit in Spanien, die abgewendet werden konnten, und mit Fußball: Conte bereitete Italien auf die nächste Runde der Europameisterschaft vor. Für das Sternzeichen Stier würde es wegen der bevorstehenden Nähe des Mondes zur Erde eine Woche mit einem Knaller werden.

Er blätterte um. Nachrichten aus Rom.

Alle Teilnehmer der Beerdigung, die vor einigen Monaten in der Kirche Santa Bibiana stattgefunden hatte, waren von der Anklage der Verherrlichung des Faschismus freigesprochen worden. Eine Wache hatte dem Bankier Giovanni Antonio De Stefani, der tot am Rand der Via Appia aufgefunden worden war, mit Fahnen und römischem Gruß die letzte Ehre erwiesen, während sie den Sarg vom Wasserturm bis zur Eisenbahnunterführung eskortierte. Der Rest des Lokalteils war einem anderen kriminellen Vorfall gewidmet, der sich an der Küste abgespielt hatte.

»AUSLÄNDER AN DER STRANDPROMENADE VON TARQUINIA ERSCHOSSEN«

Das Verbrechen hatte sich am frühen Sonntagnachmittag ereignet, und die Schilderungen der Gluthitze an jenem Tag überschlugen sich förmlich vor Emphase. *Das leuchtende Rot der Sonne bedeckte den Horizont, das Licht fiel auf den Sand wie ein Säbelhieb, und manchmal glitzerten ein Glassplitter oder eine Muschel am Meeressaum.* In diesem *blendenden Licht,* schrieben die Zeitungen, war vor dem Strand von Tarquinia die Leiche eines dreißig bis vierzig Jahre alten Mannes nordafrikanischer Abstammung gefunden worden. Er hatte fünf Schusswunden und lag mit dem Gesicht nach unten im Sand. Unter seinem Oberkörper strömte Blut hervor wie aus einem Flaschenbauch mit Loch. Das Geräusch der Schüsse war über viele hundert Meter entlang der Küste zu hören gewesen, und alle Zeugenaussagen stimmten darin überein, dass man erst einen, dann nach wenigen Sekunden weitere vier Schüsse gehört hatte. Die Badegäste nah am Tatort hatten, im Wasser stehend, mit Blicken die Küste abgesucht, um zu verstehen, von wo die Schüsse abgefeuert wurden. Ein altes Ehepaar hatte schließlich die Leiche entdeckt und Alarm geschlagen. Auf ihrem Spaziergang am Ufer der kleinen Sandbucht war ihnen ein dunkler Umriss von etwas am Boden Liegendem aufgefallen. Niemand war in der Nähe. Der Killer konnte sich ins Landesinnere geflüchtet, das heißt sich im Gebüsch hinter dem Strand versteckt haben, vielleicht war er sogar ins Meer gesprungen und hatte sich mit wenigen Schwimmstößen vom Tatort entfernt. Die alte Dame war verängstigt und hatte ihren Mann zurückhalten wollen, doch der, ein pensionierter Hauptmann der Carabinieri, hatte Erfahrungen mit dergleichen Vorkommnissen. Es genügte ihm, den Puls des Unglücklichen zu fühlen. Die Untersuchungen sollten später bestätigen, dass der erste Schuss die rechte Herzkammer getroffen hatte, die anderen vier Kugeln, deren Eintrittslöcher der Hauptmann auf dem nackten Rücken des Mannes sah, waren nur ein sinnloses Wüten gegen einen hilflosen Körper gewesen. Unweit des Toten hatte die Polizei auf dem rotgetränkten Sand einen kleinen Rucksack auf einem bunten Badetuch mit dem Gesicht von Bob Marley und der Aufschrift *Africa United* gefunden. Den ersten, aus der polizeilichen Ermittlungsarbeit durchgesickerten Informationen zufolge, war die wahrscheinlichste Spur eine Abrechnung zwischen einzelnen Gruppen, die den Drogenhandel an der Küste von Ostia bis Tarquinia kontrollierten. Würde sich das bestätigen, dann wäre es der Beweis, dass zwischen den arabischen Handlangern des internationalen Drogenhandels, der nigerianischen Mafia und den lokalen Mafiaclans ein Krieg im Gange war. Einige Artikel betonten, wie gefährlich dieser Abschnitt der tyrrhenischen Küste war, da die Ausländer sich organisierten und die Einwanderung aus Marokko und Tunesien für zahlreiche Nachwuchskräfte sorgte. Nur wenige Kommentatoren vermuteten ein anderes Motiv und sahen einen Zusammenhang zwischen der Tat und den zunehmenden Vorfällen von Rassismus in Touristenorten, ein Phänomen, das in den vergangenen Wochen großes Thema in den nationalen Tageszeitungen gewesen war.

Corso faltete die Zeitung zusammen. Am vergangenen Sonntag hatte er sich Gabriels Auto geliehen, und nach dem Mittagessen war er genau an diesem Küstenabschnitt mit Django spazieren gegangen. Aber er hatte nichts bemerkt. Er musste aufstehen, konnte nicht länger stillsitzen. Er versuchte, zwischen dem Fenster und dem engen Flur zum

Eingang hin und her zu gehen. Die Sekretärin hob die Augen von einem Papier und streifte ihn mit einem raschen, aber nicht zerstreuten Blick. Wusste sie etwas, was ihm verschwiegen wurde? Es war sicher nicht leicht für sie, jeden Tag mit kranken Tieren zu tun zu haben, Dutzende Anrufe entgegenzunehmen und im Computer all die Hilferufe festzuhalten, die von der Klinik abgewiesen werden mussten. Corso erschien das als eine Last, die sogar schwerer zu ertragen war als die der Tierärzte, und er verspürte eine überraschende Verbundenheit mit der jungen Frau. Er wusste, dass Register diejenigen, die sie erstellen müssen, nie unversehrt lassen. Wer weiß, was die Frau nachts träumte, von welchen Karteikarten sie verfolgt wurde. Auch schien ihm, dass sie einen versehrten Arm hatte, den linken.

Er kehrte zurück und setzte sich wieder, es gab nichts anderes zu tun. Wie viel Zeit würde vergehen, bevor er eine Antwort bekäme? Hätte er beten können, wäre jetzt der richtige Moment gewesen, doch er erinnerte sich nicht einmal an den Wortlaut des Ave Maria oder des Vaterunser. Wieder stand er auf und fragte die Sekretärin, ob er die Toilette benutzen dürfe. Seine Hemdsärmel waren noch blutbefleckt, etwas Blut war auf die Hose und die Arme gespritzt. Die Frau sah ihn schweigend an, bevor sie sagte: »Die Toilette ist rechts«.

Was er in den folgenden Stunden tat und worüber er nachdachte, wusste Corso nicht mehr. Er konnte nur bestätigen, dass er die ganze Zeit dort gewartet hatte. Gegen halb fünf nachmittags war ein Mann hereingekommen, dessen unförmiger Bauch aus dem Hemd quoll. Er hatte einen Beagle bei sich, der Corso unablässig anbellte, bis sein

Herrchen ihn mit einem Tritt gegen die Hüfte zum Schweigen brachte und das Tier winselte wie ein verletztes Eichhörnchen. Später hatte sich eine Frau mit starkem toskanischem Akzent ihm gegenüber hingesetzt, die einen Chihuahua in der Tasche trug, und danach ein Mann, dessen Schnurrbart ebenso aschgrau war wie das Fell seines Siberian Husky.

Als das Wartezimmer sich wieder geleert hatte, hatte Corso als letzten Besucher einen Blinden ankommen sehen. Er bewegte einen Klappstock, eine Hälfte rot, die andere weiß; ein schwarzer Labrador führte ihn. Der Hund war auf Corso zugekommen und hatte seine Hosen beschnüffelt, während sein Herrchen einen Platz suchte. Als er saß, hatte der Blinde den Kopf an die Wand gelehnt und sich dann, fast zerstreut, die Brille abgenommen, um sich die Stirn abzuwischen. Corso hatte den Eindruck, dass in der grauen Iris seiner Augen auch die Pupillen fehlten, doch er konnte das nicht überprüfen, weil der Blinde sie sofort wieder hinter den Brillengläsern versteckte. Dann zog er ein Buch mit einem weißen, glänzenden Umschlag aus seiner Jackentasche und begann, mit den Fingern darin zu lesen.

Kurz darauf trat die Ärztin mit den roten Haaren auf den Flur hinaus, endlich. Corso ging auf sie zu, ohne seine Besorgnis zu zügeln, doch sie musste ihn bremsen. Auch wenn er die Nacht überstehen würde, könne man keine Prognose wagen: Ihr Hund kämpft jetzt zwischen Leben und Tod, sagte sie, genau so, *zwischen Leben und Tod*, der Ausgang hinge allein davon ab, wie er auf die Behandlung reagiere und wie tief das Gift in ihn eingedrungen sei. Vorerst habe sie ihn sediert und in ein künstliches Koma

versetzt, doch sie wisse nicht, wie lange sich dieser Zustand aufrechterhalten ließe.
»Ich habe alles getan, was möglich ist, glauben Sie mir, gehen Sie und ruhen Sie sich aus.«
Corso bat darum, ihn einen Moment lang sehen zu dürfen. Wortlos führte die Ärztin ihn zum letzten Zimmer auf dem Flur.
Django lag auf dem Boden, abgeschirmt, zwischen Plastikwänden, ein Infusionsschlauch war mit einem blauen Pflaster an seinem Hinterlauf, ein anderer am Vorderlauf befestigt. Aus dem Infusionsbeutel floss eine durchsichtige Flüssigkeit im konstanten Rhythmus von einem Tropfen alle drei, vier Sekunden. Von Zeit zu Zeit durchzuckte ein Zittern Djangos Körper, was auch nachts häufig geschah, wenn er schlief, und die Maske des Beatmungsgeräts beschlug bei jedem Atemzug.
Als Corso ins Wartezimmer zurückkehrte, war niemand mehr da, nur ein weißes Buch lag auf dem Stuhl neben seinem. Der Titel war in Brailleschrift auf das Cover geprägt.
»Er ist soeben gegangen«, sagte die Sekretärin, während auch sie sich anschickte, die Klinik zu verlassen. »Wenn Sie sich beeilen, holen Sie ihn bestimmt noch ein.«
Corso nahm das Buch an sich und ging hinaus. Draußen hielt eine endlos lange sommerliche Abenddämmerung die Stadt noch immer umhüllt, doch die Hitze schien sich abgeschwächt zu haben, man spürte den Hauch eines leichten Seewinds von Westen.

W

Je vois qu'passer du brouillard
sur mes yeux

Er hatte sie gerade noch um die Ecke biegen sehen, doch als er bei der Ampel ankam, waren sie verschwunden. Unter den Passanten, die auf der Allee Richtung Bahnhof unterwegs waren, keine Spur von einem Blinden und seinem Hund. Er schritt schneller aus und folgte wieder den Straßenbahngleisen in der Via Carlo Felice. Zweimal meinte er, sie hundert Meter vor sich zu erspähen, doch beide Male verlor er sie wieder. Unter einer Treppe kamen die Klänge eines Xylophons und eines Schlagzeugs hervor, zwei ungewöhnliche Instrumente für einen Sommerabend wie diesen.

Als er auf der Piazza Vittorio ankam, war es, als hätten die Straßen sich mit Blinden gefüllt: eine Frau mit grauen, im Nacken zusammengebundenen Haaren und einem Metallschild um den Hals verkaufte getrocknete Blumen; ein anderer klopfte in regelmäßigen Abständen mit dem beschlagenen Knauf seines Stocks gegen die Mauern der Arkaden; ein Dritter mit einer Ledertasche vor der Brust stand im Eingang der Apotheke. Der Mann, den er verfolgte, saß an einem Tischchen des Kiosks auf der an-

deren Straßenseite, der schwarze Hund kauerte zu seinen Füßen. Corso schien, als lächelte er.
Er wartete nicht, bis die Ampel auf Grün umsprang und stürzte sich zwischen die rasselnden Straßenbahnen und die wenigen Autos. Doch jeder Schritt ohne Django war ein hinkender Schritt, das erfasste er jetzt voll und ganz. In den letzten Monaten hatte dieses Tier ihm als Kompass und Anker gedient und ihn am Boden gehalten, nicht die Arbeit, die er sich ausgedacht hatte, und auch seine gelegentlichen Liebschaften nicht, die ein paar kurze, leuchtende Nachmittage lang seine Einsamkeit gelindert hatten. Wenn Django die Nacht nicht überlebte, würde er von nun an mit diesem Schritt durch die Welt gehen müssen.
In dem Moment hupte einen Meter neben ihm ein wütender Autofahrer, weil Corso mitten auf der Kreuzung stehengeblieben war, unschlüssig, ob er weitergehen und umkehren sollte. Hätte der Mann ihn höflich darum gebeten, Corso hätte ihm Platz gemacht und sich entschuldigt. Doch der Mann hatte wie ein Irrer auf seine Hupe eingeschlagen, und wer weiß, was noch passiert wäre, wenn seine Frau ihm nicht gesagt hätte, er solle nachgeben, sah er denn nicht, dass er den König der Idioten vor sich hatte? Das Auto schaltete in einen hektischen Rückwärtsgang, umfuhr das Hindernis mit ein paar Manövern und raste unter Beschimpfungen davon. Erst als der Wagen am Ende der Straße verschwand, kam Corso wieder zu sich und beschloss, endlich die Straße zu überqueren.
Er ging an der langen Gitterschranke an der Straßenbahnhaltestelle entlang, doch als er beim Kiosk ankam, waren alle Tischchen leer. Er drehte sich um. Auch die Bettlerin mit den Blumen war verschwunden, die anderen Blin-

den in den Arkaden waren ebenfalls nicht mehr zu sehen. Er legte das Buch auf einen Tisch in seiner Nähe und ließ sich auf einen Metallstuhl fallen, von einer Art Seekrankheit überwältigt.

Das Erste, was bei ihm ankam, war das Kreischen der Räder. Dann die Schreie zweier Frauen auf dem Gehweg und schließlich die Schreie der Menschen in der Straßenbahn 19: ein Mann war auf den Gleisen ausgerutscht und gestürzt. Vielleicht war es ein aufblitzender Strahl der untergehenden Sonne in einem Fenster, vielleicht ein Steinchen unter dem Schuh, vielleicht das Öl, das eine vom Markt kommende Frau vergossen hatte. Die Frau am Steuer der Straßenbahn hatte entsetzt die Bremse gezogen und der Wagen hatte etwas wie das Trompeten eines Elefanten von sich gegeben, doch die Tram war bereits in die Kurve gefahren und rollte nun dank des Trägheitsmoments weiter. Einige Passagiere waren hingefallen, andere hatten sich mit aller Kraft an die Eisenstangen geklammert, einer hatte sich die Tasche vors Gesicht gehalten, war aber hart gegen das Fenster geprallt. Ein Knall, wie etwas, was zerplatzt. Glassplitter, die der Fahrerin entgegen spritzen, andere, die nach draußen auf die Gleise fliegen, die Straßenbahn, die abrupt zum Stehen kommt. Als der Lärm des Unfalls einer eisigen Stille wich, rollte auf den dunklen Pflastersteinen Roms eine rote, unförmige Kugel über die leichte Neigung an dieser Stelle der Straße. Corso sprang auf, wollte instinktiv zum Unfallort eilen ... Mit Grauen sah er, dass der abgetrennte Kopf eines Passanten langsam auf ihn zu rutschte. Ekel lähmte seine Glieder und verschleierte ihm den Blick.

Wenige Minuten später war der Platz voller Krankenwagen und Streifenwagen der Polizei. Viele Frauen hatten einen Schock erlitten und wurden weggebracht, die von den Glassplittern verletzte Straßenbahnfahrerin erhielt erste Hilfe. Es ist nicht meine Schuld, sagte sie unaufhörlich, es ist nicht meine Schuld. Der Leichnam des Opfers wurde mit einem glänzenden Tuch bedeckt, doch man konnte ihn erst fortschaffen, als alle Untersuchungen, die ein solcher Fall erforderte, abgeschlossen waren.

In der Via Carlo Felice und den anderen Verkehrsadern des Viertels bildete sich eine Schlange aus Autos, Touristenbussen und Straßenbahnen, die eine hinter der anderen stillstanden wie eine geordnete Reihe Ameisen, während unter den Arkaden die Schar der Neugierigen stetig wuchs. Es dauerte über eine Stunde, bis der Platz wieder geräumt war. Einige chinesische Barbetreiber, die an der Ecke arbeiteten, kümmerten sich darum, die Blutlache, die sich noch immer auf den Gleisen ausbreitete, mit Sägemehl zu bestreuen.

Corso beobachtete das traurige Durcheinander. Seine Augen konnten sich nicht von der runden Masse am Boden lösen, die mitleidige Hände mit einem Laken vor der morbiden Neugier der Menschen geschützt hatten. Das hätte ihm selbst passieren können. Wenn er noch später dran gewesen wäre, wenn er nicht diesem Blinden gefolgt wäre, wenn er es geschafft hätte, ihm das Buch wiederzugeben, das er noch immer bei sich trug ... Ein Polizist, der die Aussagen der Augenzeugen aufnahm, kam, um ihm einige Fragen zu stellen. Der Tote war noch keine vierzig Jahre alt, und dem Anschein nach ein holländischer Tourist.

Er brauchte eine weitere halbe Stunde, bevor er Kraft genug hatte, um den Nachhauseweg anzutreten. Die Tür seiner Dachwohnung ließ sich mühelos öffnen, aber die Unordnung traf ihn wie ein Schlag ins Gesicht. Er wusste, in welchem Zustand er die Wohnung verlassen hatte, und war dennoch überrascht, als hätte sich das Chaos inzwischen noch vergrößert. Recht bedacht, schien es unmöglich, dass sie alles derart durcheinandergebracht hatten und das innerhalb so kurzer Zeit. Außer den Hängeschränken in der Küche und dem Waschbecken war nichts mehr an seinem Platz, selbst der Kühlschrank war von der Wand abgerückt worden.

Er schob die Bücher mit den Füßen beiseite und kniete nieder, um sie zu kleinen Stapeln aufzuhäufen. Die zerbrochenen Platten fegte er weg. Léo Ferré, Cheb Bami, Charles Aznavour, Juliette Gréco, Georges Moustaki ... Er zerrte den Lederstuhl dorthin, wo er immer gestanden hatte, hob die Schreibtischschubladen vom Boden auf und sammelte die herausgerissenen Buchseiten und andere, auf dem Parkett verstreute Papiere ein. Zuletzt stieg er auf den Hängeboden und legte alle aufs Bett geworfenen Kleidungsstücke zusammen. Nachdem er sie wieder im Schrank verstaut hatte, öffnete er in der Küche die Kaffeedose auf dem Fensterbrett, füllte die Espressokanne und stellte sie auf den Herd.

In dieser Nacht zündete Corso sich eine der Gitanes aus seinem Vorrat an, nach der er sich den ganzen Tag lang gesehnt hatte und begann, einen Brief an seinen Vater zu schreiben. Auch dies war im Grunde eine abgebrochene Beziehung ja, die Mutter aller Beziehungen, die er in seinem Leben abgebrochen hatte. Er setzte sich in die Mitte des Zimmers, das monatelang sein Refugium gewesen war, wie in die Mitte eines geschändeten Hauptquartiers und schlug ein Notizbuch mit rotem Einband auf, das wer weiß woher aufgetaucht war. Solche Notizbücher besaß er zu Dutzenden, zwischen den Büchern verstreut, denn er war überzeugt, dass der Moment kommen würde, da er sie brauchte. Wenn er sich recht erinnerte, hatte er dieses auf einer Reise durch Nordspanien gekauft. Er glättete den Falz mit einem Finger, leckte an der gerundeten Ecke der Seiten und begann:

Lieber Vater,
bis jetzt habe ich dir nur Ansichtskarten geschrieben, jahrelang, jeden Tag, an die Adresse des Hotels, wo du mich gezeugt hast, die einzige Verbundenheit, die das Leben uns gewährt hat, unsere vereinbarte, schicksalhafte Adresse. Eine Unzahl fragmentarischer Sätze, nichts als das, denn du und ich, wir haben keine gemeinsamen Erinnerungen, also auch nicht Liebe noch Hass, keine Anhäufung von Vorwürfen und Ressentiments, keine Anschuldigung, kein Tadel, diese stillschweigende Verschwörung der Spiegel, wie sie immer zwischen einem Vater und einem Sohn herrscht und sich manchmal in einen tödlichen Kampf verwandelt, manchmal in die verheerendste Zuneigung zu dem, der uns vorausgeht oder uns folgt, das hängt von der Rolle ab, die uns bei dieser unvermeidlichen, und ja, geradezu klassischen Komödie zugewiesen wurde.

Die Worte ergaben sich von selbst, ohne dass er sie suchen musste, ja ein paar Sätze erwiesen sich als überflüssig, waren folglich zu streichen.

Heute Abend will ich dir aber einen abschließenden Brief schreiben. Einen unmöglichen Brief an einen inexistenten Adressaten. Du hast mich vom »Spiegeln« befreit und vom Wettkampf, mithin sowohl von der Rivalität als auch vom Nacheifern. Dennoch bist auch du, wie K. an einen sehr viel dominanteren Vater schrieb, für mich das Maß aller Dinge gewesen. Dein Sohn zu sein, bedeutet, ein Sohn der Abwesenheit zu sein, aufgrund von Genetik und Schicksal einer Familie von Gespenstern anzugehören, Blutsbande mit den Schatten geschlossen zu haben.

Er hob den Stift vom Blatt. Ging einen Lappen mit Wasser tränken und fuhr damit über die Stelle, wo er Django gefunden hatte. Das Blut aus seiner Nase war auf dem Parkett zu kleinen dunklen Flecken geronnen. Sie wirkten wie eine natürliche Verfärbung des Holzes, doch er brauchte nur kräftig zu reiben, um sie zu entfernen. Er wrang den Lappen mehrmals aus, und das Wasser im Eimer wurde erst trübe, dann dunkel. Als er ihn im Bad ausgoss, spürte er, wie ihn die ganze Müdigkeit der letzten Stunden überfiel. Die restlichen Dinge würde er morgen aufräumen.

Zurück am Schreibtisch, klappte er das Notizbuch zu und ließ es auf dem Tisch liegen, auch den Brief verschob er auf einen späteren Zeitpunkt. Er zog sein schmutziges Hemd aus und warf sich aufs Bett, breitete die Arme aus und öffnete die Handflächen zur Decke. Gijón, dieses Notizbuch hatte er in Gijón in Asturien gekauft. Er war dort hingefahren, weil er eine Skulptur an der Küste vor dem Ozean sehen wollte. Das waren seine Obsessionen aus früheren Zeiten: die Grenzen der Welt sehen, sie fotografieren, daraus eine Karte zusammenstellen. Bis jetzt hatte er nur die näheren Grenzen besucht und alle in einem Notizbuch verzeichnet, das er *Stationen* genannt hatte. Das Tor zu Europa in Lampedusa, die Klippen von Cabo da Roca, das »Lob des Horizonts« in Gijón. Dieser Name hatte ihn fasziniert, seit er ihn kannte. Es war eine der nördlichsten Grenzen der iberischen Halbinsel, also von Kontinentaleuropa, eine Grenze des Festlands, obwohl diese Bezeichnung eigentlich dumm ist, dachte er, denn auch Inseln sind Festland. Er war dort angekommen, nachdem er einen grünen Hügel hinaufgestiegen war, den Cerro de Santa Catalina, auf dessen Gipfel sich dieses Monument aus Stahlbeton abzeichnete, ein offener Ring wie ein Magnet oder ein Hufeisen, gestützt von zwei enormen Pfeilern am Rand eines Kaps.

Emiliano, sein Buchhändlerfreund, behauptete, der Horizont gehöre inzwischen einer vergangenen Menschheitsepoche an, als er noch eine magnetische Verlockung oder ein Glücksversprechen war. Als man auf Sicht und mit den Sternen segelte. Doch für den Brief, den zu schreiben er nie den Mut gehabt hatte, konnte es kein geeigneteres Heft geben. Er wollte einschlafen und träumen, dass er zu den Azoren oder zum Ural oder nach Island aufbrach, doch erst schob er das Mobiltelefon auf dem Nachttisch näher zu sich. Nachdem er den Versuch gemacht hatte, einige Wochen lang ohne auszukommen, hatte er vor kurzem wieder eines gekauft, ein einfaches Modell mit wenigen Funktionen. Er hoffte, es würde in dieser Nacht nicht läuten, denn danach hätte er das Geräusch für alle Zeiten gehasst und hätte das Telefon loswerden müssen, diesmal für immer, den Koffer packen, alles zurücklassen und wirklich zum Nordkap oder an irgendeinen anderen abgelegenen Ort auf dem Planeten Erde aufbrechen. Wieder verfluchte er sich, weil er sich nicht an den Wortlaut des kleinsten Gebets erinnerte. Er stieß das Laken mit den Füßen von sich, die Hitze in dieser Dachwohnung war unerträglich. Das Dach schien Wärme auszustrahlen, und kein Lufthauch drang durch die Fenster. Er stand auf, von einer Unruhe gepackt, gegen die es kein Mittel gab, und beschloss, nach draußen zu gehen.

V

Dans le jour blême
sont effacés

Die Bierbar Marconi war voller Touristen. In der einen Ecke eine Gruppe Spanier, die dröhnend lachten, während an den Tischen in der Mitte einige junge Leute, vielleicht Studenten einer amerikanischen Akademie, nicht weniger lautstark diskutierten. Corso setzte sich auf einen der wenigen freien Hocker und versuchte, den vertrauten Klang mancher Worte zu erraten.
An der Theke zwei Frauen, dem Anschein nach Französinnen, die miteinander flüsterten, ihre Lippen streiften abwechselnd das Ohr der anderen. Um sie herum reckten sich Dutzende geröteter Arme, die sich die Gläser von den zwei Barkeepern bis zum Rand füllen lassen wollten, auch sie Fremde.
In diesem Babel hatte Corso sich sofort wohlgefühlt. Es lag nur wenige Schritte von der Via Merulana entfernt, im seitlichen Schatten der Basilika, und hier kannte ihn niemand. Er hatte ein Pils vom Fass bestellt und trank es in kleinen Schlucken. Dann hatte er eine Unterhaltung mit einem Mädchen angefangen. Sie waren höchstwahr-

scheinlich die einzigen Italiener im Lokal. Corso hätte nicht sagen können, wer von ihnen zuerst gesprochen hatte, er erinnerte sich nur noch, dass sie ihn gefragt hatte, ob er der Mann war, der die Leute mit Büchern behandelte. Nicht im Traum hätte er sich vorgestellt, diese Frage hier drinnen zu hören.

»Woher weißt du das?«

»Du bist einer, den man bemerkt.«

Der besondere rosa Farbton ihrer Bluse mit weit geschnittenen Ärmeln färbte ihre Art zu lächeln mit Schüchternheit.

»Ich bin Elsa.«

Corso reichte ihr die Hand.

Bei der zweiten Runde Bier war sie schon in Stimmung für Geständnisse, was ihm sonst nur mit Marta, seiner besten Freundin, hätte passieren können, wenn er die Kraft gehabt hätte, sie anzurufen. Jedes Ereignis dieses Tages schien eingehüllt in eine irreale Aura. Doch Elsa überraschte ihn abermals.

»Ich habe ein Problem, obwohl du die am wenigsten geeignete Person bist, der ich es anvertrauen könnte.«

Wieder nahm sie einen tiefen Schluck Bier, in aller Ruhe. Jetzt gab es eine schwebende Intimität zwischen ihnen, die sie von ihrem Umfeld isolierte.

»Ich glaube nicht mehr an die Worte.«

Wieder lächelte sie und senkte den Blick auf die hölzerne Theke. Um das Gewicht dessen, was sie eben gesagt hatte, zu mildern, fügte sie hinzu: »Ist es sehr schlimm, Dottore?«

Corso sah sich gezwungen, sich abzuwenden; dieses plötzliche Bekenntnis ließ für nichts mehr Raum. Während er die Gläser und Flaschen vor sich beobachtete, die Arbeit der Barkeeper, die Warteschlange an der Kasse, die Tür, die ständig auf und zuging, dachte er an all die Wörter, die er in den letzten Jahren in seine Hefte geschrieben hatte, an die Wörter, mit denen Bücher anfingen, an die, mit denen sie endeten, und an all die anderen, die den Anfang der Geschichten der Menschen und die, die ihr Ende bildeten, die ihn aber enttäuscht hatten, Tag für Tag, wie sie vielleicht auch diese Frau enttäuscht hatten, die an einem Sommerabend an derselben Theke einer Bierbar gesessen hatte. Mit welchen übriggebliebenen Wörtern hätte er ihr den Kummer beschreiben können, den er wegen Django empfand? Und das Gefühl der Verstörung und Bedrohung, in das er abgestürzt war, und das ihn dazu gebracht hatte, sich vom Bett loszureißen und ins nächstgelegene Lokal zu laufen? Er dachte an die trockene Kehle, die die Welt jetzt ihretwegen hatte. Er fragte sie, was sie vor kurzem erlebt hatte, aber er fragte nur aus Gewohnheit.

»Ich habe mich verliebt«, sagte sie, »aber es hat nicht funktioniert. Es war alles ein riesengroßer Irrtum, von Anfang an.«

Corso überkam wieder die Lust zu rauchen. Vielleicht hätte er Feng einen Brief schreiben sollen, nicht dem Gespenst seines Vaters.

Elsa setzte ihr Glas ab.

»Ich möchte eine Pflanze werden, ein Baum, und mit anderen Lebewesen nur natürliche oder räumliche Beziehungen haben. Ich möchte vom Licht geleitet werden, von der Temperatur, nichts weiter brauchen als ein bisschen Wasser, verstehst du? Ich möchte auf den Regen warten,

den Schnee fürchten, alle Nahrung aus dem Erdboden schöpfen. Zu einer bestimmten Jahreszeit würde ich gerne blühen und meine Wurzeln immer an derselben Stelle schlagen, um dann langsam zu welken, zu vertrocknen. Aber alles stumm. Wäre es so nicht viel einfacher?«
Corso nahm den nächsten Schluck. Gegen keine einzige dieser Feststellungen hätte er etwas einwenden können. Wir leben im Trugschluss, das stimmt, und im Trugschluss gedeihen wir. Nur manchmal, in Extremsituationen oder dank eines unvorhergesehenen Ereignisses können wir einen davon auflösen, doch nie vollständig. Das Leben ist ein einziges Missverständnis.
»Pardon, ich wollte meine unbedeutenden Gefühlsdesaster nicht auch noch zu all denen hinzufügen, die du dir ohnehin anhören musst. Ich weiß wirklich nicht, wie du so einen Beruf haben kannst.«
»Ich musste. Hätte man mich unterrichten lassen, säße ich jetzt in einer Pension irgendwo in der Provinz, tränke Grappa und würde den Dreißigjährigen Krieg noch einmal durchgehen.«
Beide lachten, dann sprach Corso weiter.
»Die Wahrheit ist, dass wir den Worten, die wir verwenden, niemals dieselbe Bedeutung geben, darum sollten wir auch nicht auf das hören, was die Menschen sagen, sondern auf die Musik, die sie machen, wenn sie sprechen.«
Corso sah sie an.
»Kennst du dieses Video, in dem Marina Abramović nach langer Zeit ihre erste Liebe wiedersieht? Sie machte im MoMA in New York eine ihrer aufreibenden *Performances*, sie saß an einem Tisch, und jeder konnte sich eine Minute lang ihr gegenüber hinsetzen, vorausgesetzt, er

schwieg. Kein Wort. Nur Blicke, sonst nichts. Das ging mehrere Tage lang so, bis sich ein Mann mit weißem Bart, länglichem Gesicht und in die Stirn geschobener Brille aus dem Publikum löste. Er trug Turnschuhe und eine dunkle Jacke. Marina trug ein rotes Kleid. Sie hielt die Augen noch geschlossen, um sich zu konzentrieren, das machte sie bei jedem Wechsel ihres Gegenübers. Als sie die Augen wieder öffnete, strahlte ihr Gesicht vor Staunen. Seit dreißig Jahren hatten sie sich nicht gesehen. Ulay bewegte den Kopf, als wollte er sagen: Siehst du, hier sind wir, es ist okay, hier sitzen wir jetzt. Er zuckte mit den Schultern, um seine Rührung zu beherrschen. Marina aber öffnete den Mund, Ulay tat einen langen Atemzug, schloss die Lider. Marina weinte, reglos. Sie hatten sich so viel zu sagen und hatten kein Wort dafür. Ulay drehte noch immer den Kopf hin und her, dann streckte Marina die Arme auf dem Tisch aus, Ulay lächelte, als wäre er endlich frei von jedem Schmerz, von Schuld und vom Vergeben, vom Unverständnis, von den Provokationen und sogar vom Spiel der Täuschung und der Wahrheit. Alles war aufrichtig und trügerisch zugleich. Er drückte ihre Hände, und die Menschen, die zuschauten, konnten nicht anders, als begeistert zu applaudieren und diesen unwiederholbaren Gleichklang zu zerstören, bis Ulay sich erhob und den Platz dem nächsten schweigenden Gesprächspartner überließ. Nicht immer haben wir Worte, um alles zu sagen, doch die Gefühle existieren auch ohne sie. Darum sollten wir unsere Worte sorgfältig wählen oder auf sie verzichten.«

Elsa nahm wieder einen Schluck.

»Wie die Pflanzen«, sagte sie.

»Ja, wie die Pflanzen. Weißt du, vorhin hast du mich auf ein Buch gebracht, das ich vor kurzem wiedergelesen habe. Es erzählt die Geschichte einer Frau, die ein Baum werden wollte.«

»Aha.«

»Eigentlich geht es nicht nur darum. Es ist auch die Geschichte von der Beziehung zweier Schwestern, von der Mittelmäßigkeit der Menschen, von einer Familie, die in die Brüche geht. Doch im Mittelpunkt steht dieser Skandal. Der Skandal einer Frau, die vegetabil werden will, auf den Zustand einer Pflanze regredieren will. Darum weigert sie sich, Fleisch zu essen.«

»Was für eine Frau ist sie?«

»Sie hat einen Mongolenfleck auf dem Rücken.«

»Was ist das?«

»Ein hellblaues Muttermal, das viele Kinder im Orient bei der Geburt etwas oberhalb oder neben dem Kreuzbein tragen. Gewöhnlich verschwindet es, wenn sie heranwachsen, nicht so bei ihr. Sie ist nicht die erste Romanfigur, die von einer Lilie auf der Schulter oder einem Buchstaben auf der Brust gezeichnet wird. Doch die wurden mit Feuer in die Haut der Frauen gebrannt. Der Fleck von Yeong-Hye ist ein naturgemachtes Siegel.«

»Yeong-Hye ...«

»Ja, sie ist Koreanerin.«

»Und was ist ihre Sünde oder ihre Schande?«

»Die Verweigerung von Zugehörigkeit. Zum Vater, zum Ehemann, zur Familie und zum Menschengeschlecht. Es handelt sich um einen radikalen Verzicht, Yeong-Hye verweigert nicht nur die Nahrung, sondern auch die Sprache. Sie wird vergewaltigt, gedemütigt, wegen Schizophrenie und nervöser Magersucht in eine psychiatrische Klinik eingewiesen, doch sie hört nicht auf, ihren Plan zu verfolgen. Auf den letzten Seiten findet die Schwester sie im Kopfstand wie einen Baumstamm, und ihre Haare fallen auf den Boden wie Wurzeln ... Ich weiß nicht, ob sie auch nicht mehr an die Worte glaubte, wie du. Auf jeden Fall spricht sie nie selbst. Ihre Stimme hören wir nur auf wenigen Zeilen, als sie uns von ihren schrecklichen Träumen erzählt: Wälder, Messer, die sie schlucken muss, Morde, ein Hund. Alles andere über sie wird von den anderen Figuren erzählt.«

»Was hat bei ihr nicht funktioniert?«

»Das wird uns nicht verraten. Im Mittelpunkt ihrer Geschichte steht ein Geheimnis. Es scheint fast, als wäre dieser Roman wie eine umgekehrte Ermittlung konstruiert. Was zählt, ist die Irreführung, nicht die Lösung, man will das Rätsel beschützen, als könnte es nur auf diese Weise respektiert werden, man will vermeiden, dass es missverstanden wird.«

»Das hört sich nach einem sehr harten Buch an.«

»Das ist es, hart und verstörend. Es erzählt von vielen Dingen. Da gibt es einen Teil, in dem der Schwager, ein bildender Künstler mit wenig Talent, den unerklärlichen Wunsch verspürt, ihren Körper zu bemalen. Er malt ihr rote Blumen auf die Haut, Knospen, Stängel, Blätter. Er bedeckt sie mit Farben, und das macht sie mit einem Mal glücklich, es geht ihr gut dabei.«

»Und du glaubst, auch mir täte es gut, dieses Buch zu lesen?«

»Das weiß ich nicht, aber in wahren, ehrlichen Büchern findet jeder das, was er braucht.«

»Was hast du darin gefunden?«
»Einen Satz. Den sagt ihre ältere Schwester, zum Ende hin. Diese Schwester ist voller Energie, fleißig, menschenfreundlich, sie führt einen Laden für Kosmetik, hat niemandem je etwas zuleide getan. Sie unterstützt Yeong-Hye, versucht ihr zu helfen, aber sie versteht sie nicht. Ihr Ehemann hält sie für eine Frau von erdrückender Herzensgüte. Doch als alles in die Brüche geht, begreift sie, dass ihre Ruhe, ihre Geduld nur Überlebenstechniken waren, dass ihr Leben bis zu diesem Moment nur *eine gespenstische, zermürbende Zurschaustellung von Widerstandskraft* war.«
»Versuchst du gerade, mir damit etwas zu sagen?«
»Ich kenne dich nicht, ich habe nur mit mir selbst gesprochen.«
»Naja, wenn das deine Methode ist, muss ich zugeben, sie ist ziemlich erstaunlich.«
Elsa berührte ihre Haare.
»Ich hatte auch einen autoritären Vater, ich musste viel Verantwortung übernehmen, denn ich war das Erste von drei Kindern, ich habe Probleme mit dem Essen, die Männer haben mich immer enttäuscht, und ich habe überlegt, ob ich mir ein Tattoo auf den Hintern machen lassen soll. Außerdem bin ich eine zwanghafte Leserin. Ich glaube, so wie die Dinge jetzt stehen, muss ich unbedingt nach diesem Roman suchen.«
»Ich hatte wirklich nicht die Absicht ...«
»Du hast mir den Titel noch nicht genannt.«
»*Die Vegetarierin.*«
»Hat eine Frau das Buch geschrieben?«
»Ja, eine koreanische Schriftstellerin.«

»Das werde ich nicht vergessen.«
»Es wird keine schmerzlose Lektüre sein.«
»Das ist egal.«
Corso lächelte. Er war dieser jungen Frau dankbar, sie hatte ihn eine Weile daran gehindert, an Django, an die verwüstete Wohnung, an den von der Straßenbahn geköpften Mann zu denken.
Elsa legte eine Hand auf seinen Arm.
»Dann stimmt es also, was man sich erzählt.«
»Was erzählt man sich denn?«
»Dass es hilft, mit dir zu sprechen.«
»Um die Wahrheit zu sagen, meine Sitzungen haben immer zu vernichtenden Niederlagen geführt.«
»Deinem Ruf nach zu urteilen, würde man das nicht sagen.«
»Auch das ist ein gigantisches Missverständnis, Elsa. Ich habe für nichts ein Heilmittel ... Es stimmt nämlich wirklich, alle Medikamente für die Seele sind Scheiße. Die Seele heilt man, indem man den Bauch heilt.«[4]
»Möglich. Aber du bist einer, der den Menschen wenigstens direkt in die Augen blickt.«
Corso trank sein Bier aus und stand vom Hocker auf. Vielleicht war auch der Überfall dieser Eindringlinge auf seine Dachwohnung ein Missverständnis. Ein zufälliges Ereignis. Sie waren bis zum letzten Stockwerk hinaufgegangen, weil es isoliert war. Sie konnten nicht wissen, dass sie in seiner Wohnung einen stummen Hund finden würden.
»Es war ein Vergnügen, dich kennenzulernen«, sagte Elsa.
»Für mich auch. Gehst du?«

»Ich trinke noch aus.«
»Gut.«
Corso tippte ihr auf die Schulter, dann ging er zur Tür. Draußen empfing ihn das gelbliche Licht der Straßenlaternen.

Donnerstag,
30. Juni 2016

U

Tous ceux que j'aime
qui m'ont aimée

An diesem Morgen stand Corso früh auf, erledigte den Rest der Aufräumarbeit in der Wohnung, steckte sich Zigaretten und die Schlüssel seiner Malaguti in die Tasche und ging hinunter.
Gabriel war schon im Hof und begoss die Pflanzen. In den frühen Morgenstunden sah Corso ihn immer von einer Seite des Mietshauses zur anderen laufen, die Wände des Aufzugs wischen, den Spiegel, die Scheiben der Hausmeisterloge, sah ihn über die Treppen eilen, mit seinem breiten Indio-Rücken, Eimer und Lappen in der Hand. Manchmal traf er ihn mit seinem störrischen Dackel an der Leine. Er beneidete ihn darum, dass er immer etwas hatte, um das er sich kümmern musste, um die Freundlichkeit, mit der er Signora Manuela entgegenging und ihr die Einkaufstasche abnahm, um den Respekt, mit dem er jeden Mieter grüßte. Corso hatte in seiner Kindheit mehrere Hotelpförtner erlebt, doch nie einen so fürsorglichen und aufmerksamen.
An diesem Morgen war aber auch Gabriel nachdenklich. Er drehte den Wasserhahn zu und rollte langsam den Gum-

mischlauch auf. Vor seinen großen dunklen Augen gab es keine Zuflucht.
»Keine Neuigkeiten«, sagte Corso.
Der Indio bewegte erleichtert die Hand.
»Hast du Anzeige erstattet?«
»Ich geh später hin.«
Sie blieben stehen, seltsam verlegen.
Später erklärte Gabriel, er hätte Corso gerne aufgemuntert, ihm gesagt, dass die Sache sich in ein, zwei Tagen aufklären würde, doch er fühlte sich irgendwie verantwortlich, obwohl die Diebe in Corsos Wohnung eingedrungen waren, als die Hausmeisterloge geschlossen war.
Er begleitete ihn nach draußen auf die Straße. Corso hatte zwei tiefe Schatten um die Augen, er auch.
»Hast du von dem Unfall gestern Abend gehört?«
»Ich bin genau in dem Moment dort vorbeigekommen. Der Blick der Frau am Steuer der Straßenbahn geht mir nicht mehr aus dem Kopf.«
»Erst haben sie von einem Attentat des IS gesprochen.«
»Es war nur ein Unglücksfall, aber er hat allen einen großen Schrecken eingejagt.«
»Wo genau auf der Piazza ist es passiert?«
»Auf der Höhe der Via Principe Eugenio. Die Straßenbahn war gerade wieder losgefahren.«
»Kam sie von der Haltestelle an den Arkaden?«
»Ja.«
»Die Orkane sind vor den Toren Roms, Vince.«
Das hatte Gabriel gesagt, und auf diesem Gehweg, umgeben vom Verkehr, hatte seine Stimme bedrohlich geklungen, wie die eines Orakels. Er hatte die Nacht damit verbracht, für die Götter des Candomblé Speisen zu opfern

und Kräuter zu verbrennen: Obatala, dem Vater des Lebens, Xangô, dem Gerechten, Yemayá, der Herrin der Liebe und des Trostes. Sie würden den ganzen Schutz dieser Götter brauchen, denn Santa Barbara schien die Welt im Stich gelassen zu haben. Wer würde ohne sie die nahenden Gewitterstürme beherrschen?

Corso hatte seinen Motorroller vor der Haustür geparkt. Doch an dem Pfeiler, an den er ihn immer anschloss, fand er an diesem Donnerstag nur die Kette. Das Schloss war mit einem Hammerschlag aufgebrochen worden. Corso ging wieder hinein.

»Sie haben meinen Roller gestohlen«, sagte er.

»Wo hattest du ihn abgestellt?«

»Am selben Pfeiler wie immer.«

»Ich weiß nicht, ob es was damit zu tun hat, aber seit Tagen laufen hier mittags zwei Typen rum, immer dieselben.«

»Bist du sicher?«

»Sie sind mir aufgefallen, wegen der Tattoos auf den Armen und am Hals.«

»Versuch sie zu beschreiben.«

»Einer hat einen Bart und Schultern wie ein Bodybuilder, der andere ist muskulös, aber größer und schlanker. Beide sind kahlgeschoren.«

»Das Gesicht?«

»Beim ersten breit, Augenbrauen wie ein Boxer. An das vom zweiten erinnere ich mich nicht. Ich hab gedacht, sie wären Freunde von Signor Gigi, die warten, dass er aufmacht, aber sie standen die ganze Zeit vorm Haus, redeten und rauchten haufenweise Zigaretten.«

»Hast du sie gestern auch gesehen?«

»Nein, gestern nicht.«

»Danke, Gabriel.«
»Soll ich dich zur Klinik fahren?«
»Ich geh zu Fuß, hab's nicht eilig.«
»Warte.«
Gabriel öffnete die Hausmeisterloge und nahm etwas aus einer Schublade.
»Nimm das, es wird dir nützen. Häng es über ein Gemälde.«
»Was ist das?«
»Ein Weidenzweig.«
Corso schlug die Augen nieder.
»Lass mich wissen, wie es Django geht.«
»Mach ich.«
Fünfundzwanzig Minuten später war er in San Giovanni. Vielleicht hätte er die Adresse dieser Tierklinik auch in sein Notizbuch für Sanatorien und Pflegeheime schreiben sollen oder sogar ein neues nur für veterinärmedizinische Ambulanzen eröffnen. Die Sekretärin vom gestrigen Nachmittag empfing ihn. Diesmal trug er keine blutverschmierte Kleidung, doch sie blickte ihn trotzdem leicht verlegen an. Er wagte nicht, ihr Fragen zu stellen, obwohl es im Grunde nur eine einzige Frage gab. Die junge Frau bat ihn, im Wartezimmer Platz zu nehmen, gleich würde jemand zu ihm kommen.
Die Ärztin ließ nicht auf sich warten, aber es war nicht dieselbe, die ihn gestern nach Hause geschickt hatte. Sie kam ihm mit verhaltener Höflichkeit entgegen. Vielleicht war das die Aufgabe dieser Frau, dachte Corso erschrocken, eine unangenehme, aber notwendige Verpflichtung. Oft sind es Unbekannte, die schlechte Nachrichten bringen.

Er stand auf, als wollte er gegen den Schlag gewappnet sein, doch die Ärztin sagte ihm sofort, Djangos Zustand sei unverändert. Er reagiere sehr langsam auf die Behandlung, und noch könne man nicht wissen, ob sein Organismus fähig sei, das Gift abzubauen. Immerhin habe er die erste Nacht überstanden, die schwierigste.
»Darf ich ihn sehen?«
Die Ärztin brachte ihn in den Raum für Intensivtherapie, doch er hätte auch allein dorthin gefunden. Im Gegensatz zum gestrigen Abend schlief auf dem Tisch rechts von der Tür jetzt ein anderer Hund mit schwarzweißem Fell. Mehrere Kanülen, die von oben herabhingen, endeten, mit Pflastern befestigt, in seinen Beinvenen.
Django war in der Zimmerecke, wo er ihn vor zwölf Stunden verlassen hatte, er lag auf der Seite. Corso ging zu den Trennwänden aus Plastik, die Djangos Bereich umgaben. Die Ärztin schob ein kleines Gitter beiseite.
Aus den beiden Infusionsbeuteln floss noch immer, Tropfen für Tropfen, eine farblose Flüssigkeit. Corso bückte sich und legte ihm eine Hand auf den Hals. Der Hund bewegte nicht den Schwanz, richtete nicht die Ohren auf und öffnete nicht die Augen. Nur unter der Haut, schwor sich Corso, hatte er ein Beben an einer entfernten Stelle des Körpers gespürt.
Er richtete sich mühsam auf, gepackt von einer jähen, schmerzhaften Klarheit. Zum ersten Mal, seit diese ganze Geschichte begonnen hatte, wurde ihm untrüglich bewusst, dass Django an seiner Stelle hier lag. Wie viel gerechter wäre es gewesen, wenn er jetzt nackt und zitternd in einem Zimmer gelegen hätte, an Maschinen angeschlossen, eine Atemmaske auf dem Gesicht.

Er sah die Frau an.
»Nach den Resultaten der Blutuntersuchung zu urteilen«, sagte die Ärztin, »müssen wir Ihren Hund weiterhin im künstlichen Koma halten, bis sein Zustand sich stabilisiert hat.«
Trotz ihrer aufmunternden Miene verriet die Stimme Unsicherheit. Corso dankte ihr, er hätte sie gern gebeten, alles Erdenkliche zu versuchen, doch er wollte sie nicht mit überflüssigem Drängen beleidigen.
»Wenn Sie wollen, können Sie hierbleiben, aber ich habe gesehen, dass Sie nicht weit entfernt wohnen. Es ist besser für Sie, wenn Sie nach Hause gehen und später wiederkommen. Haben Sie noch Fragen?«
Corso errötete.
»Ich glaube nicht, dass ich diese ganze Behandlung bezahlen kann.«
»Kümmern Sie sich jetzt nicht darum.«
»Wird sie teuer werden?«
»Vorerst versuchen wir, Ihren Hund zu retten.«
»Und dann?«
»Wir werden schon einen Weg finden, machen Sie sich keine Sorgen.«
Die Sekretärin hob die Augen, und einen Moment lang begegneten sich ihre Blicke. Sie hatte ein junges Gesicht, ohne Schatten, und Corso schämte sich für die ersten Falten, die sein Gesicht gefurcht hatten. Die Haare neben seinen Ohren waren im letzten Jahr weiß geworden, und plötzlich hatte er sein Alter auf sein Gesicht geprägt gesehen.
Die Atmosphäre auf der Straße munterte ihn nicht auf. Wenn er keine Anzeige hätte machen müssen, hätte er so

lange wie nötig in diesem Wartezimmer gesessen. Wer weiß, ob es so kommt: In einem bestimmten Moment unseres Lebens führt uns etwas in ein Zimmer, das wir nicht mehr verlassen werden.

Die Straßenbahnen rasselten wieder über die Gleise, unbekümmert um die Tragödie vom Vorabend, verschwommene Schriftzüge auf den Scheiben. Er kürzte den Weg durch den Park ab. Zwei schwarze Frauen kamen aus dem Tor, eine trug einen eng anliegenden orangen Hut auf dem Kopf und einen Mickymaus-Rucksack, die andere hatte einen dichten, widerspenstigen Haarschopf unter dem nur auf einer Seite ein großer goldener Ohrring hervorstach. Die Uhr zeigte immer dieselbe Zeit, und die meisten Bänke waren leer, abgesehen von drei jungen Eritreern oder Somaliern, die in einer Ecke saßen. Ein Straßenkehrer hatte den Abfall der Nacht an den Wegrändern aufgehäuft und begonnen, ihn in einem Plastiksack zu sammeln, doch dann hatte er den Sack am Geländer hängen gelassen. Vielleicht stimmte, was er in einem Buch gelesen hatte, dieses Viertel war auf einem Friedhof entstanden. Der Esquilin war noch immer ein »gemeines« oder »verruchtes« Feld, wo die Knochen der Sklaven, der Verbrecher und Hunde verscharrt wurden.

Ein junger Chinese fuhr mit dem Fahrrad an den Ruinen des alten römischen Nymphäums vorbei. Wenn er sich recht erinnerte, war das Polizeikommissariat nicht weit von hier. Er sah hinüber zu den Arkaden und dachte wieder an Feng. Wie sehr wünschte er, sie jetzt in seiner Nähe zu haben oder auch nur ihren Akzent zu hören, die Fröhlichkeit in ihrer Stimme. Er hatte nie aufgehört, an sie zu denken, keine einzige Nacht, hatte aber nie den Mut aufgebracht, sie anzurufen oder ihr zu schreiben. Wie hatte er nur zulassen können, dass sich das Schweigen so lang ausdehnte? Warum war es ihm unmöglich, es zu durchbrechen? Nur um zu sehen, ob, wie die Dichter lehren, nach ihrer Rückkehr alles zwischen ihnen auch wirklich so geblieben war, wie sie es nie zurückgelassen hatten?

T

La rosée pleure
avec tous mes chagrins

Ein indischer Händler erklärte ihm, dass die Polizeiwache in einer Querstraße zwischen der Via Emanuele Filiberto und der Piazza Dante lag. Corso gelangte schnell dorthin und sagte am Eingang, er müsse Anzeige erstatten. Ein Beamter führte ihn in ein Zimmer. Um diese Zeit war noch niemand da, und Corso hoffte, die Sache in zehn Minuten hinter sich zu bringen. Ein anderer junger Mann in Uniform bat ihn, sich zu setzen und schrieb die Personalien und den Grund für seine Anwesenheit auf:

Name: Vincenzo Corso
Ort und Datum der Geburt: Nizza, 24. April 1970
Wohnhaft in: Via Merulana 268
Steuernummer: CRS VNC 70D24 Z110J

Unten auf dem Papier notierte er ohne jeden Grund auch die Daten seines Personalausweises (Größe: 1,75 Meter; Augenfarbe: Grau; Haare: graumeliert; besondere Kennzeichen: keine, außer einer deutlichen Narbe von der Pockenimpfung auf dem rechten Arm).

Darauf berichtete Corso in allen Einzelheiten, was am Vortag geschehen war. Der junge Mann tippte jedes Wort in eine Computertastatur, dann stellte er ihm eine Reihe Fragen.
»Hatte die Wohnung eine Diebstahlsicherung?«
»War die Tür gepanzert?«
»Haben Sie bemerkt, dass das Schloss aufgebrochen wurde?«
Corso antwortete gewissenhaft, doch als man ihn bat, die Wertgegenstände aufzuzählen, die ihm gestohlen wurden, konnte er nur sagen: »Keine.«
»Es handelt sich also Ihrer Meinung nach um einen Wohnungseinbruch nur zum Zweck der Einschüchterung?«
»Da kann ich nicht sicher sein.«
»Gibt es Personen, die aus irgendeinem Grund Groll oder Feindseligkeit gegen Sie hegen?«
»Nicht soweit ich weiß oder mir vorstellen kann.«
»Und glauben Sie, man hat Ihren Hund absichtlich vergiftet?«
»Ich kann nur Vermutungen anstellen, aber ich sehe keine Logik darin. Heute Morgen ist allerdings meine Malaguti verschwunden.«
»Was bedeutet das?«
»Das Schloss an der Kette, mit der sie angeschlossen war, wurde zertrümmert.«
»Ein Diebstahl also.«
»Ja, ein Diebstahl.«
»Glauben Sie, dass er mit dem Einbruch in Ihre Wohnung in Zusammenhang steht?«
»Ich habe keine Ahnung.«
»Ihre Arbeit?«

»Wie bitte?«
»Welcher Arbeit gehen Sie nach?«
»Ich behandle die Beschwerden der Menschen, indem ich ihnen Bücher zum Lesen empfehle.«
Der Beamte hob die Augen vom Computer.
»Es ist eine freiberufliche Tätigkeit«, erklärte Corso.
»Haben Sie die Voraussetzungen, um sie auszuüben?«
»Ich bin Gymnasiallehrer für Italienisch und Geschichte, derzeit ohne Festanstellung, und ich habe ein Diplom als *Counselor*.«
»Und Sie haben gegen alles ein Heilmittel?«
»Nein, ich versuche nur, ein paar Buchtitel vorzuschlagen.«
»Und was würden sie einem Mann empfehlen, der von seiner Frau verlassen wurde?«
»Ich müsste erst mit ihm sprechen.«
»Nehmen Sie an, Sie tun es gerade.«
Corso sah die Tränensäcke unter den Augen des Beamten.
»Ist diese Beziehung seit langer Zeit zu Ende?«
»Nein, erst seit zwei Wochen, aber es fühlt sich sehr viel länger an.«
»War es wegen Ihres Berufs?«
»Ja, zu viele Stunden außer Haus, und wenn ich zurückkam, war ich im Kopf nicht dabei, aber woher wissen Sie das?«
»Das ist ein häufiger Grund.«
»Jeden Abend sagte meine Frau, dass ich sie und nicht die Polizei geheiratet hätte. Aber ich habe hier Verpflichtungen, der Kommissar lässt uns Tag und Nacht arbeiten.«
»*Der Teufel, natürlich.*«
»Sie könnten Recht haben.«

»Nein, *Der Teufel, natürlich* sind Erzählungen von Andrea Camilleri.«
»Ach, Entschuldigung, ich hatte das nicht verstanden.«
»Lassen Sie Camilleri und lesen Sie *High Fidelity* von Nick Hornby. Schenken Sie es auch Ihrer Frau oder Ihrer Ex-Frau.«
»Sie meinen, es könnte nützlich für mich sein?«
»Jeder von uns sollte die Liste der fünf größten Reinfälle in seinem Leben auf dem neuesten Stand halten, wie der Held in diesem Buch.«
»Wären Sie so freundlich, mir den Namen des Autors auf diesen Zettel zu schreiben?«
Corso nahm einen Stift vom Tisch und gehorchte.
»Wir müssten eine Ortsbegehung in Ihrer Wohnung machen«, sagte der junge Mann schließlich.
»Von mir aus gleich, wenn Sie wollen.«
»Sie haben hoffentlich nichts angerührt.«
»Heute Nacht habe ich wieder eingeräumt, was noch heil war.«
»Das war ein Fehler, sie könnten Spuren verwischt haben.«
»Das habe ich nicht bedacht, tut mir leid.«
»Denken Sie beim nächsten Mal daran.«
»Ich hoffe doch, es gibt kein nächstes Mal.«
»Haben Sie wenigstens einen Zeugen, der zusammen mit Ihnen in die Wohnung gegangen ist?«
»Der Hausmeister, er hat mich auch in die Tierklinik begleitet.«
»Ein Italiener?«
»Warum, was hat das damit zu tun?«
»Ich habe Sie nur gefragt, ob er Italiener ist.«

»Nein, er ist Peruaner.«
Der Polizist schrieb das auf.
»Gut, warten Sie hier, ich komme gleich zurück.«
Er druckte die Anzeige aus und verließ das Zimmer.
Warum sind die Räume in Kommissariaten nur so unpersönlich? dachte Corso. Es gab nichts, was seine Aufmerksamkeit an sich zog. Er hätte die Gelegenheit gern genutzt, um auf die Toilette zu gehen – es würde ja wohl eine geben – aber wen konnte er danach fragen? Er schaukelte eine Weile auf seinem Stuhl hin und her, bis er in der Tür die Stimme des Beamten hörte.
»Würden Sie mir bitte folgen?«
Der Tonfall war gekünstelt höflich.
»Natürlich.«
»Kommissar Ingravallo möchte Sie sprechen.«
»Ingravallo?«
»Ja, Francesco Ingravallo.«[5]
Corso hatte einen Augenblick lang das Gefühl, der Beamte würde ihn auf den Arm nehmen, doch dafür schien er ihm nicht der Typ zu sein.
Sie gingen durch einen engen Flur, stiegen dann die Treppe in den ersten Stock hinauf. Die Tür zum Zimmer des Kommissars stand offen: Ein Mann mit wirrem Kraushaar saß hinter einem altmodischen Schreibtisch und las in Papieren. Als er den Blick hob, erkannte Corso ihn wieder, es war derselbe, der vor Monaten in seine Dachwohnung hinaufgekommen war, um ihn über das Verschwinden einer Mieterin, Signora Parodi, zu befragen. Seither sah er ihn manchmal allein durch das Viertel streifen, immer mit diesem unsicheren Gang, bei dem er einen Fuß nach dem anderen auf den Boden setzte.

»Bitte«, sagte der Kommissar mit einer sprechenden Geste. Corso setzte sich auf den einzigen Stuhl. Der Kommissar legte das Blatt, das er in der Hand hielt, in eine Mappe zurück, faltete die Hände und blickte ihm in die Augen.
»In Ihrem Haus geschehen ständig sehr sonderbare Dinge ...«
Corso wusste nicht recht, was er darauf sagen sollte.
»Nun, weswegen wollen Sie diese Anzeige erstatten? Ich frage Sie, weil eine Anzeige gegen Unbekannt wegen Einbruch eine Sache ist, eine Anzeige wegen versuchter Vergiftung eines Haustieres ist eine andere.«
»Das weiß ich nicht.«
»Sie haben angegeben, dass nichts gestohlen wurde, richtig?«
»Ja, genau.«
»Also war das Ziel des Eindringens ein anderes.«
»Vielleicht wurden sie gestört.«
»Dort wo Sie wohnen, kommt niemand herauf, soweit ich erinnere.«
»Normalerweise nicht, nein.«
»Es ist also unwahrscheinlich, dass sie die Flucht ergreifen mussten, bevor sie Ihnen etwas stehlen konnten.«
»Den Gedanken hatte ich auch.«
»Sehen Sie, Sie fangen an nachzudenken.«
»Ich denke seit gestern darüber nach.«
»Sagen Sie mir, wem sind Sie auf die Füße getreten?«
»Ich verstehe nicht.«
»Hören Sie, Signor Corso, ich habe Wichtigeres zu tun, als mich um Sie und Ihren Hund zu kümmern. Ich wiederhole die Frage: Sind Sie jemandem aufs Hühnerauge getreten?«

»Bin ich nicht, ich glaube wenigstens, nein.«
»*Ah, che cundann m'a date lu destine*. Sind Sie sicher oder nicht?«
»Ich bin mir sicher.«
»Mein Kollege hat mir soeben mitgeteilt, dass man nicht nur Ihren Hund vergiftet, Ihre Plattensammlung zerstört und Ihre Bücher zerrissen, sondern Ihnen auch den Motorroller gestohlen hat.«
»Ja.«
»Denken Sie genau nach. Bei dem, was Sie beruflich tun, haben Sie sich womöglich Feinde geschaffen.«
»Ich habe keine Feinde.«
Corso dachte an die beiden Typen, die Gabriel vor der Haustür aufgefallen waren, aber er wollte keinen weiteren Verdacht wecken.
»Es heißt, Sie haben viele weibliche Kunden.«
»Wer sagt das?«
»Hier im Viertel wird viel von Ihnen gesprochen. Auch wir beobachten Sie.«
»Warum denn das?«
»Den Leuten Bücher zu empfehlen, ist ein merkwürdiger Beruf.«
»Nichts, was den Ordnungskräften Sorge bereiten muss, hoffe ich doch.«
»Das hängt von den Büchern ab.«
»Glauben Sie wirklich, ein Buch könnte heute noch gefährlich sein?«
»Das müssten Sie glauben, nicht ich.«
»Ich glaube nur, dass Lesen den Menschen hilft, sich besser zu fühlen als sie sind.«
»Oder schlechter. Sie sind wirklich sicher, dass es guttut?«

Corso antwortete nicht.
»Könnten Sie nicht den einen oder anderen Ehemann eifersüchtig gemacht haben?« fuhr der Kommissar fort.
»Ausgeschlossen.«
»Schließen Sie nie etwas aus, hören Sie auf mich, aber das ist nicht der Grund, warum ich Sie holen ließ.«
»Warum dann?«
»Ich wollte wissen, ob Sie mit Ihrem Hund vor kurzem am Strand waren.«
»Am Meer, meinen Sie?«
»Wo sonst gibt es, bitte schön, Strände, Ihrer Meinung nach?«
Corso hätte einwenden wollen, dass es Strände auch an Seen und an Flüssen gibt, aber er schwieg.
»Ich spreche von der Gegend um Tarquinia.«
»Tarquinia? Warum fragen Sie mich danach?«
»Am Sonntag wurde dort ein Mann erschossen.«
»Der Araber?«
»Genau. Wie haben Sie das erraten?«
»Ich habe es in der Tierambulanz in der Zeitung gelesen.«
»Wurde auch heute darüber berichtet?«
»Nein, es war ein Exemplar des *Messaggero* vom Montag.«
»Sie sind also informiert.«
»Ich weiß nicht mehr als das, was dort stand, aber ich verstehe den Grund Ihrer Frage nicht.«
»Am Tatort wurde ein Hund gesehen.«
»Das wird ein streunender Hund gewesen sein.«
»Der Beschreibung zufolge könnte er zur selben Rasse gehören wie Ihrer.«
»Nein, hören Sie ...«

»Gehen Sie nicht in die Defensive. Mein Beruf zwingt mich, allen in Frage kommenden Spuren nachzugehen, auch denen, die mir der Zufall vorlegt.«
»Sie haben mich hierher gerufen, nur weil irgendein Hund am Tatort gesichtet wurde?«
»Nicht nur darum. Wie auch immer, sind Sie letzten Sonntag bei Tarquinia am Meer gewesen oder nicht?«
»Ja, ich bin hingefahren.«
»Aha, also doch. Wo genau waren Sie?«
»Dort, wo Tiere erlaubt sind ...«
»Um welche Uhrzeit?«
»Das kann ich nicht genau sagen, nach dem Mittagessen.«
»Nicht die beste Zeit, um rauszugehen.«
»Um die Zeit ist wenig Verkehr. Und in der Wohnung war es schlimmer. Wir fahren manchmal dorthin, um ein bisschen frische Luft zu schnappen, wenn Gabriel das Auto nicht braucht.«
»Wer ist Gabriel?«
»Der Hausmeister in dem Haus, wo ich wohne.«
»Ach ja, ich erinnere mich. Und Sie fahren immer nach Tarquinia?«
»Meistens etwas weiter, aber am Sonntag haben wir beschlossen, vorher anzuhalten.«
»Und Sie haben nichts Ungewöhnliches bemerkt?«
»Nein. Kann ich jetzt gehen?«
»Noch nicht. Gestern hat an der Piazza Vittorio wieder ein Mensch sein Leben verloren. Wir wissen, dass Sie anwesend waren.«
»Ein tragischer Unglücksfall.«
»Viele haben Sie als Augenzeugen genannt.«
»Fast Augenzeuge ...«

»Es stimmt also, dass der Unfall vor Ihren Augen stattfand?«
»Ich habe schon gestern Abend einem Polizisten alles berichtet.«
»Aber Sie wissen nicht, dass vor kurzem ein Problem aufgetaucht ist.«
»Welches Problem?«
»Ihre Rekonstruktion der Ereignisse stimmt nicht mit der anderer Zeugen überein.«
»Was soll das heißen?«
»Es heißt, dass es vielleicht kein Unfall war.«
»Erklären Sie das genauer.«
»Möglicherweise wurde der Mann gestoßen.«
»Von wem?«
»Das ist, was wir herausfinden müssen. Sind Sie sicher, dass Sie diesen armen Teufel von allein stürzen sahen?«
»Das habe ich nie gesagt.«
»Aha, so ist es schon besser.«
»Hören Sie, ich habe nur den Kopf rollen sehen, doch alle, die dort waren, mich eingeschlossen, haben gedacht, dass es ein schrecklicher, unbeabsichtigter Unfall war.«
»Ein Unfall wie der des Arabers?«
»Ich sehe keinen Zusammenhang, tut mir leid.«
»Auch gestern Abend wurde ein Hund gesehen.«
»Meiner hat ein hieb- und stichfestes Alibi.«
»Lassen Sie die Witze.«
»Denken Sie wirklich, dass es eine Verbindung zwischen einem in Tarquinia getöteten Araber und einem Mann gibt, der auf der Piazza Vittorio von einer Straßenbahn überfahren wurde?«
»Ich denke gar nichts, ich sammle Informationen.«

»Die Anwesenheit eines Hundes, insbesondere an einem freien Strand, scheint mir ein sehr schwaches Indiz.«
»Nicht, wenn sie sich dreimal, bei drei tragischen Ereignissen wiederholt und obendrein ein Fall von Vergiftung angezeigt wird, und das alles in dem Viertel, in dem Sie wohnen.«
»Dreimal?«
»Erinnern Sie sich an die alten Damen an der Piazza Vittorio, die vor zwei Monaten in ihrer Wohnung ermordet wurden? Ein grausames Verbrechen, alle haben davon gesprochen.«
Corso erinnerte sich gut, weil er an jenem Morgen, kurz bevor überall ein Höllenspektakel aus Sirenen und Geschrei losbrach, an der Tür des Hauses, in dem die beiden Damen wohnten, vorbeigegangen war. Er hatte an eine großangelegte Operation gegen Drogenhandel oder Terrorismus gedacht und war schnell weitergegangen. Meistens handelte es sich um Muskelspiele, die ihn ärgerten und seiner Meinung nach nur dazu dienten, die Einsatzbereitschaft der Polizeikräfte zu demonstrieren. Auch in diesem Fall hatte er erst später erfahren, was wirklich geschehen war. Aber das wollte er dem Kommissar nicht sagen.
»Manchmal falle ich tagelang aus der Welt, tut mir leid.«
»Auch in diesem Fall wurde von einem Hund berichtet, der die Treppe herunterlief.«
Er tat, als fiele er aus allen Wolken.
»Ging es da nicht um Abzocke?«
»Sie erinnern sich also.«
»Vage.«
»Zum Teil ging es auch um Betrügerei, aber wir konnten das nie herausbekommen.«

»Entschuldigen Sie, aber ich verstehe immer noch nicht, welche Verbindung es zwischen diesen Ereignissen geben könnte.«
»Sie sind nicht schlecht als Ermittler, wissen Sie das?«
Der Kommissar setzte ein schiefes Grinsen von einem Ohr zu anderen auf, und sein ganzes Gesicht schien sich zu zerlegen, der Mund sich zu verzerren, die Nase umzukippen, die Haare zu verwehen. Doch was überlebte, war nur ein Ausdruck grenzenloser Traurigkeit.
»Sie haben recht, die Hunde sind nicht das einzige gemeinsame Detail, es gibt noch ein anderes.«
Corso wollte es nicht wissen, diese ganze Geschichte hatte ihn schon genug genervt, er wollte nur weg, so schnell wie möglich. Doch der Kommissar redete weiter, als müsste er sprechend seine Gedanken ordnen und als wäre niemand mehr im Raum.
»Alle Opfer hatten eine sternförmige Verletzung hinter dem Ohr.«
Corso hätte sich am liebsten die Ohren zugehalten, er wollte kein einziges Wort mehr hören, kein Zeuge mehr sein.
»In allen drei Fällen hat der Mörder, bevor er floh, mit einem Messerchen einen kleinen Stern genau dort eingeritzt, sehen Sie? hier zwischen dem Ohr und dem Nacken.«
Er zeigte auf eine weiße Stelle hinter seiner Ohrmuschel.
»Auch bei dem Mann, der unter die Straßenbahn geriet?«
»Ja, auch bei dem.«
»Wie ist das denn möglich?«
»Weder ein Sanitäter noch ein Polizist haben das Laken über den abgetrennten Kopf gelegt. Ein Zeuge hat gesehen, wie ein Passant sich wenige Sekunden nach dem Unglück bückte und ein Tuch auf dem Boden ausbreitete.«

»Ihrer Meinung nach hat er diesen Moment genutzt?«
»Es ist unwahrscheinlich, lässt sich aber nicht ausschließen. Das Problem ist, dass die Beschreibung, die der Zeuge gab, dem Alter und der Körpergröße nach auf Sie zutreffen könnte.«
»Wenn ich ein Laken dabei gehabt hätte, hätte ich es benutzt, das schwöre ich, es waren viele Kinder auf der Piazza. Aber ich hatte kein Laken bei mir. Außerdem hätte ich nicht den Mumm dazu gehabt.«
»Aber Sie haben zugegeben, dass Sie wenige Schritte von diesem Kopf entfernt waren, vielleicht hat sich niemand näher an der Stelle des angeblichen Unfalls befunden als Sie. Der Beamte, der Sie befragt hat, sagt, Ihr Hemd war voller Blut.«
Corso wurde blass.
»Sie ziehen die falschen Schlüsse, Commissario. Ich habe viele Fehler, aber ich laufe nicht mit Messern in der Tasche herum. Das Blut am Hemd stammte von meinem Hund.«
»Das werden wir kontrollieren, keine Sorge. Doch ich muss Ihnen wohl nicht erklären, dass wir seit gestern Abend keine Zweifel mehr haben. Wir stehen hier vor einer seltsamen Mordserie. Bei den beiden in ihrer Wohnung ermordeten Frauen wird es einfach gewesen sein, aber glauben Sie, dass es viele Menschen gibt, die sich, nachdem sie Sonntagabends einen Mann am Strand erschossen haben oder einen anderen vor eine Straßenbahn gestoßen haben, damit aufhalten, ihren Opfern einen Stern hinters Ohr zu ritzen?«
»Scheint eine Unterschrift zu sein.«
»So ist es.«

»Tut mir leid, aber ich weiß wirklich nicht, wie ich Ihnen helfen kann.«
»Denken Sie nach.«
»Das werde ich. Kann ich jetzt gehen?«
»*U timpe è niro*, und die Zeit stinkt nach Käse.«
Corso verstand nicht, worauf der Kommissar anspielte, aber es klang für ihn wie eine Warnung. Seine Stimme war jetzt müde, wer weiß, seit wie vielen Stunden er nicht schlief.
»Gehen Sie, aber verlassen Sie nicht die Stadt.«
Corso stand vom Stuhl auf als hätte das Gewicht seiner Jahre sich verdoppelt.
Der Kommissar wandte sich wieder seinen Papieren zu, und Corso ging zur Treppe. Trotz des absurden Verhörs hatte er bei diesem Mann an vielen kleinen Details – dem Tonfall, der Kleidung und einer gewissen Verlegenheit im Blick – die Gewöhnung an eine radikale Einsamkeit erkannt, die der seinen nicht unähnlich war.
Er holte die Schlüssel für den Roller aus der Tasche und steckte sie enttäuscht sofort wieder ein. Eben war ein fortwährendes Pfeifen in seinen Ohren explodiert, es hatte schon vor zwei Nächten begonnen, aber bis jetzt war es ihm nicht bewusst geworden, und alles, was passiert war, hatte ihn daran gehindert, sich auf dieses lästige Übel zu konzentrieren. Es kam aus dem Nacken oder aus irgendeiner verborgenen Tiefe seines Gehirns, und es ähnelte dem, was man hört, wenn man von einem Felsen ins Meer springt und nach unten sinkt, wo der Wasserdruck stärker wird und alles ein Reiben von Muscheln, ein Klackern von Steinen und Scheuern von Sand ist. Er hätte sagen können, es sei direkt aus dem Traum mit den Nachtfal-

tern hervorgekommen, ein Schlagen von vielen hundert Flügeln, ein Zirpen von Insekten, die unvorhersehbaren Bahnen durch eine Stadt aus Glas folgten. Es breitete sich strahlenförmig im ganzen Kopf aus und seine Intensität wechselte je nach den Bewegungen und ohne einen bestimmten Grund. Der wissenschaftliche Name für diese Störung war Tinnitus, doch er hatte das Gefühl, es ginge um eine Gefahr, die alle betraf. Als wäre die Membran, die die Träume von der Wirklichkeit trennt, plötzlich dünner geworden.

Vielleicht hatte Gabriel recht, die Orkane waren vor den Toren von Rom, und nicht nur Djangos Leben stand auf dem Spiel, sondern etwas anderes, das er nicht benennen konnte. In dieser Ambulanz lag nicht nur ein Hund auf dem Boden, sondern der Körper von etwas anderem, das einen Kampf verlor. Die Sekretärin am Empfang wunderte sich nicht, ihn so schnell zurückkommen zu sehen. Sie folgte ihm mit den Augen, als er sich ins Wartezimmer setzte, die Beine übereinanderschlug und einen unbestimmten Punkt an der Wand fixierte.

S

La nuit s'achève
et quand vient le matin

Irgendwo hatte Corso gelesen, das Summen in den Ohren sei das Schicksal, das an die Tür klopft. So war es immer für ihn gewesen: Etwas passierte erst in den Büchern und dann im Leben, also hätte er aufmerksamer sein sollen und Sätze, die ihm gefielen, nicht unterstreichen dürfen. Vielleicht war es in einem Roman von Onetti oder von Cortázar gewesen, sicher aber von einem Südamerikaner. Er erinnerte sich nur, dass der Held dieser Geschichte zu einem chinesischen Akupunkteur ging, einem Doktor Ching oder so ähnlich, aber nur, um sich sagen zu lassen, dass die Kälte, die seine Seele heimgesucht hatte, mittlerweile zu stark war.
Es mochte wegen der Klimaanlage sein, aber trotz des starken Anstiegs der sommerlichen Temperaturen in den letzten Stunden, war ihm an diesem Nachmittag, als müsste er erfrieren. Feng hätte ihn zu einem Arzt oder zu einem Anwalt begleitet. Aber Feng war in China.
Mit ein paar Telefonaten sagte er alle Termine in dieser Woche ab und bewegte sich nicht aus dem Wartezimmer, es sei denn, um zu rauchen. In wechselnden Abständen kamen Kunden herein, die rachitische, gefleckte Tiere an

der Leine führten oder sich eine Katze an den Bauch drückten. Eine Frau mit einer roten, verschwitzten Bluse trug ein Kaninchen, dem man die zu stark gewachsenen Zähne hätte feilen müssen.

Manche interessierten sich für die Beschwerden der anderen, manche verbrachten die ganze Zeit damit, gelangweilt die Zeitschriften auf der Bank durchzublättern, doch da war keiner, der ihn nicht ungeniert betrachtet hätte. Sicher fragten sie sich, wer er war, auf was er hier wartete, und wann er an der Reihe war. Doch das waren nur müßige Fragen, die sie sofort vergaßen, sobald die Sekretärin mit lauter Stimme ihre Namen rief.

Als der halbe Nachmittag vergangen war, wechselten die Ärzte sich ab, und die Ärztin vom Vortag kam zu ihm, um ihm zu bestätigen, dass Djangos Zustand unverändert war. Sie hatte ihren Kittel noch nicht ganz zugeknöpft.

»Sie sitzen schon zu lange hier auf diesem Stuhl. Gehen Sie nach Hause, ich rufe Sie später an.«

Corso dankte ihr für ihre Anteilnahme. Seit zu vielen Stunden tat er nichts als rauchen, er wurde müde, es war die Art Müdigkeit, die am Ende immer siegt und von allem trennt, die jeden Wachzustand unterbricht.

Er ging langsam nach Hause. Gabriel stand vor der Haustür, die Hände in den Hosentaschen. Corso bat ihn um eine Zigarette, Gabriel ging in dic Hausmeisterloge und kam mit zwei Blättchen und einem Beutel Tabak heraus. Sie setzten sich in den Innenhof, auf die Bank an der Hauswand, wo sich Signor Gigi jeden Nachmittag hinsetzte, neben dem Wasserschlauch.

Gabriel öffnete ein Blättchen auf den Knien, füllte es mit einem dunklen Feinschnitttabak, den er leicht auseinanderzupfte, faltete, den Mittelfinger auf der Rückseite des Blättchens haltend, die Enden mit Daumen und Zeigefinger und begann, es mit den Fingerkuppen zusammenzurollen. Er befeuchtete den Rand des Blättchens, legte den Filter hinein und klebte das Papier zu. Zuletzt wischte er Tabakreste von beiden Enden und zündete die Zigarette an.

Corso war nicht so geschickt, er brauchte mehr Zeit. Seine Zigarette wurde krumm und wellig, doch diese Tätigkeit lenkte ihn ein paar Minuten lang ab. Beide wussten, dass kein Raucher umhin kann, sich Reuegefühle zuzulegen, darum sprachen sie nicht. Schließlich fragte Corso, wie die Tattoos der beiden Typen ausgesehen hätten, die Gabriel tagelang auf dem Gehweg hatte stehen sehen.

»An den Ellenbogen Spinnennetze. Der dickere hatte auch einen Schriftzug in Fraktur und eine Flagge auf der Wade.«

Gabriel musste sich ihr Aussehen den ganzen Tag über ins Gedächtnis gerufen haben, denn er antwortete, als hätte er sich lange auf diese Frage vorbereitet.

Corso drückte seine Zigarette aus. Die Hitze war fast unerträglich, aber nach den vielen Stunden im geschlossenen Raum, tat sie ihm gut.

»Ich weiß nicht mehr, welches Leben ich lebe, Gabriel.«

»Das weiß keiner.«

»Diesmal ist es anders, ich habe den Eindruck, alles bricht zusammen.«

»Gestern hast du Ruhe bewahrt, und das war nicht leicht.«

»Während des Tages kühl zu bleiben, ist leicht, aber nachts ist das etwas anderes.«

Gabriel zog den Rauch ein, ohne etwas zu erwidern. Corso wartete, bis er fertig war, dann stand er auf.

»Gehst du wieder hin?«
»Ich muss mich vorher ein bisschen frisch machen.«

Es war wie nach einem Erdbeben, wenn das Gefühl, die Erde tanze einem unter den Füßen, noch viele Stunden andauert und jede Bewegung, jeder Aufprall einen neuen Erdstoß anzukündigen scheint. Auch jetzt, als er die letzte Treppe bis zum Dach hinaufstieg, fürchtete er, die Wohnung wieder so vorzufinden wie am gestrigen Tag, mit der halb geöffneten Tür und allen Büchern auf dem Fußboden. Wer weiß, wie lange die Angst ihn noch verfolgen würde.
Vielleicht sollte er einen Schlüsseldienst rufen und vorsichtshalber das Schloss erneuern lassen, da es sich so leicht aufbrechen ließ. Der Tinnitus wurde wieder stärker. Was für ein Idiot – er hatte auch vergessen, Signora Doliner anzurufen, um ihr Bescheid zu geben, dass er heute Vormittag wegen des Einbruchs beim Kommissariat des Viertels Anzeige gegen Unbekannt erstattet hatte.
Er öffnete den Hahn der Dusche und hasste sich wegen seiner Zerstreutheit und all der Schwierigkeiten, in denen er steckte. Der Wasserstrahl traf ihn wie ein Eimer voll Eiswasser, aber genau das brauchte er. Er hatte sich hastig ausgezogen, sich die wenigen Kleidungsstücke vom Leib gerissen und sie vor dem Badezimmer fallen lassen. Wenn jetzt ein Übeltäter die Wohnung betrat oder aus dem Schrank oder unter dem Sofa hervorkam, würde er ihn nackt und verwundbar überraschen, ohne Schutz und Fluchtwege, jedem Schlag ausgesetzt. Was wollten sie denn anderes von ihm? Sollten sie doch kommen, mit langen scharfen Messern oder Baseballschlägern oder Schlagrin-

gen und beenden, was sie begonnen hatten. Sie kannten die Adresse und seine Uhrzeiten. Der Übergang zwischen dem Bewusstsein und dem Nichts wäre sehr kurz. Es wäre ihm ohnehin ganz recht, so ins Nichts zurückzukehren, wie er daraus hervorgekommen war, nackt und bloß.
Er massierte seinen Kopf und rieb sich mit einem Rosshaarhandschuh über die Arme, dabei bemerkte er, dass die Haut sich abzulösen begann. Wie dumm, er hatte sich letzten Sonntag am Strand nicht eingecremt. Sein Lieblingsort an der ganzen Küste war nicht der Strand von Tarquinia, sondern lag etwas weiter nördlich, hinter Civitavecchia, Richtung Montalto. Dort kam niemand hin, nur ein paar Einzelgänger wie er, mit ihren Hunden. Er hatte den Ort entdeckt, als er noch das Auto von Serena fuhr, am Wochenende. Bei Sonnenuntergang hob sich das stillgelegte Kernkraftwerk am Ufer gegen den Himmel ab wie ein heiserer Schauspieler im Rampenlicht auf der Bühne. Der dunkle Umriss des Schornsteins, die vier Kessel, nie in Betrieb gegangen, und die anderen Teile der Anlage nahmen die ganze Landschaft ringsum als postatomare Szenerie für sich in Beschlag. Er empfand dieses Schauspiel als genaues Gegenteil der Skulptur, die auf der Klippe von Gijón in Asturien den Horizont lobte. Auch dieses Kraftwerk war eine Umarmung aus Zement, aber mit umgekehrtem Vorzeichen, ganz darauf ausgerichtet, alles in sich einzuschließen, in ihren dunklen Kern das Licht einzusaugen, das sie noch schwach beleuchtete. Jedes Mal, wenn er dort war, immer zur Zeit der Dämmerung, hatte er sich der perversen Faszination, die der Ort auf ihn ausübte, nicht entziehen können. Er stellte sich das Gesicht des Kommissars vor, wenn er ihm diesen Abschnitt der

Küste beschrieben hätte. Er hätte nicht länger gezögert, Corso in das Verzeichnis der Verdächtigen oder wenigstens in einen der Aktenordner aufzunehmen, wo er sich wahrscheinlich die Absonderlichkeiten der Menschen notierte.

Corso rieb sich auch die Beine und das Geschlecht, dann legte er den Kopf in den Nacken und ließ fünf Minuten lang das Wasser auf seine Stirn prasseln, auf die Augen, den Mund, den Hals. Wenn das alles ein Traum war, wer träumte ihn?

Als er hinausging, waren seine Haare noch nass. In der Hausmeisterloge las Gabriel eines seiner rätselhaften Bücher voller Formeln und astrologischer Karten. Er hob leicht den Kopf und folgte Corso mit Blicken bis zum Ausgang. Um in die Klinik zurückzukehren, hätte er nur die Via Merulana hinunter und dann geradeaus gehen müssen, doch an der ersten Ampel überquerte er die Straße und steuerte auf das Gassengewirr zu, in Richtung der großen MAS-Kaufhäuser für Bekleidung mit der alten Aufschrift über den Fenstern und Schaufenstern, die immer so aussahen, als würden sie gerade umdekoriert.

Ihm war eingefallen, dass es neben dem Antiquariat seines Freundes Emiliano einen Laden gab, wo Schlüssel repariert wurden. Den Laden hatte ein Chilene übernommen, der ein holpriges Italienisch sprach, sich aber verständlich machte. Der Mann schien zufrieden damit, diese Arbeit jeden Tag im Jahr zu tun, und stolz auf sein kleines Geschäft neben einem alten römischen Bogen.

Corso trat ein. Aus einem kleinen Transistorradio auf einem Regal kam pausenlos Musik der Anden, und man wunderte sich, wie dieses schäbige Plastikding einen Sender vom anderen Ende der Welt empfangen konnte. Corso wartete, bis der untersetzte, kräftige Mann damit fertig war, einen Schlüssel zu feilen, dann stützte er sich auf die kleine hölzerne Theke und erzählte vom Einbruch in seine Wohnung und dass das Schloss ihm unbeschädigt vorkam, denn die Tür ließ sich ganz normal öffnen und schließen.

Auch der Chilene fragte, was sie gestohlen hatten, und Corso gestand auch ihm, dass nichts fehlte. Wenn sie *una vez* reingekommen sind, sagte der Chilene, können sie es *una segunda vez* tun, ein anderes Schloss würde sie nicht davon abhalten. Wenn Corso sich etwas geschützter fühlen wollte, müsste er ein Sicherheitsschloss mit Doppelzylinder einbauen oder die Tür durch eine gepanzerte Tür ersetzen. Das war nur eine Frage des Geldes. Da er aber einen kleinen Eisenschmied um Rat fragte, war das ein Zeichen, dass diese beiden Lösungen für ihn nicht in Betracht kamen.

Corso war gezwungen, zuzustimmen. Er solle von innen mit dem Riegel abschließen, *de ahora en adelante*, und aufpassen. Wer eingedrungen war, war nicht gekommen, um zu stehlen. Sie könnten ihm auch außerhalb seiner Dachwohnung Böses zufügen.

Ja, das Schloss zu ersetzen, war wirklich eine sinnlose Ausgabe. Corso dankte dem Schmied und ging auf die Gasse hinaus, während aus dem Radio auf dem Regal die von einer Planflöte gespielte Melodie von *The sound of silence* kam.

R

Où sont tous mes amants?

Schlagartig erschien ihm die Wahrheit lächerlich. All die Fragen, die der Kommissar ihm gestellt hatte, hatten ihn durcheinandergebracht – was musste dieser Mann sich schon alles angehört haben? Wer konnte beweisen, dass er tatsächlich im Bahnhof ein Stück Pizza gegessen und ein Bier getrunken hatte? Würde der Junge, der ihn bedient hatte, sich an sein Gesicht erinnern unter den Tausenden, die er jeden Tag sah?
Im Grunde war es normal, dass ein Ermittler jede Aussage anzweifelte, die nicht wenigstens durch eine Gegenüberstellung gestützt wurde. Wie kann man all das glauben, was die Leute erzählen? Wieder überraschte ihn das Verständnis, das er für diesen Mann empfand, wegen seiner mühevollen Arbeit, der Härte, die es bedeutete, im erstbesten Zeugen jedes Verbrechens immer den ersten Verdächtigen zu sehen.
Er kehrte zur Ambulanz zurück und blieb dort bis zum Abend. Dies war ein Durchgangsort wie die Tankstellen in bestimmten amerikanischen Romanen, wo skurrile, unmögliche Figuren sich gerade lang genug aufhalten, um ein paar Worte zu wechseln und ihre Nummer aufzufüh-

ren, bevor sie weiterreisen. Die Sekretärin schickte sich an, nach Hause zu gehen. Er grüßte sie mit hauchdünner Stimme und beschloss, die Ambulanz ebenfalls zu verlassen.
Die Hitze hatte sich etwas abgeschwächt, aber die feuchte Schwüle überfiel ihn trotzdem. Er ging an der weißen Fassade der Basilika San Giovanni vorbei und weiter entlang der Tramgleise. Auf der Straße fuhren wenige Autos, und die Parkplätze unter den Bäumen waren fast alle leer. Ein Mann mit einem grauen, schmutzigen Bart fütterte Tauben vor der Aurelianischen Mauer. Corso ließ ihn hinter sich, doch sein feindseliger Blick blieb an ihm kleben, zusammen mit einer seltsamen Vorahnung. Er drehte sich mehrmals um, doch hinter ihm war nur diese Parade wilder Vögel.
Er ging weiter, kam zur Basilika Santa Croce in Gerusalemme, zum Nationalmuseum für Musikinstrumente, dem historischen Museum für die Grenadiere von Sardinien und stand schließlich vor der majestätischen Rotunde der Porta Maggiore. Dieses Monument hatte immer eine Art kindliches Staunen in ihm ausgelöst. Noch immer trafen hier alle Straßen und alle Gewässer von Rom aufeinander, und der Verkehr war derselbe wie vor zweitausend Jahren. Doch die Piazza, die um das Stadttor herum gewachsen war, schien von einem schielenden Stadtplaner entworfen.
Die Piazza zu umsegeln, machte ihn auch an diesem Abend schwer seekrank. Alles vervielfältigte sich hier: die Zebrastreifen, die Unterführungen, die Umzäunungen, die Gleise der Eisenbahn und der Tram, alles bildete ein Gewirr aus krummen, mehrdeutigen Linien, deren Geometrie un-

zählige Male umgeordnet worden war. Es war, als ginge man über einen Damm, der jedes Gleichgewicht der Lächerlichkeit preisgab – die Gehwege weit entfernt, unerreichbar.
Er blieb vor dem Grabmal des Bäckers Eurysaces stehen, der es durch fleißiges Teigkneten geschafft hatte, sich eine Grabstätte vor der Porta Maggiore zu kaufen, um seine Arbeit in alle Ewigkeit zu feiern. Die Stadt erwies ihm immer noch tagtäglich mehr Ehre als den Mausoleen und Amphitheatern der römischen Kaiser. Eurysaces hatte sein Grabmal in Form eines Ofens errichten lassen, aus Travertin statt aus Tonerde, und an der Seite die Münder der Knettröge einbauen lassen, die er bei seiner Arbeit benutzte. Im Inneren hatte er die sterblichen Überreste seiner Frau in einer Urne in Form eines Brotkorbs aufbewahrt, um allen in Erinnerung zu rufen, dass sich in jedem Ofen sowohl *lievito madre*, Sauerteig, als auch Asche befindet.
Vor der Haltstelle der Linie 3 bat ein Blinder um Almosen. Er war schwarz gekleidet und lehnte im Schatten eines Baumes am Geländer. Zuerst erkannte Corso den Hund, den Labrador mit schwarzem Fell, der am gestrigen Abend seine Hose beschnüffelt hatte. Dann sah er den rotweißen Klappstock neben dem Hut für das Geld. Es war der Blinde, den er in der Klinik getroffen und vergeblich bis zur Piazza Vittorio verfolgt hatte. Obwohl das nicht nötig war, tat er, als läse er den Fahrplan, ließ den Blinden aber nicht aus den Augen.
Eine schmutzig-gelbe Straßenbahn kam, einige Augenblicke lag versperrte sie ihm die Sicht. Der Blinde hob seine verschlissene Schiebermütze auf, schüttete die Münzen

in seine Hosentasche und setzte sich in Bewegung. An der Ampel wartete er das akustische Signal für Grün ab und überquerte die Straße. Auf der anderen Seite erwartete ihn ein Grüppchen Menschen, alle blind. Sie waren vielleicht auf dem Rückweg in eine Anstalt, nachdem sie durch Rom geführt worden waren. Drei oder vier junge Stadtführer ordneten sie an der Mauer zu einer Reihe, dann führten sie die Gruppe zu einem Absperrgitter aus Metall, das die Umgebung umzäunte. Mehrere verblassende Plakate auf den grauen Gitterstäben hatten inzwischen keinen Sinn mehr. Auf der Überführung hinter ihnen fuhren die Züge nach und aus Termini und Tiburtina.
Das mittlere Gitterstück stand etwas schief. Der Junge an der Spitze der Gruppe umfasste die eckige Stütze des Gitters und verschob es um ein paar Zentimeter. Zusammen mit seinen Kollegen half er allen Blinden, durch diesen Spalt zu gehen, dabei passte er sorgsam auf, dass keiner sich verletzte. Der Mann, der bis eben gebettelt hatte, ging als Letzter hindurch. Vor einem Fertigbau händigte er einem der Jungen einen Schlüsselbund aus, dann schlossen zwei von ihnen die Lücke im Absperrgitter, indem sie in die Knie gingen und das Teilstück zurückschoben. Gleich darauf verschwand die kleine Gesellschaft durch eine im Halbschatten liegende Öffnung in der Mauer unterhalb der Eisenbahnstrecke.
Corso wartete, bis keiner von ihnen mehr zu sehen war, bevor er ihnen nachging. Er schob das Absperrgitter recht mühelos zur Seite und ging zu der Stelle, wo er sie hatte verschwinden sehen. Zwischen den Pflastersteinen war Unkraut hervorgesprossen. Auf einem Schild las er: »RESTAURIERUNG DER UNTERIRDISCHEN BASILIKA DER

PORTA MAGGIORE«. Sehr vorsichtig drehte er den metallenen Knauf an der Eingangstür. Niemand hatte daran gedacht, sie abzusperren. Die Tür knarrte leise, aber sie öffnete sich. Corso schloss sie ebenso vorsichtig und ging ins Innere.

Der Schalter für die Eintrittskarten war unbesetzt. Er drückte sich in eine Ecke. Alle Fensterscheiben oder Lichtluken waren verdunkelt. Die Luft war feucht, abgestanden, überraschend kalt. Wenn ich blind wäre, dachte er, wäre es so ungefähr wie jetzt. Wenige Meter entfernt begann die Treppe. Er schickte sich an, hinabzusteigen, vorsichtig, um auf den breiten Marmorstufen nicht auszurutschen. Er wollte vermeiden, seinen Schatten an eine Wand zu werfen.

Von unten kamen Stimmen, doch um zu verstehen, was sie sagten, hätte er weiter nach unten gehen müssen. Er stieg noch ein paar Stufen tiefer und hockte sich hin, um Luft zu holen. Schwer zu glauben, doch allmählich entstand vor ihm der leere Raum einer Kathedrale. Anfangs war es nur eine enorme Leere, die sein Gehirn mit Linien und Begrenzungen zu füllen versuchte. Wo war er gelandet? Er konnte nichts klar unterscheiden. Ihm fiel eine Erzählung ein, die er als Junge besonders geliebt hatte, und er sagte sich im Geist den Anfang auf: »Da war dieser Blinde, ein alter Freund meiner Frau, der kommen sollte, um die Nacht bei uns zu verbringen.« Den Grund für diese Assoziation erkannte er erst ein paar Sekunden später. Wenn auch er einen Umschlag aus steifem Papier aus dem Supermarkt und einen Kugelschreiber gehabt hätte, wie der Blinde in der Erzählung, hätte er darauf vielleicht die Kathedrale zeichnen können, die er nicht sehen konnte.

Als ginge es dabei um sein Leben. Also schloss er die Augen und erlaubte ihnen, sich ohne Eile an die Dunkelheit zu gewöhnen.

Als er die Augen wieder öffnete, eines nach dem anderen, erschienen zuerst die Außenmauern, dann die Vorhalle, die Pfeiler der Seitenschiffe, ein Mosaik auf dem Boden, das hohe Tonnengewölbe, seine Dekoration aus weißen und farbigen Stuckarbeiten, die Apsis am Ende des Hauptschiffs. An den seitlichen Säulen hingen zwei kleine Fackeln. In ihrem Flimmern wogte überall auf den Basreliefs aus Stuck ein Volk aus Bacchanten, Helden, Medusen und Dichterinnen. Ein säuerlicher Geruch nach nasser Erde schlich sich ein wie eine Eidechse und erfüllte Corso bis in die Zehenspitzen.

Er zog die Knie an die Brust, und endlich sah er sie. Sie saßen an der gegenüberliegenden Mauer des Seitenschiffs, wo Besucher der Basilika keinen Zutritt hatten. Er stieg weiter hinab, bis fast zum Vestibül und sah genauer hin. Sie saßen im Kreis auf alten Holzstühlen, jeder mit einem weißen Buch auf den Knien. Der Zelebrant dieser eigenartigen, unverständlichen Zeremonie war ein weiterer, ganz in Schwarz gekleideter Blinder, der in der Apsis hin und herging, umgeben von einer Gruppe schweigender Leibwächter. Seine Stimme hallte bis zum Vestibül. Welchen Kult zelebrierte er hier? Und wie viele Rituale, wie viele Hexereien oder satanische Missetaten hatte dieser Ort in ferner Vergangenheit gesehen? Warum war er jahrhundertelang unter der Erde verborgen gewesen?

Wie durch einen Projektor vergrößert, begannen die Bilder auf dem Stuck abermals an den Pfeilern und Wänden zu wirbeln. Der Raum war jetzt von einem rötlichen, ge-

heimnisvollen Lichtschein erfüllt, und Corso bemerkte, dass die Bilder alle Szenen vom Tod, von Begräbnisfeiern, Selbstmorden, vielleicht Morden, zeigten – ein gespenstischer Totentanz. Er war weniger in eine unterirdische Basilika oder Kathedrale hinabgestiegen als mitten in einen Sarg. Wem gehörte diese Gruft? Einem General, einem Zauberer, noch einem Bäcker?
Auf dem Boden lagen Krüge, Amphoren, Tonscherben. Er bückte sich so tief er konnte und erhaschte einen Blick in die Vorhalle. Wieder bedrängten ihn Fragen. War er in den Unterschlupf einer neupythagoreischen Sekte geraten? Wer hatten ihnen die Schlüssel zu diesem Ort gegeben? Und warum hatten die jungen Stadtführer, die dieser geheimen Versammlung beiwohnten, sich noch kein einziges Mal zu ihm umgedreht? Vielleicht verbarg sich auch hinter dieser Gleichgültigkeit ein Plan. Alles hier war wie ein Geheimnis, das unaufhörlich geschah und sich weiter verwickelte.
Er spitzte die Ohren. Die ersten Worte, die er verstehen konnte, überraschten ihn, als handelte es sich um einen Irrtum, eine Verfälschung. Fast musste er lachen: Die Blinden sprachen über Literatur. So unwahrscheinlich sich das anhören mochte, sie hatten alle denselben Roman gelesen und diskutierten jetzt darüber. Wer weiß, warum sie diese Heimlichkeit gewählt hatten, um sich zu treffen. Vielleicht hatten auch sie einfach nur einen festen Tag, wie jede Lesegruppe, den ersten oder den letzten Sonntag im Monat, den Donnerstag ... Der Blinde in der Apsis hatte gerade auf einige Bemerkungen seiner Gefährten erwidert und analysierte jetzt einen Passus im Buch. Er zitierte ein paar Stellen aus dem Gedächtnis, wobei er alle Details

peinlich genau voneinander trennte. In diesem unterirdischen Hohlraum klang seine Stimme so hypnotisch und verführerisch, dass jede Zeile, jedes Wort glaubwürdig wirkte – er hatte soeben die Szene eines Verbrechens in ihre Einzelheiten zerlegt.
Corso bewegte einen Fuß, um sich aus der unbequemen Haltung zu befreien, zu der er gezwungen war, doch er stieß unabsichtlich gegen einen Teller auf dem Boden. Überraschend schnell drehten die Blinden ihre Köpfe in seine Richtung, und Corso fühlte sich wie angerührt aus einer anderen Welt. Er sprang auf und eilte, sich mit den Armen abstützend, in einem Atemzug die Treppenstufen wieder hinauf. Oben angekommen, stürzte er auf den Ausgang zu, ohne sich umzudrehen. Draußen überraschte ihn die Nacht. Wie lange war er dort unten geblieben? Er ließ das mittlere Gitter der Absperrung weit offen und fing an zu laufen.
Die Stadt kam ihm verändert vor, fast hätte er sie nicht wiedererkannt. Er lief an der Unterführung entlang, die am Bahnhof San Lorenzo endete und folgte an der ersten Querstraße den Bahngleisen. Erschöpft kam er an der Piazza Vittorio an. Er nahm die Abkürzung durch den Park, musste aber auf halben Weg anhalten.
Aus einem Lautsprecher kam in voller Lautstärke Tangomusik.
Eine Gesellschaft aus Männern und Frauen in Abendkleidern hatte einen Teil des Platzes mit einem roten Seil abgetrennt und an eine Straßenlaterne ein Schild gehängt, auf dem stand:

»ILLEGAL MILONGA«

Ein Pärchen tanzte schon, ernst und konzentriert. Ihr Rücken war nackt, sie trug einen schwarzen Rock, der sich von Zeit zu Zeit in die Luft hob. Sie bewegte sich stolz, an ihren Tanzpartner geklammert, als wäre dies die letzte Milonga ihres Lebens. Die anderen Frauen warteten auf einer Bank, dass ein Mann sie aufforderte. Um sie herum hatte sich eine kleine Menge versammelt, die zuschaute. Wieder überfiel ihn die Sehnsucht nach Feng wie ein Hinterhalt. Und die Stimme von Gianmaria Testa klang ihm in den Ohren: »*Es knirscht, mein Plastikbein, einst war es der Stolz des Kinos und der Milongas am Samstag.*«
Hinkend ging er weiter in Richtung auf seine Wohnung, fremder als alle Fremden, die in seinem Viertel lebten.

Freitag,
1. Juli 2016

Q

Moi mon cœur n'as pas
vieilli pourtant

An diesem Freitag fiel Corso bei Aufwachen das Zimmer in Belgrad ein. Das Zimmer war winzig, doch in einer Ecke gab es eine schäbige *Toilette* und an der Wand ein Tischchen. Das Fenster ging auf einen kleinen Innenhof, wo an der gegenüberliegenden Mauer ein Weinstock wuchs. Er hatte dort vor vielen Jahren mit einer jungen Frau aus Reggio Emilia geschlafen, die er zufällig im Reisebus getroffen hatte. Es gab kein passendes Hotel für ihre Geldbeutel, also mussten sie sich bei Privatleuten ein Zimmer zur Miete suchen. Hilfe kam von einer Frau mit breiten Hüften und einem schwarzen Rock, die ein wenig Italienisch sprach. Wenn es ihnen recht sei, könne sie sie im Zimmer hinter der Küche unterbringen. Corso blickte das Mädchen fragend an, doch die Frau ließ ihnen keine Zeit, zu antworten, sie wedelte mit den Händen, die wie zwei kleine Schwalben aussahen. Also taten sie, als wären sie ein Paar und folgten ihr, denn es war schon fast Abend, sie hatten kaum eine Wahl.
Corso wusste nicht, in welchem Teil der Stadt sie gelandet waren, doch dies war ein Ort, an den er zurückkehren

wollte. Die Frau bat sie, im Voraus zu bezahlen, sie wollte weniger, als er für sich allein vorgesehen hatte. Er holte das Geld aus seiner Brieftasche, die Frau zählte es und ließ es rasch in einer Geheimtasche ihres Rocks verschwinden, dann schloss sie die Tür.

Von dem Mädchen, das diese Nacht mit ihm verbrachte, wusste er nur den Namen, Margherita, und das Wenige, was sie sich im Bus erzählt hatten. Der Raum war so eng, dass die einzig praktikable Lösung darin bestand, die ganze Zeit auf dem Bett zu liegen und, wenn nötig, nur nacheinander aufzustehen. Beide mussten spontan lachen über das Missverständnis, das sie in ein Zimmerchen hinter einer Küche verbannt hatte, und in wenigen Stunden erfuhr Corso alles Wichtige über sie, was es zu wissen gab, auch den Grund ihrer Reise. Nackt, mit gekreuzten Beinen auf dem Bett sitzend, den Rücken leicht vorgebeugt, das Kissen dahinter, verriet Margherita ihm den Grund. Im Halbdunkel des Zimmers klangen ihre Worte schnell und hart.

Corso erinnerte sich, dass sie ihr Handgelenk mit einer Hand drückte, während sie die andere langsam drehte. Sie hatte sich als Erste ausgezogen, ohne Getue, und mit derselben Natürlichkeit hatte sie ihn geküsst und ihm alles Schauspielern erspart. Der Sex war ein überraschendes, beiderseitiges Vergnügen gewesen, und erst danach hatte sie ihm gesagt, dass sie einen Platz suchte, wo sie ohne Aufsehen zu erregen, aus der Welt gehen konnte, weil sie keine Kraft mehr zum Leben hatte. Die Ruhe dieser Ankündigung und ihre absolute Glaubwürdigkeit hatten ihn stärker getroffen als die Absicht selbst. Er spürte etwas wie ein Gefühl von Vergeudung, versuchte aber nicht einen Moment lang, sie davon abzubringen, das wäre ihm vorgekommen wie maßlose Arroganz. Wie hätte er ihr Leiden messen können, mit welchem Maß? Wenn er sie ermutigt hätte, in ihr Leben zurückzukehren – in welches Leben denn? – hätte er sich für einen Wunderheiler und für unfehlbar halten müssen, und er war überzeugt, dass er über wirklich gar nichts Klarheit besaß. Als würde sich jedes Schweigen, jede Geste, jeder Blick nicht ohnehin schon einmischen, und umso mehr eine ganze Nacht lang nackt auf einem Bett zu sitzen. Als könnte man sich alles anhören, ohne dass es Folgen hätte, als würden die Worte der anderen sich nicht über unsere eigenen legen und uns auch noch nach Jahren darüber befragen, was wir besser hätten tun oder sagen sollen.

Sie sprachen miteinander, bis das Morgenlicht schwach von draußen einfiel und auf ihre Körper schien. Am Nachmittag begleitete Corso sie zur Haltestelle der Busse nach Sarajewo. Sie verabschiedeten sich ohne sich zu verabreden – jedes Versprechen hätte in ihrem Fall grotesk geklungen.

Als er viele Jahre später in einer Zeitung las, Bekim Fehmiu, der albanische Schauspieler, der in der berühmten Fernsehserie der Sechzigerjahre den Odysseus gespielt hatte, habe sich in einem Zimmer in Belgrad umgebracht, fielen ihm das Licht in jenem Viertel und in jenem Zimmer mit schmerzhafter Deutlichkeit wieder ein. Er stellte sich das von der Zeit veränderte Gesicht des Schauspielers vor: der Bart weiß, wenige Haare auf dem Schädel, die Nase melancholisch. Ein schiffbrüchiger alter Mann, der sich in einem Archipel nunmehr leerer Zimmer bewegte. Er sah den müden Körper des Mannes vor sich, wie er den einzigen Stuhl im Zimmer nahm und vor das Fenster stellte. Vielleicht waren in dem kleinen Innenhof auf den Drähten einer Pergola auch ein paar Weintrauben gewachsen. Wer weiß, wie vorsichtig er sich die Pistole an die Kehle gesetzt hatte, bevor er die Augen schloss, jetzt, wo es niemanden mehr gab, der ein Bankett für ihn ausrichtete oder ihn fragte, wer er war. Er hatte nichts mehr zu erzählen, nicht einmal eine letzte Jugendlichkeit im Mund eines Blinden.

Diese Nachricht hatte Corso erschüttert, für ihn hatte sie die Wucht einer Warnung. Es war nicht nur die traurige Meldung vom Selbstmord eines alten Künstlers, die von einer Presseagentur verbreitet wurde, es war die weltweite Ankündigung des Selbstmords des Odysseus. Eine Nachricht wie diese hätte den Aufmacher auf der ersten Seite sämtlicher Zeitungen verdient, keine erbärmliche Spalte ganz unten auf der Seite mit Nachrichten aus dem Showbusiness. Wie konnten alle weiterhin ihren Gewohnheiten nachgehen in einer Welt, in der Odysseus sich freiwillig das Leben genommen hatte?

Ohne rechten Grund überlegte er, welches die letzte Erinnerung dieses Schauspielers gewesen sein mochte. Ob auch er einen Sohn wie Telemachos gehabt hatte oder wann die Frauen aufgehört hatten, auf ihn zu warten. Vielleicht war in seinem Gedächtnis nur ein für immer auf einer Filmrolle festgehaltener Abschied geblieben, wie in der Szene, in der ein alter Hund voller Flöhe den Kopf hebt, als er vorübergeht, und die Ohren aufstellt, und er sich bückt, auf einen Stock gestützt eine Hand ausstreckt und beide sich wiedererkennen. Ja, es konnte nichts anderes gewesen sein als der Blick dieses Hundes, das war seine letzte

Erinnerung. Denn an diesem Tag war seine Insel für immer zur Wüste geworden, als wären all die Wälder verbrannt, wo sie zusammen auf die Jagd nach Hasen und Rehen gegangen waren, bis zur furchteinflößenden Grenze der Klippen.
Daran und an nichts anderes hatte sich der letzte Odysseus erinnert, als er in einem Haus in Belgrad vor einem weit geöffneten Fenster saß, daran, wie ihm, nachdem er gestrandet war, Argos in den Armen starb, schiffbrüchiger als alle Schiffbrüchigen, und mit seinem Schwanz den Boden hatte erbeben lassen, und dann war alles wieder zu dem geworden, was es immer gewesen war, der Stein ein einfacher Stein, Ithaka ein Haufen Felsbrocken mitten im Meer. Gibt es eine größere Qual als zu verlieren, was man gerade wiedergefunden hat? In dem Moment hatte Bekim Fehmiu sich rettungslos alt gefühlt und nunmehr auch sich selbst ein Fremder. Er hob die Pistole, roch den Duft der Weintrauben an der Pergola und schloss die Augen.

Widerwillig stand Corso aus dem Bett auf. Er nahm das Telefon, um Signora Doliner anzurufen, doch all diese Gedanken hatten ihn verstört. Er erinnerte sich aber, dass sie ihm bei ihrem letzten Treffen vor ein paar Monaten von den beiden an der Piazza Vittorio ermordeten Frauen erzählt hatte. Am Tischchen der Bar, wo sie sich auf eine weitere Verlängerung des Mietverhältnisses geeinigt hatten, hatte sie ihm die Zeitung jenes Morgens gezeigt. Er verschob den Anruf, stellte den Computer an und musste nur wenige Begriffe eingeben, um zu finden, was er suchte:

Die beiden im Wohnzimmer ihrer Wohnung im fünften Stock eines der Häuser am Park der Piazza Vittorio ermordeten Schwestern waren beide über achtzig Jahre alt gewesen. Die Lokalnachrichten verbreiteten sich in aller Ausführlichkeit über das Bild am Tatort: Man hatte die beiden Frauen mitten im Zimmer in einem Meer aus Blut liegend gefunden, beiden war der Kopf mit einer Hiebwaffe zerschmettert worden. Die eine, in bequemer Hauskleidung, hatte helle, schmutzige, zu einem Zöpfchen gedrehte und von einem Hornkamm, der in ihrem Nacken vorstand, zusammengehaltene Haare; die andere trug einen langen Mantel und hielt ein Bündel in den Händen, machte aber nicht den Eindruck, als hätte sie die leiseste Gegengewehr geleistet. Ein Link führte zu einer peinlich genauen grafischen Simulation.

Doch ein außergewöhnlicher Umstand machte die Entdeckung der beiden Leichname besonders dramatisch: Ein Mann mittleren Alters, in nicht näher bezeichnete Geschäfte mit den beiden Frauen verwickelt, behauptete, er sei bis zu ihrem Treppenabsatz hinaufgegangen und habe geklingelt. Verärgert, weil niemand reagierte, habe er mehrmals an der Tür gerüttelt und bemerkt, dass sie nicht mit dem Schlüssel abgeschlossen war, sondern nur mit dem Kettchen am Riegel von innen versperrt. Der Türflügel hatte gewackelt und hätte sich mit einem kräftigeren Stoß öffnen lassen, doch der Mann wollte die Tür nicht aufbrechen und war hinuntergegangen, um den Hausmeister zu holen, der wie immer im Kabuff gegenüber vom Hauseingang saß. Beide gingen wieder hinauf. Als sie zur

Wohnung der Schwestern Malfresi kamen, fanden sie zu ihrer Überraschung die Tür weit offen stehen. In der Küche köchelte noch ein Topf mit Soße auf der Herdflamme. Sie gingen durch den Flur und sahen die Frauen am Boden. Doch noch vor dem Entsetzen packte sie die Angst. Beiden war sofort klar, dass der Mörder sich höchstwahrscheinlich noch in der Wohnung aufhielt, als der Mann geklingelt hatte. Der Hausmeister erklärte der Polizei, er sei sofort die Treppen hinunter gerast, um die Eingangstür des Hauses zu schließen, und habe nicht begreifen können, wie es dem Täter gelungen war, sich in Luft aufzulösen. Die Antwort sei ihm klar geworden, als er wieder hinaufging. In der Kanzlei des Anwalts Della Torre hatten vor einer Woche Umbauarbeiten begonnen. Die Arbeiter waren noch nicht von der Mittagspause zurückgekehrt, und eine Leiter auf den farbverschmierten Plastikplanen bot einen Ausweg. Jeder hätte sich in den Räumen verstecken können, um dann ungestört über die Leiter hinunterzuklettern und im Straßenverkehr unterzutauchen. Oder aber ... Der Hausmeister erzählte, er habe eine böse Vorahnung gehabt und sei eilig wieder hinaufgelaufen. Zum Glück wartete der Mann, der ihn gerufen hatte, auf der Treppe, gelähmt vor Schrecken, aber unversehrt. Sie waren übereingekommen, die Polizei zu rufen und sich nicht von der Stelle zu rühren, bis die ersten Beamten in Uniform einträfen.

Corso suchte vergeblich nach Hinweisen auf den kleinen, hinter ein Ohr geritzten Stern, von dem der Kommissar gesprochen hatte. Nach den Zeugenaussagen, die die Journalisten sammeln konnten, hatten die beiden Frauen gute Erträge mit den Wucherzinsen erzielt, zu denen sie Geld verliehen hatten. Doch keiner der Nachbarn wollte sich mit seinen Aussagen zu weit aus dem Fenster lehnen, und über allem lastete eine vorsichtige Zurückhaltung. Ein Kommissar, der am Tatort eingetroffen war, hatte nur zugegeben, dass es sich vermutlich um einen persönlichen Racheakt handelte. Die Ermittlungen waren bereits eingeleitet, doch es gab noch keine konkrete Spur. Dennoch war die Vermutung angebracht, dass die beiden Opfer zu einem größeren Kreis von Wucherern gehörten, und dass ihr Tod mit diesem Milieu zusammenhing.

Mit dem Gefühl, all das längst zu kennen, schaltete Corso den Computer aus. Wie grausam die Tat auch war, es gab daran nichts Neues, es handelte sich um die üblichen schmutzigen Manöver: die Notlage, das Ausnutzen, der Hass, die Unmöglichkeit, den Kredit zurückzuzahlen, das Verbrechen.

Er versuchte, sich vorzustellen, wohin der Mörder nach der Tat gegangen war. Unter die Arkaden? Nach rechts oder nach links? War er so kaltblütig gewesen, eine Bar oder eine Apotheke zu betreten oder hatte er sich seelenruhig auf eine Bank mitten auf der Piazza gesetzt, um ruhiger zu atmen oder sich am Schauspiel der vielen Polizeiautos mit heulenden Sirenen zu erfreuen? Corso überlegte, was er an seiner Stelle getan hätte. Wer weiß, vielleicht war er ihm sogar unwissentlich vor irgendeinem Schaufenster der Via Merulana begegnet.

Er stand auf, um sich ein Bier zu holen, und dachte, dass alle Menschen früher oder später auf demselben Gehweg landen. Aber welche Waffe hatte der Täter benutzt? Die Reporter waren in diesem Punkt vage geblieben: einen Dolch oder ein großes Messer oder sogar eine Axt. Sie berichteten nur, dass im Spülbecken in der Küche Blutstropfen entdeckt wurden, ein Zeichen, dass der Mörder die Klinge gesäubert hatte. Trug er sie beim Verlassen der Wohnung also noch bei sich? Vor allem, hatte er sie mitgebracht oder in der Wohnung gefunden? Und warum trug die zweite Frau einen Mantel? Wollte sie hinausgehen oder war sie gerade zurückgekehrt?

Corso wusste nicht, wie man ein Verhör durchführt, aber ganz sicher hatte dieser Kommissar, den er schon oft durch die Arkaden hatte gehen sehen, mit einem verschossenen Übergangsmantel, den krausen Haaren und ohne Hoffnung, viele Tage damit verbracht, rauchend und diskutierend in einem Zimmer zu sitzen und mit anderen Ermittlern einen Haufen Fragen zu wälzen.

Er trank das Bier aus, stellte die leere Flasche in die Reihe der anderen, und einen Moment lang meinte er Djangos mageren Schatten, seinen Windhundkörper, hinter sich zu spüren. Der Kühlschrank war halbleer, aber er hatte keinen Hunger. Unter seinem Vorrat an Ansichtskarten auf dem Schreibtisch suchte er eine aus, die die Piazza Vittorio zeigte, als es im Park noch einen Markt gab, und schrieb die Adresse, wie er es jeden Tag tat, seit seine Mutter gestorben war: Hôtel Negresco, 37 Promenade des Anglais, 06000 Nice (France). Dann fügte er eine kurze Nachricht hinzu: *Von allen Lämpchen, die in meinem Leben durchgebrannt sind, warst du die erste.*

Draußen gingen Menschen in die Konditoreien und wieder hinaus, standen rauchend vor den kleinen Supermärkten und den Halal-Metzgern, tauchten in den Metrostationen unter oder beobachteten von einem Hotelbalkon aus den metallischen Reflex des Lichts auf den Zügen an den Gleisen. Seit Menschengedenken überschwemmte dieses Viertel alles mit seiner verhängnisvollen Gleichgültigkeit unter den mageren Palmen und den Platanen voll kleiner grüner Papageien.

P

Ils sont je ne sais où
À d'autres rendez-vous

Am Vormittag kam ein Ehepaar, beide Rentner, in das Wartezimmer. Sie trug ihre blonden Haare noch lang, und ihr Körper war wohlgeformt; er stellte hinter seinem Schnurrbart nach Art englischer Schauspieler ein gleichmütiges, umgängliches Wesen zur Schau. Die vorstehenden Augen des Mopses zu ihren Füßen waren in eine stumme, urzeitliche Panik getaucht. Der kleine Hund zitterte am ganzen Körper, er flehte sie an, ihn auf den Arm zu nehmen und so schnell wie möglich fortzubringen.
»Er hat schon immer Angst gehabt«, sagte der Mann mit dem Schnurrbart zu Corso, »doch seit er seinen Bruder verloren hat, weint er auch im Schlaf und will nicht fressen. Mein Frau und ich füttern ihn jeden Tag, aber das ist anstrengend. Ich fürchte, er hat beschlossen, sich gehen zu lassen.«
»Wie alt ist er?« fragte Corso, und der Mann antwortete, Blues sei neun Jahre alt, aber seit seiner Geburt nie von seinem Bruder getrennt gewesen. Bis dieser Bruder krank wurde, hätten sie in einer Symbiose gelebt, fraßen aus derselben Schüssel, schliefen in derselben Hütte. Damit er sich

weniger einsam fühlte, hätten sie letzte Woche einen etwa lebensgroßen Mops aus Keramik gekauft. Abends legte sich Blues vor dieser Figur hin und bellte sie an.
»Das ist ein herzzerreißendes Schauspiel«, sagte die Frau, und in ihrer Stimme hörte Corso etwas wie eine Kapitulation. Zwei Falten auf der Stirn gruben tiefe Kerben in ihr Gesicht. Corso betrachtete den Mops. Der Ringelschwanz hörte nicht auf zu zucken, und das graue, glänzende Fell kräuselte sich noch immer.
»Blues ist ein merkwürdiger Name für einen Hund«, sagte er etwas zerstreut.
»Diese Musik habe ich immer schon geliebt«, sagte der schnurrbärtige Mann. »Mögen Sie Blues?«
Corso nickte.
»Ich habe mich noch nicht entschieden, ob ich den ursprünglichen Blues vorziehe oder alles, was danach kam. Vielleicht habe ich ihm zu viel davon vorgespielt. Bis jetzt wollten die Tierärzte kein Antidepressivum verschreiben, aber ich möchte meinen Blues nicht an Traurigkeit sterben sehen.«
»Er wird nicht sterben«, sagte die Frau, öffnete ihre Handtasche und holte einen Keks heraus. Sie hielt ihm den Keks vors Maul, doch Blues wandte den Kopf ab.
Der Ausdruck dieses Tiers mit der eingedrückten Schnauze hätte einen eigenen Roman verdient, und Corso dachte an sein altes Projekt, alle Hunde in der Literatur aufzulisten, von Argos über Barrabas und Karenin bis zu Julius und Stupido. Und auch die der Schriftsteller: Black Dog, den letzten Springer Spaniel von Hemingway; den Neufundländer Carlo von Emily Dickinson; Olaf, die dänische Dogge von Simenon; den Mischling Rollo, der den

jungen Jack London beim Zeitungverkaufen begleitete; Popov, den deutschen Schäferhund, den Françoise Sagan an der Côte d'Azur vorführte; Camões, den Pudel, den Saramago hartnäckig als portugiesischen Wasserhund bezeichnete ... Er ging im Geist die Liste durch, als ihm ein verrückter, aber schwerwiegender Verdacht kam. Er ging zur Sekretärin am Eingang und bat sie um Erlaubnis, zu seinem Django zu gehen.
»Warten Sie hier«, sagte sie, »ich frage nach.«
Sie kehrte in Begleitung eines Arztes zurück, den Corso noch nicht gesehen hatte. Ein ziemlich großer Mann, kahl an den Schläfen, mit einem dichten schwarzen Bart, der sich vom weißen Kittel abhob. Er schüttelte Corso kräftig die Hand. Es gebe keine wesentliche Neuerung im Vergleich zum Vortag, die Situation bleibe in der Schwebe, man könne nicht sagen, wie sie sich entwickeln würde. Das wusste Corso bereits, aber er musste seinen Hund sehen, nur für einen kurzen Augenblick.
»Wenn das so ist, einverstanden«, sagte der Arzt.
Sie gingen zur letzten Tür im Flur. Auf dem Tisch rechts hatte eine Katze mit vielen Verbänden den Platz des gefleckten Hundes von gestern eingenommen. Um den Kopf trug sie ein opakweißes Halsband, auf dem rasierten Bauch sah man die Narbe einer langen Operationsnaht. Die Beine angeschwollen, voll blauer Flecken. Man hatte sie in der Nacht notoperiert, nachdem sie wenige Meter von der Metrostation Manzoni entfernt mit Tritten traktiert und fast getötet worden wäre.
Etwas weiter hinten schlief Django seinen erzwungenen Schlaf hinter der kleinen Umfriedung aus Plastik, die die Zimmerecke abtrennte.

Corso öffnete das Plastikgitter und kniete nieder. Trotz des Summens, das ihm wieder unaufhörlich in den Ohren dröhnte, konnte er aus dieser Entfernung Djangos Atem hinter der Maske auf seiner Schnauze hören, ja, sogar das langsame Pulsieren der Tropfen, die ihm aus den Infusionsflaschen in die Adern rannen.
Sehr vorsichtig legte er eine Hand auf das dünne Fell des Halses. Die Haut war glatt, nur etwas kälter als sonst, vielleicht wegen der Bewegungslosigkeit in diesen Tagen. Sanft tastete Corso über den Hals bis zum Ohr. Er hob den Kopf etwas an, um mehr Bewegungsfreiheit zu haben, doch der Tierarzt bat ihn, die Position des Hundes nicht zu verändern. Sehr langsam legte Corso den Kopf wieder auf den Boden, doch nicht bevor er jeden Millimeter des im Schatten liegenden Teils untersucht hatte.
Anfangs erschien es ihm nicht wie eine Narbe, eher wie eine Kräuselung der Haut, eine Art Irrtum, ein kleine unbedeutende Falte, wo alles samtweich hätte sein sollen. Er vergrößerte das Untersuchungsfeld und schloss die Augen, um sich zu konzentrieren. Auch der Tierarzt empfand Scheu vor diesem so intimen, vertrauten Kontakt und störte Corso nicht mehr mit unnötigen Warnungen. Wenn das Tier in den nächsten Stunden sterben sollte, wäre dies eine der letzten Regungen gewesen, die er mit seinem Herrchen hatte austauschen können, obwohl austauschen nicht das richtige Wort war, denn die Kommunikation zwischen den beiden verlief nur in eine Richtung. Doch darauf achtete Corso nicht, er war einzig darauf konzentriert, einen völlig unlogischen Verdacht zu überprüfen. Er umkreiste mit der Hand die Erhebungen, die er unter der Haut gespürt hatte, und endlich zeichneten sich

unter seinen Fingern die Spitzen eines winzigen sechszackigen Sterns ab, unregelmäßig aber eindeutig. Er fühlte wie ein Brennen in seinen Fingerspitzen, als sie blind über die Linie des Schnitts und den harten Blutklumpen darunter fuhren. Ihn schauderte, als hätte er einen Fuß ins Leere gesetzt und wüsste nicht mehr, in welche Richtung er sich bewegen sollte. Als er Django vor zwei Tagen bewusstlos hinter dem Sofa entdeckt hatte, hatte er nichts bemerkt. Er hatte geglaubt, das Blut käme nur aus der Nase, stattdessen stammten einige der Tropfen auf dem Parkett auch von dieser Wunde, die sich inzwischen geschlossen hatte.

Er stand vorsichtig auf und betrachtete seine Hände, doch nur instinktiv, dann schloss er das Plastikgitter, warf einen Blick auf die von der nächtlichen Notoperation noch betäubte Katze und ging zurück ins Wartezimmer. Der Sekretärin erschien er noch verwirrter und aufgeregter als bei seinem ersten Besuch.

O

Adieu les infidèles

Am Nachmittag kam eine Frau mit einem mittelgroßen Hund, einem Malteser Zwergpudel. Sie trug einen geblümten Rock und grünen Nagellack.
»Ich habe mir freigenommen«, sagte sie, »aber ich muss zurück, um den Laden zu schließen. Brauchen Sie lange?«
»Ich bin nicht in der Warteschlange«, sagte Corso.
Die Frau begann, die Zeitschriften auf der Bank durchzublättern, legte sie dann aber zurück und musterte Corso aufmerksam.
»Ihr Gesicht kommt mir bekannt vor, haben wir uns irgendwo schon mal gesehen?«
»Ich glaube nicht.«
Corso hätte die Konversation hier beenden wollen, doch der Zwergpudel knurrte ihn an; die Frau hielt ihm mit der Hand das Maul zu.
»Verzeihen Sie ihm. Was sind Sie von Beruf?«
»Freier Unternehmer.«
»Welcher Art?«
»Buchbranche.«
»Aha, Sie handeln mit Büchern?«
»Nicht direkt.«

»Sie schreiben also Bücher, sind Sie Schriftsteller?«
»Auch nicht.«
»Sie machen mich neugierig.«
»Ich empfehle Bücher.«
»Interessant. Ihre Arbeit besteht also darin, Bücher zu empfehlen.»
»So ungefähr«, gab Corso einsilbig zurück.
»Dann sind Sie Buchhändler.«
»Nein, auch das nicht.«
»Entschuldigung, ich verstehe nicht.«
»Ich empfehle sie je nach den Problemen, von denen die Menschen mir erzählen.«
»Aha. Und das gefällt Ihnen?«
»Das weiß ich noch nicht.«
Der Zwergpudel zappelte noch immer bedrohlich in ihrem Griff.
»Ich arbeite hier in der Nähe, in einer kleinen Boutique. Schön brav, Karli.«
»Karli?«
»Ja. Stellen Sie sich vor, ich hatte ihn erst seit ein paar Tagen, da entwischt er mir im Treppenhaus, läuft hinter einer Katze her, und ich hätte fast das ganze Haus evakuieren lassen, hab immerzu gerufen Karli, Kaaarliii.«
Ihr Lachen war glockenhell, ohne Heuchelei.
»Wie ist Ihnen dieser Name eingefallen?«
»Als er klein war, erinnerte er mich an die Maus von Aschenputtel« Sie legte eine Hand an ihren Mund. »Doch jetzt, wo er gewachsen ist, wird er zum Problem.«
»Was für ein Problem?«
»Er hält sich für meinen Mann.«
»Wie meinen Sie das?«

»So wie ich es sage. Er benimmt sich genau wie ein Ehemann. Und obendrein wie ein eifersüchtiger Ehemann. Er lässt mich nicht telefonieren, bellt, er lässt niemanden in meine Nähe. Auch Vito hat er weggejagt, den Klempner, der meinen Boiler auswechseln sollte. Einmal bin ich morgens aufgewacht, da lag er in meinem Bett, mit dem Kopf auf dem Kissen. Ich schwöre Ihnen, das ist die reine Wahrheit.«
»Wann hat das angefangen?«
»Als ich mich scheiden ließ. Vielleicht ist es meine Schuld. Damals habe ich mich zu sehr mit ihm beschäftigt. Aber jetzt will er die gleiche Zuwendung, die mein Mann haben wollte. Außerdem kostet er mich ein Heidengeld. Die Abendessen, Sie müssten uns sehen. Ich sitze da mit meinem Fenchelsalat – ich bin Vegetarierin – und er mit einem Steak aus dem besten Fleisch ... Vor dem Herd hat er drei Fressnäpfe, einen fürs Trockenfutter, einen für die Pasta und einen für den zweiten Gang.«
»Haben Sie mit einem Arzt darüber gesprochen?«
»Wenn Sie wüssten, mit wie vielen, Signor ...«
»Corso, Vince Corso.«
»Angenehm. Ich bin Adelia, aber das hat nichts mit Adele zu tun. Mein Vater hat den Namen ausgesucht, es gibt eine Pinguinkolonie, die so heißt. Und auch ein Adélieland in der Antarktis.«
Corso sah ihr in die Augen, sie waren hellblau wie die eines Gletschers.
»Sie sprachen über Ihren Hund.«
»Ich habe wirklich alles ausprobiert, glauben Sie mir, aber es gibt kein Heilmittel. Ein Psychologe müsste her. Es gibt welche, wissen Sie, auch für Hunde. Einziger Nachteil –

er müsste ein paar Tage bei mir zu Hause leben. Und leider darf man sich ihn nicht aussuchen.«
Corso bekam wieder große Lust, zu rauchen.
»Haben Sie mal an eine Gefährtin für ihn gedacht?«
Er gebrauchte genau dieses Wort, doch angesichts des Tons, den dieses Gespräch angenommen hatte, erschien es ihm nicht unpassend.
»Natürlich habe ich daran gedacht. Ich habe ihn überallhin gebracht, damit er sich paart. Nichts zu machen, von Hündinnen will er nichts wissen, von Rüden auch nicht. Er ist ein treuer Ehemann.«
Wieder lachte Adelia, und auch Vince musste lachen. Die Fröhlichkeit dieser Frau war ansteckend.
»Karli hat ein kleines Problem. Wenn Sie mir versprechen, das nicht weiterzuerzählen ...«
»Noch ein Problem?«
»Ja, er hat nur einen Hoden, der andere ist nie rausgekommen.«
Corso dachte, dass das Leben nicht leicht ist, für keines der Lebewesen.
»Übrigens, sind Sie verheiratet?«
»Nein.«
»Das war einfach nur Neugierde, bitte entschuldigen Sie. Selbst wenn ich wollte, ich könnte Sie niemals zum Abendessen einladen. Verstehen Sie? Karli gibt mir auch keine Chance, mir ein neues Leben aufzubauen. Und wenn er bei der Arbeit weiter alle männlichen Kunden verscheucht, wird die Besitzerin des Geschäfts mir kündigen. Ich bin verzweifelt. Zum dritten Mal komme ich schon hierher.«
Sie machte eine Pause.
»Sie sagten, dass Sie von Beruf Bücher empfehlen.«

Corso hätte diese Frage gerne vermieden.
»Damit habe ich es auch versucht, eine Woche lang habe ich ihm *Ruf der Wildnis* vorgelesen. Er mag es, wenn ich nur für ihn lese, aber die Geschichte von Buck hat nicht funktioniert. Wüssten Sie vielleicht ein anderes Buch?«
Corso grub eine Visitenkarte aus seiner Brieftasche.
»Rufen Sie mich in ein paar Tagen unter dieser Nummer an.«
Adelia las den Eintrag und die Adresse.
»Literarische Erste Hilfe?«
Corso wurde rot.
»Ich sehe auch, dass Ihre Praxis nicht weit entfernt liegt.«
»Es ist weniger eine Praxis als eine Dachwohnung.«
Doch noch bevor er den Satz beendet hatte, trat ein Arzt in den Flur hinaus und buchstabierte den Namen Karli. Adelia steckte die Visitenkarte in ihre Handtasche und ging mit dem Zwergpudel in Richtung der Untersuchungszimmer. Die Sekretärin am Eingang mit ihrem trägen, versehrten Arm schien abgelenkt.
Corso war wieder allein. Etwa zehn Minuten später kam ein Mann mit einem karierten Hemd über den Bermudashorts und einem Border Collie an der Leine herein. Der Collie hatte ein verbundenes Bein, das ihn humpeln ließ. Die Oberschenkel des Mannes waren viel zu dick für seinen Körper, sie erinnerten Corso an die von Norman Bombardini, einer Figur, die David Foster Wallace in *Der Besen im System* beschrieben hatte. Kein Stuhl würde diese Oberschenkel fassen. Ohne aufgefordert werden zu müssen, erzählte der Mann sofort, er habe nie einen intelligenteren Hund als seinen Capitano gehabt. Das Problem sei dieser verfluchte Instinkt, Schafe zu fressen.

Corso überlegte, wer wohl der nächste Kunde sein würde.
Wie gut sie sich auch erziehen ließen, fuhr der Doppelgänger von Norman Bombardini fort, die Border Collies waren und blieben wolfsähnlich. Darum habe er ihn in ein Dressurzentrum auf der Via Cassia in der Nähe seines landwirtschaftlichen Betriebs gesteckt, wo man ihm beibrachte, die Schafe in ihr Gehege zurückzutreiben, ohne sie vorher zu reißen. Doch während eines Agility-Dog-Trainings habe Capitano sich beim Sprung über ein Hindernis ein Bein gebrochen.
Der Hund hob den Kopf. Er sah aus, als trüge er eine Maske um die Augen, eine schwarze, wie ein Comic-Held. Corso legte ihm eine Hand auf den Kopf, es war schön, seine Bewegungen zu fühlen.
Kurz darauf tauschten Karli und Capitano beim Arzt die Plätze. Adelia warf Corso ein schüchternes Lächeln zu, bevor sie an der Sekretärin vorbeiging.
Sie machte ein paar Schritte, dann kam sie zurück.
»Wenn diese neue Behandlung anschlägt, werde ich Sie zum Abendessen einladen, das ist ein Versprechen.«
»Danke, ich hoffe, ich kann kommen, wenn ...«
»Es wird klappen, bestimmt«, unterbrach ihn Adelia. »Das hat man mir gesagt.«
Corso dankte ihr und gab ihr die Hand.
»Erinnern Sie sich an *Der Himmel über Berlin*?« fragte Adelia. »Ich weiß nicht, wie oft ich den gesehen habe. Verstehen Sie? Die Geschichte von diesen zwei Engeln, die das Leben der Menschen beobachten ... Seither warte ich immer darauf, dass ich einem der beiden begegne.«
»Rom ist nicht Berlin«, sagte Corso, doch seine Ironie be-

kam einen bitteren Unterton, den er nicht vorhergesehen hatte.
»Sie irren sich. Haben sie mal von den Indigo-Kindern gehört?«
»Nein.«
»Das ist eine Generation neuer Engel, geboren zwischen den sechziger und siebziger Jahren, sie haben die Aufgabe, die Welt zu retten. Einige sind Künstler geworden, andere Krankenpfleger, wieder andere Lehrer.«
»Bitte entschuldigen Sie, es war kein leichter Tag für mich.«
»Du glaubst das nicht, stimmt's?«
»Was?«
»Dass du mit Engeln verwandt sein könntest.«
Adelia war plötzlich zum Du übergewechselt.
»Ich hatte schon so eine Ahnung, als ich reinkam, aber jetzt bin ich ganz sicher. Du hast eine Art Aura, ein hellblaues Licht, das dich beleuchtet. Hat man dir das noch nie gesagt? Wegen dieses Lichts heißen die Indigo-Kinder so.«
Etwas Hellblaues könne an ihm höchstens ein Mongolenfleck sein, dachte Corso.
»Ich bin sicher, dass dir das bewusst ist.«
»Also eigentlich …«
»Du hast all ihre Eigenschaften. Du bist empathisch, sensibel, neugierig, du erfasst intuitiv den Charakter und die Probleme anderer Menschen, du kannst ihnen zuhören. Man merkt dir an, dass du gelitten hast, und dass du geliebt werden möchtest, aber du bist auch sehr großzügig. Außerdem scheinst du dich in dieser Welt unbehaglich zu fühlen, du wirkst total wehrlos, bist aber voller Energie. Du bist der Typ Mann, der die Frauen zum Weinen bringt,

wenn er irgendwo hinkommt, weil dein Verhalten etwas Engelhaftes hat. Davon habe ich im Roman einer amerikanischen Schriftstellerin gelesen. Und die Frauen erzählen dir, was sie sich nicht mal untereinander erzählen würden. Du hast eine Gabe, Vince Corso, und der Beruf, den du dir ausgesucht hast, Menschen, denen es schlecht geht, Bücher zu empfehlen, ist ein Teil deiner Aufgabe. Du bist geboren, um den Menschen zu helfen, und dem darfst du dich nicht entziehen.«

Sie streichelte ihn, wie man es bei einem Kind tut, dann verließ sie die Klinik.

Samstag,
2. Juli 2016

N

Jadis quand j'étais belle

Überwältigt von beunruhigenden Vorahnungen wachte er an diesem Samstag auf. Er konnte das Gefühl drohender Gefahr nicht abschütteln, es war wie ein Anzeichen weiteren Unheils. Trotz der glühenden Hitze dieser Tage fror er, und der Tinnitus war unerträglich laut geworden. Er setzte sich im Bett auf und hob die Augen zum Poster an der Wand. Buster Keaton war noch da, eine Lupe in der Hand, er las in seinem Handbuch für Detektive. Gerade hatte er von ihm geträumt, nach Monaten wieder einmal. Keaton war wie irgendein Patient in seine Dachwohnung gekommen, hatte sich auf den Ledersessel gesetzt, die Jacke ausgezogen und die Hemdsärmel hochgekrempelt. Dann hatte er angefangen zu sprechen, was er in früheren Träumen nie getan hatte, auch nicht in seinen alten Filmen. Doch an das, was er gesagt hatte, konnte Corso sich nicht erinnern. Eilig zog er sich an und ging hinaus.

Es war ein strahlender Morgen, nur gelegentlich von einem ablandigen Wind durchquert. Der Neue Markt des Esquilin begann oder endete am Radisson, in der hintersten Ecke der alten Kaserne, die ihn beherbergte. Corso ging gerne von hier aus hinein. Auf den ersten Ständen standen Stoffe in großen Rollen unterschiedlicher Höhe einer neben dem anderen aufgereiht wie Wachposten. Eine Afrikanerin verkaufte Kajal-Puder zum Schminken der Augen, eine andere Seifen, Mandelöle und Wurzeln zum Zähneputzen. In einer Schneiderei unter freiem Himmel arbeiteten mehrere Tunesier emsig. Einer nähte den Saum einer Hose, ein anderer schnitt eine Jacke zu, der dritte nahm mit einem Maßband auf einem langen Holztisch Maß.

Corso ging an einem Stand mit Rollkoffern und Rucksäcken und an einem anderen mit Unterwäsche vorbei, dann war er am Ende des ersten Kreises angelangt. Vor dem Eingang zu dem Bereich des Marktes, wo sich die meisten Menschen drängten, erkannte er im Gegenlicht die Umrisse eines Blinden mit seinem Hund. Derselbe Stock. Er ging schneller, doch wie am ersten Abend in der Klinik verschwand der Mann im Nichts. War er zurück zur Straße gegangen oder hatte er sich unter die Leute gemischt, die den ganzen Tag dort standen?

Die Sonne blendete ihn, er musste sich am Geländer abstützen. Der Blinde stand etwa zehn Meter entfernt, an eine Obstkiste gelehnt. Corso stieß gegen eine Bierflasche, die über die Treppenstufen rollte, und mit zwei Sprüngen erreichte er den Stand, wo Orangen verkauft wurden, doch wieder keine Spur von dem Blinden. Er wich zwei Frauen aus, die eine Tüte Weintrauben bezahlten, und fing an zu laufen.

Er ließ die Säcke mit Gewürzen hinter sich, die Fleischstände, den Tisch, wo nur Bonbons verkauft wurden. Hier begann der eigentliche Markt: Papaya, Guave, Jackfrucht, Auberginen mit fester Schale, indische Zucchine, schwarze

Bohnen, Kaffee, Safran, Reismehl, Butterschmalz, Dosen mit Melasse, japanische Nudelsuppe, Zuckerpäckchen ... Durch das Glasdach fiel ein trübes Licht. Schlagartig weitete sich der Raum wie ein Atemzug, und ihm war, als hätte er das hohle Zentrum eines Wirbelsturms erreicht. Auf den Tischen starrten die lidlosen Augen Dutzender toter Fische ins Leere, während ein dunkles, stinkendes Wasser von den Eiswürfeln tropfte und auf dem Boden zusammenfloss.

Zuerst sah er den Labrador. Er verschmolz fast mit der dunklen Pfütze zu seinen Füßen, seine Augen schienen darin zu schwimmen. Doch dieser Hund war nicht das einzige lebendige Tier. Benommen regten sich auf einem Tisch viele blaue Taschenkrebse, bewegten langsam ihre Scheren, umschwirrt von unzähligen Fliegen.

Der Mann mit der Hundeleine in der Hand, verscheuchte ein paar Fliegen von seinem Gesicht. Er war mager, groß, die Haare schwarz und glänzend wie die Brille, in der anderen Hand hielt er den Klappstock. Corso betrachtete ihn in aller Ruhe, ging einen Schritt auf ihn zu, dann drehte er langsam den Kopf weg.

Die Enttäuschung war brutal – er hatte den falschen Blinden verfolgt. Er atmete langsam aus und verspürte etwas wie Erleichterung. Die Alpträume, die ihn erstickten und vielleicht auch Gabriel oder den Kommissar quälten, hatten keinen Sinn, die Wirklichkeit war viel banaler und unbedeutender. Er fühlte sich, als hätten ihn eine ganze Nacht lang irre Phantasien heimgesucht und als hätte das Delirium ihn jetzt endlich verlassen. Vielleicht war es dieser Gedanke, der ihn ablenkte, denn er hätte später nicht sagen können, wann dieser junge, weißgekleidete Mann

sich zwischen ihn und den Blinden gestellt hatte. Das Verhängnis macht uns unsichtbar, würde er später erklären, aber wer weiß, wem er diesen Satz gestohlen hatte.
Der Junge ging zur Kiste mit den Krebsen und blieb stehen, um sie zu mustern. Seine dunkle Hautfarbe wurde durch die Kleidung aus weißem Leinen hervorgehoben. Eines der Tiere hievte sich auf die Panzer der anderen, indem es sich mit den Beinen abstützte, da berührte jemand den Jungen an der Schulter. Der erste Messerstich zog sich durch seine rechte Hand, die er instinktiv gehoben hatte, um den Schlag abzuwehren, und ritzte ihm unfreiwillige Stigmata in die Handfläche. Der zweite durchbohrte seine Seite. So auch der dritte, aber von einer anderen Klinge. Das weiße Hemd tränkte sich mit Blut.
Die Männer, die ihn mit Metzgermessern angriffen, waren zwei Typen mit seitlich kahlgeschorenen Köpfen, der kleinere trug ein schwarzes Unterhemd, der andere Lederstiefel, trotz des Sommers.
Obwohl dieser erste Angriff schon tödlich war, blieb der junge Mann stehen, entsetzt, doch die beiden ließen ihm nicht einmal Zeit, zu fragen, warum sie so grausam über ihn herfielen. Zweimal stachen sie ihm in den Brustkorb, auf der Suche nach seinem Herzen. Ein Stich traf ihn in der Lunge, ein anderer in die linke Achsel, zwei durchbohrten seine Leber und vier seinen Magen. Nur einer traf ihn von hinten, auf der Höhe der rechten Niere.
Der Junge stützte sich auf den Verkaufstisch, und ein blauer Krebs krabbelte über seine blutende Hand. Er war übersät mit Stichen, auch auf den Oberschenkeln, hielt sich aber noch immer aufrecht, so gut er konnte. Es war klar, dass seine Angreifer gekommen waren, um zu töten, doch

das Opfer wollte ihr Vergnügen, ihn zusammenbrechen zu sehen, so lange wie möglich hinauszögern, vielleicht hing er aber auch nicht weniger heftig am Leben. Er ergab sich erst, als sie ihm den Bauch in ganzer Breite aufschlitzten und eine unvermutete Öffnung gleich oberhalb des Hosengürtels schufen, aus der sich, welch widerlicher Anblick, seine Eingeweide ergossen.

Verzweifelt versuchte der Junge, sie mit seinen kleinen verletzten Händen zurückzuhalten, doch die glitschigen Gedärme entglitten ihm nach allen Seiten, und so versuchte er weinend, sich den Bauch mit beiden Armen haltend, den letzten Gang seines Lebens. Er hatte den Schritt eines Betrunkenen oder eines Pferdes auf dem Weg zum Schlachthof.

Ein paar Frauen schrien, eine Tüte mit Kabeljau blieb unverkauft auf der Waage liegen, aber niemand näherte sich, um ihm zu helfen oder ihn zu stützen. Nur der Kleinere der beiden Angreifer trat noch einmal zu ihm, um ihm etwas ins Ohr zu flüstern. Auf seiner Wade war die italienische Nationalflagge tätowiert. Der Junge machte noch ein paar Schritte, dann fiel er, umgeben von einem unerträglichen Geruch nach Scheiße bäuchlings in das Abwasser der Fische, vor dem Stand eines alten bärtigen Pakistani, der Freddy Mercury glich.

Corso stürzte zu ihm und hob ihn auf, griff ihn um die Schultern. Er blutete am ganzen Körper, und auf seinem Hals war ein Stern eingeritzt. Corso schrie, jemand solle einen Krankenwagen rufen. Der Junge flatterte mit den Lidern und zuckte, kurz darauf wurden seine Augen gläsern und erstarrten in einem Ausdruck, den er nicht mehr hätte ändern können.

Urplötzlich rüttelte sich dieser Teil des Marktes aus seiner Erstarrung, jetzt kamen aus jeder Richtung entsetzte, panische Schreie. Die unmittelbaren Augenzeugen flohen nach draußen, und ringsum drängte sich eine Masse Neugieriger und Schaulustiger. Keiner wusste genau, wie sich die Tat abgespielt hatte.

Corso hob den Leichnam des Jungen auf, wurde aber von mehreren Seiten gestoßen und musste ihn auf einem Tisch voller Krustentiere, Kraken und Mollusken ablegen. Die Angreifer waren verschwunden, ebenso der Blinde mit seinem Hund.

Corso trat ein paar Schritte zurück. Wieder war sein Hemd mit Blut durchtränkt. Manche Passanten warfen ihm misstrauische, ängstliche Blicke zu. Er nutzte das Durcheinander, um sich unter die Menschen zu mischen, von denen immer mehr herbeiströmten, und entfernte sich, bevor ihn jemand beschuldigen konnte, auch in diesen Mord verwickelt zu sein. Das letzte Bild, das er zurückließ, war das des Jungen, der auf einem groben Holztisch zwischen Scampi und Eiswürfeln unter einem großen Oberlicht lag, mit aufgeschlitztem Bauch, wie ein toter Thunfisch, den man ausgeweidet hatte. Wer weiß, warum das Schicksal ihm dieses seltsame Totenbett zugedacht hatte. Hatte er eine Liebesgeschichte, wer würde ihn beweinen? Von diesen Fragen bedrängt, ging Corso auf die Straße hinaus, während aus der Universität eine große Menge Unbekannter angelaufen kam, als müssten sie zu einer Totenwache erscheinen.

Nachdem die erste Erschütterung überwunden war, verbreitete sich die Nachricht: Im Markt war ein Mann erstochen worden! Es ist der Sohn der Tabakhändlerin! Ruft seine Mutter!

Kurz darauf hallten wieder Polizeisirenen durch das ganze Viertel. Ein Krankenwagen fuhr mit voller Geschwindigkeit vorbei. Gleichzeitig kamen mehrere Streifenwagen von der nahen Polizeiwache an.
Corso bog um die Ecke. Der Blinde stand auf der anderen Straßenseite, zu seinen Füßen kauerte der Hund und schien Corso anzustarren. Er war versucht, den ersten Polizisten anzuhalten und ihm seine unglaubliche Geschichte zu erzählen, aber dann überquerte er eilig die Kreuzung, packte den Mann an der Jacke und stieß ihn gegen die Hauswand. Der Hund sprang auf, doch der Blinde griff nach seinem Halsband und hielt ihn zurück. Ohne nachzudenken riss Corso ihm die Brille vom Gesicht. Vom Bellen des Hundes, den Sirenen und den Schreien aus dem Markt angelockt, kamen sämtliche Kunden aus einer Bar heraus.
Das Viertel war kurz davor, in Corsos Ohren zu explodieren.
Da wird ein Blinder geschlagen, schrie ein Student von der Kaserne her, und sofort fielen andere Stimmen ein. Er kommt vom Markt! Er ist voller Blut!
Corso ließ den Blinden los und flüchtete in Richtung Piazza Vittorio, ohne sich umzudrehen. Am Ende der Via Mamiani bog er rechts ab und stürzte durch das Gittertor des Kreuzgangs von Sant'Eusebio. Mit einem Satz war er die Treppe hinauf. Das Kirchenschiff war menschenleer. Atemlos hockte er sich auf die erste Bank.
Dort blieb er eine Stunde, darauf gefasst, dass ein Trupp uniformierter Polizisten ihn festnehmen würde, doch in die Kirche kam nur ein Mönch mit einem langen weißen Bart, der in zwei Spitzen endete. Vielleicht hatte niemand

Zeit gehabt, ihm ins Gesicht zu sehen, aber er hätte den Mann, den er gepackt hatte, auch nicht beschreiben können. Nur seine Augen konnte er nicht vergessen. Sie waren völlig weiß, ohne Pupillen.
Als er sich beruhigt hatte, steckte er die Hände in seine Hosentaschen und fand den Brief, den Gabriel ihm vor drei Tagen gegeben hatte. Im Grunde hatte alles an dem Tag angefangen. Wieder fühlte er sich fiebrig. Seltsam beklommen tippte er die Nummer, die unten auf dem Zettel stand, in sein Telefon, und eine freundliche Stimme sagte, ja, wenn er wollte, konnte er morgen Vormittag um elf Uhr kommen, aber er möge bitte am Abend noch einmal anrufen.

M

Où sont tous mes amants
Tous ceux qui m'aimaient tant

Es war so heiß, dass ein Pilger, der mit nacktem Oberkörper aus einer Kirche kam, niemandem auffiel. Am Geländer der Metro goss sich eine Gruppe amerikanischer Touristen Mineralwasser über die Köpfe. Corso wartete, bis sie weitergingen, folgte ihnen bis zur Basilika Santa Maria Maggiore und schlug am Ende der Via Merulana den Weg nach Hause ein. Merkwürdig, auch die Hausmeisterloge war verlassen. Er stieg die Treppe hinauf und schloss endlich die Wohnungstür hinter sich.
Den Rest des Tages verbrachte er in einem nahezu katatonischen Zustand in der Klinik. Zu viele Umstände erforderten eine Klärung, doch so sehr er sich auch bemühte, er konnte keine Ordnung in die Ereignisse bringen. Als der Nachmittag schon fortgeschritten war, bekam er Lust, sich zu zerstreuen. Er bat die Sekretärin, seine Telefonnummer immer im Blick zu behalten, sie sagte »Natürlich«, und wieder bereute Corso diese dumme Ermahnung. Er wäre gerne umgekehrt und hätte sich entschuldigt, doch er stand schon auf dem Gehweg und drehte sich eine Zigarette, wie er es von Gabriel gelernt hatte. Vielleicht hätte

er sie einladen sollen, gemeinsam etwas essen zu gehen, einfach, um ihrer beider Schweigen zu durchbrechen, doch der Blick dieser jungen Frau beschämte ihn immer wieder, als hätte sie die Macht, die Gedanken aller Wartenden im Raum zu lesen, auch die der Tiere. Langsam ging er von San Giovanni bis zum Gallienusbogen. In der Nähe hatte vor kurzem ein Tattoo-Studio eröffnet. Er trat näher und las das Ladenschild:

Old Tattoo Studio and Body Piercing

Die Frakturschrift nahm den ganzen oberen Teil des Schaufensters ein. Darunter prangte der Druck einer Stammesmaske.

»Hast du einen Termin?«

Die Arme und Handgelenke der jungen Frau waren voller Tätowierungen. Sie suchte etwas in ihrer ledernen Umhängetasche.

»Ehrlich gesagt, nein.«

»Da sind sie ja, Scheiße, jedes Mal trifft mich fast der Schlag, aber dann finde ich sie doch immer.«

Sie zog die Schlüssel aus der Tasche und schloss die Ladentür auf.

»Willst du nicht reinkommen?«

Corso machte einen schüchternen Schritt voran. Der Laden war sehr geschmackvoll eingerichtet, die Wände grün gestrichen, mit einem Blumenmotiv verziert und voller gerahmter Bilder, auf der einen Seite ein kleines Sofa mit zwei Kissen, auf der anderen vier hölzerne Klappstühle, die aus einem Kino stammten. In einer Vitrine waren einige Gegenstände ausgestellt, die Corso wie kleine chirurgische Instrumente erschienen. Von der Decke hing ein weißes T-Shirt mit dem Logo des Studios und weiter hinten das Modell eines Heißluftballons. An eine Wand waren viele Zeichnungen und mögliche Motive zur Auswahl gepinnt.

»Hast du noch nie Lust gehabt, dir eins stechen zu lassen?«

Corso zögerte.

»Wenn du nein sagst, lügst du.«

Sie stellte die Tasche auf dem Sofa ab.

»Komm, ich zeig dir, wo wir arbeiten.«

Im hinteren Teil befanden sich zwei Liegen und zwei Drehstühle wie sie bei Zahnärzten oder in alten Barbiersalons stehen. In der Ecke ein Waschbecken, mitten an der Wand ein Spiegel, Haken für Kleidungsstücke, ein Rahmen aus Neonlampen. In gewisser Weise ähnelte dieser Ort dem Raum, wo Django lag – die gleiche aseptische und befremdliche Atmosphäre.

»Ich heiße Erminia.«

»Ich Vince.«

»Okay, Vince, oft haben die Leute Angst, weil sie nichts wissen.«

Corso betrachtete die Schubladenschränke aus Metall und die große Anzahl an Produkten auf den Regalen. Er gab zu, dass er keine Ahnung hatte.

»Und wie lernt man tätowieren?«

»Man übt auf Schweinehaut.«

»Das heißt, es laufen Schweine mit Tätowierungen herum?«

Erminia lachte, und Corso gefiel ihr Lachen. Frauen, die lachen konnten, gefielen ihm eigentlich immer.

»Ich hab mal eins gesehen, das hatte mehr Tattoos als ein Fußballspieler«, sagte sie. Dann wechselte ihr Tonfall. »Aber wenn du Probleme mit dem »für immer« hast, versuch mal, zu sagen, was du dir gerne stechen lassen würdest. Es gibt auch temporary tattoos, wie lange sie halten sollen, entscheiden wir gemeinsam. Hier drinnen können wir dir jeden Wunsch erfüllen.«

Sie gingen ins vordere Zimmer zurück, Erminia setzte sich aufs Sofa und streckte die Beine aus. Um nicht stehen zu müssen, klappte Corso einen der alten Sitze auf, die es in den Kinos seiner Jugend gegeben hatte.

»Kann man mit Tattoos auch Narben verdecken?«

»Das ist schwieriger, die Haut ist dicker. Aber als ich noch in Testaccio arbeitete, habe ich die Narbe, die eine Brasilianerin auf dem Oberschenkel hatte, in ein Berimbau verwandelt. Kennst du das Instrument?«

»Was war ihr passiert?«

»Ihr Freund hatte mehr getrunken, als er vertragen konnte. Ein blöder Motorradunfall. Aber kein Tattoo hätte bewirkt, dass dieses Bein wieder gerade gehen konnte.«

»Ist sie immer noch mit ihm zusammen?«

»Nein. Aber sprechen wir von dir. Welche Art Unfall hattest du?«

»Keinen Unfall.«

»Und warum bist du dann so neugierig?«

»Weil ich einer der Letzten war, die gegen Pocken geimpft wurden, und ich habe eine riesige Narbe auf dem Oberarm. Willst du sie sehen?«

Er löste die oberen Knöpfe seines Hemdes und weitete den Kragen, so dass seine nackte Schulter zum Vorschein kam.

»Meine Mutter sagte, wer diesen Stempel trägt, würde in seinem Leben viel reisen, unter der Bedingung, dass er die Narbe nur wenigen Menschen zeigt.«
Erminia strich mit dem Finger über den runden, glatten Abdruck.
»Hat er dir Glück gebracht?«
»Ich bin nicht so viel gereist, wie sie prophezeit hat, aber ich bin hier gelandet, in dieser Stadt.«
»Dann wirst du die Narbe zu vielen Leuten gezeigt haben oder den falschen.«
»Vielleicht.«
Erminia wurde wieder ernst.
»Ich wusste, dass du etwas Wichtiges fragen wolltest.«
»Ich weiß nicht, ob es so wichtig ist.«
»Sag mir, was du dir darauf tätowieren lassen möchtest.«
»Egal, irgendetwas, was sie verdeckt.«
»Warum sollte man sie stattdessen nicht hervorheben?«
»Wie denn?«
»Wir könnten die Karte einer Insel darauf zeichnen, oder einen Mond, eine Schildkröte, eine Maori-Sonne.«
»Oder einen Heißluftballon?«
»Ja, auch einen Heißluftballon.«
»Wie viel kostet das?«
»Ein so kleines Tattoo kostet nicht viel. Aber weil es dein Erstes ist, mache ich dir einen Sonderpreis. Vielleicht lässt du dir dann ja noch eins stechen. Soll ich dir einen Termin in der nächsten Woche machen?«
»Ich kann dir kein genaues Datum nennen.«
»Komm wieder, wann immer du willst, dafür reicht eine Sitzung.«
Corso stand auf, und der Kinosessel klappte sofort wieder

zu. Er hatte sie nicht so unbequem in Erinnerung, als er während seines Studiums ins Farnese oder ins Pasquino ging, war ihm das nicht aufgefallen.
Erminia blieb auf dem Sofa sitzen.
»Würdest du mir noch eine Sache verraten?« fragte Corso, bevor er hinausging.
»Frag.«
»Was bedeuten Spinnennetze auf den Ellenbogen?«
»Sie sind das Sinnbild für ein Netzwerk. Ursprünglich kennzeichneten sie Leute, denen von der Fabrik gekündigt worden war, die also viel Zeit totzuschlagen hatten. Erfunden haben sie die Arbeitslosen der Weimarer Republik, die in den Juden die Ursache für die Wirtschaftskrise und den Verlust ihres Arbeitsplatzes sahen.«
»Du bist ja sehr gut informiert.«
»Das ist mein Job. Wenn du es wissen willst, das Spinnennetz wurde dann auch von den Skinheads übernommen. Aber es ist das Erkennungszeichen für die arische Bruderschaft.«
»Macht ihr viele solcher Tätowierungen?«
»Du kannst dir nicht vorstellen, wie viele.«
»Und ihr bedient sie alle?«
»Die wichtigste Regel in diesem Beruf lautet, den Willen des Kunden niemals in Frage zu stellen. Sie kommen mit den verrücktesten Ideen, ich kann ihnen nur helfen, zu verstehen, was sie wirklich wollen. Aber warum all diese Fragen, bist du Polizist?«
Eine unbestimmbare Melancholie verschloss Corso den Mund.
»Nein, ich suche nur ein paar Leute«, sagte er nach einer Weile.

»Ich weiß nicht, ob ich dir wünschen soll, dass du sie findest.«
Draußen war es noch immer heiß, trotz des späten Nachmittags. Vor dem Gallienusbogen warteten viele Moslems darauf, Zutritt zu einer Garage zu bekommen, in der eine kleine illegale Moschee eingerichtet war. Die Fransen eines grünen Teppichs ragten bis über die Türschwelle hinaus, und ein paar der Männer, die in geordneten Reihen warteten, zogen sich die Schuhe aus. Corso ging an ihnen vorbei und kam zum Laden seines Freundes, des Buchhändlers. Signora Doliner würde er morgen anrufen.

L

Et cela me fait souffrir

Das Türglöckchen des modernen Antiquariats klang verstimmter und schwächer als je zuvor. Emiliano empfahl einem Kunden gerade ein Buch mit grünem Einband, und Corso nutzte die Zeit, um zu stöbern. Die zuletzt angekauften Bücher unterschieden sich in nichts von den anderen. Sie kamen über Umtausch, An- und Verkäufe oder Nachlässe herein und mischten sich unabhängig von ihrem Erscheinungsdatum, fast zufällig unter die anderen. In diesem Laden hatte der Begriff der Neuerscheinung keinen Sinn. Doch das befreite jedes Buch von Corsos eingefleischter Angewohnheit, alles durch den Filter der Zeit zu sehen. Besser so, es sind immer die Leser, auch die späteren, die die Bücher zum Leben erwecken und ihr Alter bestimmen. Am liebsten waren Corso die unbeschnittenen Bücher. Sie bereiteten ihm ein doppeltes Vergnügen, denn der materielle Beweis ihrer Jungfräulichkeit zwang den Leser, ein intimes Verhältnis mit ihnen einzugehen. Die Lektüre ahmte die Scham der Menschen beim Penetrieren und Penetriertwerden nach, doch bei diesem Gedanken zuckte Corso zusammen, als wäre der Bauch des weißgekleideten Jungen mit einem Papiermesser aufgeschlitzt worden.

Als der Kunde bezahlte, blickte Corso verstohlen auf den Titel, den Emiliano dem Mann empfohlen hatte.
Es stimmt, dachte er, wir hören nie auf, die anderen heimlich zu beobachten: den Nebenmann im Autobus, die Frau, die im Lokal am Nebentisch sitzt. Das Leben ist dieses Wahrsager-Training.
»Vielleicht wäre es besser gewesen, wenn ich ihm die Autobiographie von Yves Montand empfohlen hätte«, sagte Emiliano, als sie allein waren, und nahm ein Buch in französischer Sprache von einem Stapel im Regal, »aber so ein Buch könnte ich nur jemandem wie dir verkaufen.«
»Hoffentlich liebt dein Kunde die Philosophie so wie ich die französische Musik.«
»Er ist pensionierter Professor. Manchmal kommt er vorbei, und wir unterhalten uns.«
»Worüber habt ihr gerade diskutiert?«
»Über eine Frage, die mich seit langem fasziniert. Ob die Welt wirklich existiert oder nur eine Halluzination ist.«
»Ich war leider immer sehr schlecht in Philosophie.«
»Das bezweifle ich nicht, aber es ist ein heikles Thema, Vince, ja, ist sogar als wichtigste aller Themen. Der erste Philosoph der Neuzeit, der diese Überlegung bewusst formulierte, war Descartes. Doch der Professor hat mir zu bedenken gegeben, dass Wittgenstein dieser Frage jede mögliche Grundlage entzogen hat, indem er sie als schlecht formuliert, mithin als sinnlos abtat.«
»Und was glaubst du?«
»Ich denke, es kommt vor allem darauf an, dass wir die Zeichen um uns herum bemerken.«
»Davon handelt das Buch, dass du ihm empfohlen hast?«
»Zum Teil. Es ist ein alter Text von Ernst Cassirer, ein kul-

tivierter, neoaufklärerischer Philosoph aus der ersten Hälfte des zwanzigsten Jahrhunderts, mit dessen Denkweise die neuen Generationen zwischen dem ersten und dem zweiten Weltkrieg kurzen Prozess machte. Vor allem Heidegger, ein völlig entgegengesetztes Temperament. Das war kurz bevor Europa ins Inferno abglitt.«

Emiliano ging zum Schreibtisch mitten im Raum.

»Für Cassirer ist der Mensch eher ein animal simbolicum als ein vernunftbegabtes Tier. Ihn unterscheidet, dass er Zeichen benutzt und erschafft. Die ursprünglichsten sind die Buchstaben des Alphabets. Die Philosophie hat nur diese eine Aufgabe: Theorien zu entwickeln, die die Gesamtheit der Zeichen berücksichtigen. Etwas Ähnliches sagt auch Walter Benjamin. Jedes menschliche Wesen ist ein Zeichen, das gedeutet werden muss.«

»Es wäre schön, wenn alles mit allem kommunizieren würde, aber das ist nur eine Illusion. Glaubst du wirklich, dass die Tatsachen unseres Lebens, hintereinander aufgereiht, einen Sinn ergeben?«

»Manchmal hat es den Anschein, als gäbe es eine Verbindung zwischen ihnen.«

»Bitte entschuldige mich, Emiliano, ich hatte anstrengende Tage, ich kann dir nicht folgen.«

»Ist etwas passiert?«

»In meine Wohnung sind Diebe eingedrungen, am Mittwoch. Was für eine Art Zeichen ist das für dich?«

»Haben sie Sachen von dir mitgenommen?«

»Sie haben alle meine Bücher auf den Boden geworfen und meine Schallplatten zerbrochen, ohne irgendetwas mitzunehmen.«

»Eine Warnung?«

»Sie haben Django vergiftet.«
»Deinen Hund?«
»Ja.«
»Das tut mir leid, Vince.«
»Er liegt im künstlichen Koma, in einer Tierklinik in San Giovanni.«
»Warum hast du mich nicht angerufen?«
»Du hättest nichts tun können.«
»Hast du irgendeinen Verdacht?«
»Ich habe Angst, dass jemand mich in eine Geschichte hineinziehen will, die größer ist als ich. Es hat Tote gegeben, und ich fürchte, es wird weitere geben.«
»Was soll das bedeuten? Welche Toten?«
»Besser, du bleibst außen vor, Emiliano.«
»Bist du zur Polizei gegangen?«
»Ja, und ich habe herausgefunden, dass ich bis jetzt ihre einzige Spur bin. Mein Name steht ganz oben auf der Liste der Verdächtigen für drei verschiedene Morde. Nein, vier, seit heute Morgen.«
»Du meinst den jungen Mann, der auf dem Markt erstochen wurde?«
»Ja.«
»Aber das ist alles völlig verrückt.«
»Ich darf Rom nicht verlassen. Und ich habe Angst, dass sie mich jeden Moment verhaften. Seit Tagen graust es mich, schon wenn ich die Augen zumache, als könnte ich all die Alpträume wahrwerden lassen, die in meinem Gehirn hausen. Ich täte gut dran, mich freiwillig der Justiz auszuliefern.«
»Red keinen Unsinn.«
»Emiliano, ich weiß nicht, ob die Welt wirklich existiert,

aber man muss sehr gut auf das aufpassen, was Vorstellungen sein können. Vielleicht sind wir nur der Traum eines anderen.«
»Beruhig dich, Vince, und erzähl.«
»Erst muss ich ein paar Dinge überprüfen.«
»Das könnte gefährlich sein.«
»Ich kann da nicht mehr raus.«
»Versuch wenigstens, vorsichtig zu sein.«
»Das werde ich.«
»Ruf mich an, auch nachts, wenn es dir hilft. Und sei es bloß, um dich abzulenken. Wir haben immer noch eine aufgeschobene Schachpartie.«
»Leider ist sie nicht die einzige.«
Hinter der Gasse ging die Sonne unter. Corso nahm das Telefon und rief wieder die Kooperative L'Aquilone an. Dieselbe Stimme wie zuvor bestätigte das Treffen am nächsten Tag um elf Uhr. Sie bat nur darum, keinen der Gefangenen zu fragen, wie lange seine Haftstrafe noch dauerte und welche Straftat er begangen hatte. Corso sagte, er habe verstanden und beendete das Gespräch. Dann stieß er mit den Moslems zusammen, die aus der Moschee kamen. Dabei fiel ihm ein altes Zitat ein, das er seinerzeit auswendig gelernt hatte und dessen Verfasser ihm jetzt entfallen war:

Wie die kahlgeschorenen Zuchthäusler streiche ich bestürzt an den Mauern entlang und stoße gegen alle Kanten.[6]

Als er heimkehrte, fand er auf allen vier Seiten des Hofs und unten an den Treppe brennende Wachslichter, sicher Gaben, die Gabriel seinen Orixas darbot. Corso war nicht müde, er trank ein Glas Wasser und schrieb weiter an dem Brief, den er auf dem Tisch zurückgelassen hatte.

Doch der Schatten hat folgende Eigenschaft: Solange man nicht weiß, was er verbirgt, kann er alles enthalten. Wie sollte ich den Umkreis deines Schattens begrenzen, den Umriss eines geheimnisvollen Riesen, den du bei jedem Schritt auf mich geworfen hast? Ich hätte gründlicher über den Rahmen nachdenken, zuerst die Quadrate und Felder unseres Schachbretts festlegen müssen, um dann, erst am Ende, zu versuchen, dein Gesicht zu erraten. Doch du flohst aus jeder Art Kartografie, und als Kind hatte ich nicht mal ein rostiges Messer, um das Feld zu umreißen. Trotz allem habe ich weiterhin jeden Tag die verrückte Hoffnung genährt, du würdest erscheinen.
Du konntest jede beliebige Form annehmen, und das hast du getan. Je nach dem, was mir geschah, wechseltest du dein Aussehen. Mal warst du groß, im weißen Anzug, du arbeitetest für die Justiz, als Advokat; mal trugst du die Kleider eines Handelsreisenden, eines Mannes, der alle Sprachen der Welt beherrschte und jeden Kontinent der Länge und Breite nach durchquert hatte. Ich habe Listen von Berufen angelegt, bei denen Menschen andauernd in Bewegung sein müssen, und hoffte dadurch, deinen Beruf zu erraten.
Doch in Wahrheit kamst du der Zeremonie jedes Abschieds zuvor, denn du warst weggegangen, bevor du wusstest, dass ich da sein würde, bevor wir uns trennen mussten. Tausendmal habe ich dich mit einem Hafen verbunden, mit Bahnhöfen, einer verlassenen

Zollstation oder auch nur mit einem jener Grenzkreuze, die in früheren Jahrhunderten die Grenze zwischen zwei Dörfern markierten. Ich hätte von Anfang an begreifen müssen, dass ich nur mit dem Abbruch verwandt war.

Sonntag,
3. Juli 2016

K

Je suis esclave des souvenirs

Am Sonntagmorgen war die Piazza Santa Maria in Trastevere halbleer. Nur ein paar Touristen an den Tischchen einer Bar, Kinder, eine Frau mit einem Umhang und mitten auf dem Platz ein Schauspieler, der angestrengt einen Instrumentenkoffer hinter sich her zog.
Corso war am Largo Argentino aus dem Bus gestiegen und von dort aus zu Fuß über den Ponte Garibaldi weitergegangen. Die Platanen am Tiberufer ragten ins Leere, bogen sich wie die Decke einer Kathedrale. Im Sommer trugen sie so viele Blätter, dass sie das Tageslicht veränderten, und es gefiel Corso, unter ihnen am Tiber entlangzugehen, bis der Bronzeengel auf dem Dach der Engelsburg auftauchte. Doch an diesem Morgen schienen auch die Bäume krank zu sein, wie gekrümmt von der Nachlässigkeit der Stadt und einer jahrhundertelangen Einsamkeit. Corso hatte es vorgezogen, wieder durch die Straßen zu gehen, er hatte ja Zeit.
Das Gesicht des Schauspielers war weiß geschminkt, und er trug eine gestreifte Latzhose. Corso blieb stehen, um ihm zuzusehen. Es schien ihm völlig egal zu sein, ob er ein Publikum hatte oder nicht. Er war ganz darauf konzen-

triert, den Instrumentenkoffer zu öffnen; umkreiste ihn nachdenklich und holte eine Menge Schlüssel aus seinen Hosentaschen, die aber alle nicht passten. Also versuchte er, ihn aufzubrechen, indem er niederkniete und mit beiden Armen gegen den Deckel drückte, doch ohne Erfolg. Er wollte schon aufgeben, als ein Kind wenige Schritte von ihm entfernt in Gelächter ausbrach. Der Schauspieler stellte sich vor den Jungen hin und forderte ihn mit einer ausdrucksvollen Geste auf, den Koffer zu öffnen.
Schnell versteckte sich der Kleine hinter der Kinderkarre und den Beinen seiner Mutter. Doch ein anderer, wahrscheinlich sein älterer Bruder, ließ sich von diesem komischen Typen mit dem weißen Gesicht willig an die Hand nehmen. Er kniete nieder und drückte mühelos auf den Spannverschluss, worauf die Riegel aufschnappten. Der Schauspieler berührte die Armmuskeln des Kindes und lief zu seiner Tasche, um darin zu kramen. Er kam mit einem Foto von Superman zurück, auf dem stand:

DIES IST DER STÄRKSTE
MANN DER WELT!

Er zeigte es allen Zuschauern ringsum und schenkte es dem Kind, wobei er ihm energisch die Hand schüttelte, wie einem alten Freund. Nachdem er ihn zur Mutter zurückgebracht hatte, öffnete er den Klapphocker, den er am Brunnen zurückgelassen hatte, prüfte aber zuvor, ob der Hocker sein Gewicht trug. Dann holte er das Instrument heraus, das er bis hierher geschleppt hatte. Es war ein furchtbar zugerichtetes Violoncello, an einigen Stellen konnte man durch das Holz hindurch sehen. Zwei geris-

sene Saiten baumelten an der Seite, das Griffbrett stand leicht schief, die Stimmwirbel waren kaputt oder fehlten. Wo der Resonanzboden nicht zersplittert war, bedeckten ihn zahllose Kratzer. Vielleicht hatte jemand das Cello mit Tritten traktiert oder es war unter ein Auto geraten oder eine Treppe hinuntergefallen, doch den Schauspieler schien sein Zustand nicht zu stören.
Er setzte sich auf den Hocker, stellte das Cello zwischen seine Beine und rammte ein Eisen in den Boden, das eher der Nadel eines hinkenden Kompasses glich als einem Cellostachel. Zuletzt nahm er einen Bogen, dünn wie ein dürrer Zweig und schloss die Augen, um sich zu konzentrieren. Keiner wagte zu sprechen, nicht einmal die Kinder. Die allgemeine Aufmerksamkeit hatte alle Geräusche dieses Morgens verstummen lassen.
Umgeben von dieser Stille begann der Schauspieler, auf dem kaputten Instrument ohne Saiten zu spielen. Corso konnte die Augen nicht von der Haltung des Mannes abwenden, die eher pathetisch als komisch war. Er gab das Bild einer Mutter ab, die ihr totes Kind in den Armen hält und noch immer zu ihm spricht. Eine Weile beobachtete Corso das langsame, unbegreifliche Schauspiel, und als er genug davon hatte, ging er, ohne sich umzudrehen. Doch solange er den Platz noch nicht verlassen hatte, schien ihm, als würde der Klang eines Cellos ihm folgen, wie bei einem Zaubertrick, dessen Logik er noch nicht verstanden hatte.
Er ließ den Platz hinter sich, der sich in der Via della Lungara auf den Botanischen Garten öffnet. Vor der Villa Corsini parkte ein Polizeiauto. Die Arme auf das Autodach gestützt, starrten drei Polizisten ihm entgegen. War das eine Botschaft des Kommissars? Während seines Studi-

ums war Corso im Frühling zum Lesen in diesen Garten gegangen, es war sein Lieblingsversteck, der ruhigste Teil der Stadt, wo man ein paar Stunden lang mit einem Buch verschwinden konnte. Dort hatte er eine erste indirekte Begegnung mit dem ältesten Gefängnis von Rom gehabt. Jeden Nachmittag hörte man die Rufe der auf dem Leuchtturm des Gianicolo zusammengedrängten Angehörigen der Gefangenen. Oft hörte er auf zu lesen, um zuzuhören. Sie tauschten einfache Mitteilungen aus, die Gefangenen von ihren Zellen und ihre Verwandten vom Leuchtturm aus, kleine Bitten, Liebesbotschaften, Fragen nach den Kindern. Und immer war ihm der Gegensatz zwischen dem Frieden eines botanischen Gartens und dem Inferno eines Gefängnisses widersinnig erschienen.
Die Strafanstalt Regina Coeli machte den Eindruck, als müsste sie im Fluss versinken, zusammen mit der Straße, an der sie lag. Er ging durch das zentrale Eingangstor, stieg die drei Stufen hinauf, von denen viele Menschen erzählt hatten, zeigte seinen Ausweis in der Pförtnerloge vor und erklärte, er habe eine Verabredung mit einer Frau von der Kooperative L'Aquilone. Ein Gefängniswärter machte ihm ein Zeichen, er solle warten.
Corso suchte einen Platz, wo er etwas abseits warten konnte, doch so sehr er sich bemühte, er fühlte sich auf fatale Weise schwerfällig und fehl am Platz. Eine hagere, knochige Frau erschien, sie wirkte überrascht, als wäre sie bis zu diesem Moment sicher gewesen, dass er nicht kommen würde. Eine lange Falte lief über ihre rechte Wange, und als sie zu sprechen begann, erkannte er sofort die Stimme, mit der er am gestrigen Tag telefoniert hatte. Sie hieß Elvira, aber er hatte sie sich viel jünger vorgestellt.

»Wir haben Glück«, sagte sie, »heute ist Sonntag und ich habe es geschafft, in Rekordzeit eine Besuchserlaubnis zu bekommen. Gewöhnlich muss man sehr viel länger warten und bekommt nicht immer einen positiven Bescheid.« Ihre Hand war heiß. Sie begleitete ihn an den Schalter der Aufseher, wo er seinen Ausweis, die Jacke, die Tasche und alle anderen persönlichen Gegenstände lassen musste. Erst als er aufgefordert wurde, auch sein Handy abzugeben, verspürte er eine leichte Unruhe. Schweigend gingen sie durch einen mit Neonlampen beleuchteten Flur, und hinter ihnen schlossen sich eine Reihe Eisentüren.
Sie durchquerten einige Rotunden, dann große Räume, über denen lange, gerade Gänge mit Geländern entlang liefen. Hier und da verbanden mehrere metallene Brücken eine Abteilung mit der anderen. Corso konnte den Blick nicht am Boden halten, ihn faszinierte vor allem das Gewirr der Balustraden, der Eisengitter, der Treppen über seinem Kopf, als würde er mitten durch eine Voliere gehen.
Elvira führte ihn in die Bibliothek im ersten Stock und erzählte stolz, der einzige Schreibtisch sei jahrelang ein alter Pingpongtisch gewesen, aber jetzt habe eine gemeinnützige Organisation ihnen zwei Tische geschenkt.
Corso setzte sich auf einen der Stühle.
»Möchten Sie einen Kaffee?« fragte Elvira.
Er hatte einen bitteren Geschmack im Mund und keine Lust auf Kaffee, sagte aber ja.
Eine andere Frau, deren vertrauter Umgang mit Elvira zeigte, dass sie seit Jahren zusammenarbeiteten, gab ihm die Hand und ging ihm einen Kaffee aus der Maschine am Ende des Zimmers holen.

»Queequeg wird gleich hier sein«, sagte Elvira. Corso war dankbar, dass sie sofort zur Sache kam.
»Kann es sein, dass er mich schon kennt?«
»Nein, das glaube ich nicht.«
»Warum hat er sich dann an mich gewandt?«
»Ich weiß es nicht, Signor Corso.«
Ihre Stimme klang ehrlich, fast resigniert, als wäre jeder Versuch, sich selbst zu betrügen, hier ziemlich sinnlos.
»Es kommt nicht oft vor, dass der Wunsch, einen Menschen von draußen zu treffen, erfüllt wird. Wir haben Ihren Namen ins Programm der sonntäglichen Aktivitäten der Bibliothek gesetzt, obwohl ich vorher vielleicht hätte klären müssen, dass wir Ihnen kein Honorar zahlen können.«
»Ich bin nicht hier, um zu arbeiten.«
»Sagen wir, offiziell sind Sie hergekommen, um einen kleinen Fortbildungskurs für das Personal der Kooperative zu abzuhalten, und bei der Gelegenheit werden Sie uns ein paar praktische Beispiele vorführen. Ist das so in Ordnung für Sie?«
Der Kaffee kam.
Corso schüttete ein Tütchen Rohrzucker in die Tasse.
»Was tun Sie noch, außer heimlich das Leben der Gefangenen zu organisieren?«
»Wir kümmern uns um die Bibliothek, zusammen mit zwei städtischen Angestellten, und wir helfen, wo wir gebraucht werden, Schule, Theaterworkshop, Zeichenunterricht. Manchmal machen wir kleine Experimente, letztes Jahr haben wir einen Kurs in Musiktherapie und Yoga angeboten.«
»Wer hat Ihnen die Bücher zur Verfügung gestellt?«

»Wir haben eine Abmachung mit einigen Verlegern. Statt Restbestände zu makulieren, schenken sie sie uns. Davon profitieren auch sie, sie sparen die Kosten für die Entsorgung.«
»Wir bekommen auch Schenkungen von Privatleuten«, sagte die Frau, die den Kaffee gebracht hatte und Anna hieß. »Es gibt viele Leute, die nach ihrem Tod Berge von Büchern hinterlassen, mit denen die Erben nichts anfangen können.«
Corso dachte an Emiliano, der immer die Todesanzeigen las und sich oft für einen Freund des Verstorbenen ausgegeben hatte.
»Jedenfalls konnten wir so eine ganze Menge Bücher jeder Art zusammenbringen.«
»Und gibt es hier welche, die sie lesen?«
»Nicht so viele, wie wir uns wünschen, aber es werden mehr. In Regina Coeli gibt es vier Bibliotheken, eine der Anstalt und drei in den Abteilungen. In diesem Abschnitt hier haben wir zwei, drei wirklich eifrige Leser.«
»Der Mann, der mich treffen will, ist einer von ihnen?«
»Ja.«
»Ich vermute, hier drinnen kann keiner die Bücher klauen.«
»Das eine oder andere verschwindet schon. Oder es kommt mit fehlenden Seiten zurück. Einmal habe ich eine dieser Seiten am Tiberufer gefunden, die Ränder waren wie Flügel gefaltet. Sie werden es nicht glauben, aber was hier im Gefängnis am meisten gelesen wird, sind Gedichtbände. Allerdings geben sie uns die Bücher oft nicht vollständig zurück.«
»Sie werfen Gedichte aus den Fenstern?«

»Manchmal verstecken sie die Gedichte im Kopfkissenbezug.«
»Warum?«
»Wer kann das wissen, die Männer hier drin machen merkwürdige Sachen«, sagte Anna, die neben ihnen stehengeblieben war.
Corso sah ihr in die Augen.
»Natürlich sind Wilbur Smith, Le Carré und Stephen King sehr begehrt, aber nicht so sehr wie Liebesgedichte.«
»Besonders stolz macht es uns, dass die Anzahl der Selbstmorde deutlich zurückgegangen ist, seit die Bibliothek im Leben der Gefangenen eine größere Rolle spielt«, sagte Elvira, »und das entschädigt uns für viele Anstrengungen.«
Corso hätte sie gerne gefragt, ob er die Zellen sehen könne, aber es war ihm peinlich. Vielleicht war es wirklich so, Bücher können in bestimmten Situationen noch immer Leben retten, doch der Erste, den das erstaunte, war ausgerechnet er, der das jetzt sogar als Beruf ausübte.
»Diese Zahlen werden von Daten aus der ganzen Welt bestätigt. In Strafanstalten, die eine Bibliothek haben, bringen sich etwa halb so viele Menschen um wie in den anderen. Das kann kein Zufall sein.«
Corso trank seinen Kaffee aus.
»Können wir uns duzen?« fragte Elvira.
»Ja, natürlich.«
»Leider haben wir nicht viel Zeit, der Direktor hat uns nur eine Stunde gewährt. Doch erst müssen wir dir etwas sagen, stimmt's Anna?«
»Ja.«
»Queequeg hat darum gebeten, unbewacht mit dir sprechen zu dürfen. Die Vorschriften erlauben das nicht, aber

er hat darauf bestanden. Wenn du einverstanden bist, könnten wir draußen vor der Tür warten, ohne euch zu stören, andernfalls können wir ihn gemeinsam treffen, alle um diesen Tisch herum. Ganz wie du willst, es war sowieso schon sehr freundlich von dir, herzukommen.«

»Du hast nichts zu befürchten«, fügte Anna hinzu.

Corso fühlte sich in der Falle.

»Ich glaube, eine halbe Stunde genügt.«

»Er ist ein netter Junge, du wirst schon sehen.«

»Könnte ich bitte ein Blatt Papier und einen Stift bekommen?«

»Nein, besser nicht, wenigstens im Moment.«

Elvira warf Anna einen Blick zu, und Anna verschwand auf der Balustrade.

Eigentlich unterschied sich dieser Raum nicht sehr von seiner Dachwohnung: ein einziges Zimmer voller Bücher und ein Tisch in der Mitte. Vielleicht sollte er sich angewöhnen, seine Patienten außerhalb seiner Wohnung zu empfangen. In Bierkneipen, in Wartezimmern, in einem Gefängnis. Wer weiß, wo ihm das nächste Mal ein möglicher Patient begegnen würde. Andererseits wusste er noch nicht, ob es richtig war, den Mann, den er gleich kennenlernen sollte, als einen Patienten zu bezeichnen, und das Gespräch als eine Sitzung. Er verspürte nur bittere Reue darüber, sich selbst in eine so leicht vermeidbare unangenehme Situation gebracht zu haben.

J

Les soirs de fête
et les adorateurs

Der Gefangene kam, begleitet von Anna und von einem Gefängniswärter bewacht. Corso hörte ihre Schritte auf den Treppen hallen und ging ihnen entgegen, doch beim Betreten der Bibliothek ignorierte Queequeg Corsos ausgestreckte Hand. Er war zu voreilig gewesen. Der Mann musterte ihn prüfend, und Corso tat dasselbe. Er war sehr viel größer als Corso, auch muskulöser, ein Riese wie die, die früher auf Zirkusplakaten abgebildet waren. Er mochte um die Fünfundzwanzig sein, die Nase war gerade, der Kopf kahl und glänzend, der Schnitt seiner Augen ungewöhnlich. Der Körper war, soweit man das sehen konnte, überall mit Tätowierungen bedeckt.

Sie setzten sich einander gegenüber an den Tisch.

»Also«, sagte Elvira, »wir sind hier draußen, und wenn ihr uns braucht, ruft ihr.«

Man hätte sie unschwer für einen Anwalt und seinen Schützling halten können, die sich nach einem verlorenen Prozess unterhielten.

»Sie werden uns nicht lange in Ruhe lassen.«

Queequeg ließ sich keine Reaktion anmerken.

»Verstehen Sie Italienisch?«
»Ja.«
Er hatte eine tiefe, aber klare Stimme.
»Sind wir uns schon einmal irgendwo begegnet?«
»Nein.«
»Warum haben Sie mir dann geschrieben?«
»Freunde die leben diese Stadt, mir deinen Namen gesagt.«
Er berührte seine Mundwinkel mit Daumen und Zeigefinger.
»Stimmt es, du behandelst Leute mit Büchern?«
Das war eine einfache Frage, trotzdem fühlte sich Corso überrumpelt, als wäre er derjenige, der ein Verbrechen gestehen musste. In welch irrsinniges Schlamassel hatte er sich da manövriert, ihr Gespräch hatte noch nicht einmal angefangen, und schon hatten sie die Rollen getauscht. Nein, auch im Spiel hätte er nicht so tun können, als wäre er hier der Anwalt – dieser Riese, der sogar auf den Wangen tätowiert war, verhörte ihn, und er war der Angeklagte, der antworten musste.
»Ja, das stimmt, die Menschen kommen zu mir, um sich behandeln zu lassen.«
Queequeg deutete ein Lächeln an.
»Hast du Erfolg?«
Seine Aussprache hatte eine auffällig fremdländische Färbung, vielleicht slawisch. Corso legte die Hände auf den Tisch, ohne zu nicken.
»Stimmt es, dass du hast einer Frau ein Buch empfohlen, und sie ist dann Weg nach Santiago de Compostela gegangen?«
»Wer hat Ihnen das erzählt?«
»Gerüchte.«

»Die Lektüre spielt einem seltsame Streiche, auf jeden Fall bin ich nur ein kleines Licht, den größten Teil übernehmen die Bücher.«
»Du redest wie die Priester.«
Corso musste lachen.
»Schade, dass ich nicht an Gott glaube.«
»Du glaubst an Bücher, das ist schlimmer.«
»Früher mal, vielleicht.«
»Und hast du ein Buch für mich?«
»Unter denen hier in der Bibliothek?«
»Ja.«
»Das hängt davon ab, wofür Sie es brauchen.«
Queequeg musterte ihn wieder misstrauisch, und Corso bekam Angst, dass jetzt eine mit den Frauen von der Kooperative abgesprochenen Szenen beginnen würde, die einzig darauf abzielte, ihn zu überzeugen, sich als ehrenamtlicher Mitarbeiter anzubieten.
»Na gut, gehen wir zum Du über. Hör mal, ich weiß weder, warum du mich hast holen lassen, noch, warum ich hergekommen bin. Haben sie dir gesagt, dass du mir schreiben sollst?«
Vor der Tür diskutierten Elvira und Anna.
Queequeg verdrehte den Kopf. Sein Schweigen war unangenehm, doch schließlich verneinte er, und etwas in seinem Gesicht machte auf Corso den Eindruck, dass er nicht log. Doch sie waren immer noch zwei Menschen, die einander nicht trauten.
»Von wo kommst du?«
»Aus Rokovoko.«
Der Mann will spielen, dachte Corso, aber er fand es nicht amüsant.

»Erzähl mir, welche Orte du gesehen hast, wo du gearbeitet hast.«

»So wie es kam: Montenegro, Ukraine, Frankreich, Albanien, Algerien …«

»Ich höre oft algerische Musik.«

»Du kennst algerische Musik?«

»Ja, ich habe Platten von Idir und von Khaled, der Raï macht mir gute Laune.«

»Italiener finden Raï langweilig.«

»Italiener finden vieles langweilig. Was hast du angestellt, dass du im Gefängnis gelandet bist?«

Corso biss sich auf die Lippe, immer stellte er die falschen Fragen. Aber Queequeg verzog keine Miene.

»Weißt du, was Raï bedeutet?«

»Nein.«

»Es bedeutet Sichtweise, das hat mir eine algerische Nutte gesagt. Wenn Sichtweise falsch ist, werden auch unsere Entscheidungen falsch sein, davon erzählen Sänger des Raï.«

»Liest du so viel, um eine andere Sichtweise zu bekommen?«

»Nein, ich will nur erfahren, welche Raï ich vorher nicht hatte.«

»Bereust du deine Taten?«

Queequeg hatte Recht, er redete wie ein Priester.

»Ich bereue, dass ich unschuldig bin.«

»Was soll das heißen?«

»Dass ich Opfer von Justizirrtum bin.«

»Hast du mir darum geschrieben?«

»Seit langer Zeit sage ich es keinem mehr, aber es ist mir jetzt egal.«

»Ich verstehe dich nicht.«

»Du bist schlauer Junge, oder? Meine Schuld ist, ich bin unschuldig, hast du ein Buch dafür?«

Corso dachte an das Notizbuch, in dem er seit mindestens zwanzig Jahren alle Romanfiguren notierte, von denen er geglaubte hatte, sie seien für ein Verbrechen verantwortlich, die sich dann aber als unschuldig erwiesen hatten. Er hatte es *Das Verzeichnis der Unschuldigen* genannt, sollte er auch den Namen dieses Gefangenen in die Liste aufnehmen?

»Also, du hast ein Buch für mich?«

Seine Bitte klang wie eine Revision ohne Hoffnung.

»Queequeg ist nicht dein richtiger Name, stimmt's?«

»Nein.«

»Versuch, mir alles von Anfang zu erzählen.«

»Du glaubst mir nicht.«

»Ich bin es gewöhnt, den Geschichten zu glauben, die ich höre.«

Sein Gesicht verzog sich zu einer kindlichen Grimasse.

»Vor einem Monat ist mein Vater gestorben. Ich habe meine kleine Schwester telefoniert, er ist in ihren Armen gestorben, wie es sein muss, aber ich war nicht da. Meine ganze Familie war dabei, ich nicht, ich war hier, sie haben mir nicht Erlaubnis gegeben, hinzufahren.«

»Und deswegen fühlst du dich jetzt schuldig?«

»Wenn ich diese Arbeit nicht abgelehnt, sie hätten mich nicht verhaftet.«

»Was für eine Arbeit?«

»Sie haben gesagt, es gibt einen, der sucht Leute, die sind zu allem bereit. Dafür gibt's dann Papiere, Geld, Deckung.«

»Wie hat er dich angeworben?«

»Mein Cousin. Er sah diese Leute beim Bahnhof, beim Obelisken von Dogali. Ich wollte zurück in Heimat oder auswandern nach Frankreich, also bin ich zum Boss gegangen, und er hat Fragen gestellt, hat gefragt, wie sehen meine Tattoos aus, hat meine Hände angefasst, dann hat er mich ausgesucht.«

»Und hat dich Queequeg genannt.«

»Ja. Aber als ich gehört habe, was er wollte, habe ich nein gesagt.«

Queequeg wirkte sehr erschüttert.

»Ich brauchte Papiere und auch Geld, aber ich bin kein Verbrecher.«

»Hast du das alles dem Richter erzählt?«

»Das war zwecklos.«

»Warum?«

»Für italienisches Gesetz habe ich trotzdem einen Mann getötet, es wäre besser, ihn wirklich töten und jetzt frei sein.«

»War das die Arbeit, die sie dir angeboten haben?«

Seine Augen irrten ein paar Sekunden lang hin und her.

»Jetzt wäre ich zuhause, meinen Vater begraben.«

»Wegen was haben sie dich angeklagt?«

»Wegen Mord, wegen Mord, den ich nicht gemacht, das habe ich sogar an seine Frau geschrieben. Ich bin verantwortlich nur für das, was ich nicht gemacht.«

»Und die Frau?«

»Hat Brief zerrissen.«

»Sie müssen Beweise gehabt haben, um dich zu verurteilen.«

»Mein Cousin war böse mit mir, weil er schlechte Figur gemacht, mich diesem Mann vorstellen, und er wollte, dass ich dieselbe Nacht noch mit ihm geh, ist leichte Arbeit, hat er gesagt, und ich bin mit ihm gegangen, denn ich bin kein Feigling. Ich hab draußen gewartet, auf der Straße. Er ist in eine Garage, um zu klauen, aber Hausherr schlief nicht. Er hatte eine Pistole. Er ist runtergekommen und hat mein Cousin in seinem Auto gesehen. Dann hat er geschrien: Ich bring dich um. Einmal und dann nochmal. Ich bring dich um, die Schreie hörte man auch auf der Straße, und ich bin auch rein, mein Cousin weinte, aber der Mann hat nicht geschossen, vielleicht wollte er die Sitze nicht schmutzig machen. Als er mich sieht, zielt er Pistole auf mich, als wenn ich einer von der Bande wär. Er hatte Augen voller Hass, und ich denke, mein Leben ist jetzt Ende, in dieser Garage, in einer Stadt, wo ich nicht hinwollte, aber mein Cousin ist schneller, hat eine Flasche genommen und hat ihn geschlagen. Dann sind wir weggelaufen. Die Polizei hat mich an der ersten Kreuzung angehalten. Ich hatte falsche Richtung genommen für Flucht.«

»Für den Hausherrn ist es schlecht ausgegangen?« fragte Corso, aber er kannte die Antwort schon.

»Er durfte sich nicht umdrehen, die Flasche hat ihm Kehle aufgeschnitten. Von dem Tag an bin ich nicht mehr aus dem Gefängnis rausgekommen.«

Corso senkte den Kopf, er wusste immer noch nicht, ob er ihm glauben sollte oder nicht.

»Ich fürchte, du musst dir selbst ein Buch suchen für dieses Schuldgefühl.«

»Du hast nur eine Sichtweise, Signor Corso.«

»Wahrscheinlich.«

»Ein Mann sterben hätte sollen, und ein Mann ist gestorben. Am Ende geht die Rechnung auf, oder? Ist nicht das, was ihr Gerechtigkeit nennt?«

Corso macht Anstalten, sich zu erheben.

Queequeg packte ihn am Arm.

»Willst du nicht wissen, was die Arbeit war, die ich abgelehnt habe?«

»Lieber nicht.«

»Aber es ist wichtig.«

Sein Griff erlaubte keine Weigerung.

»Der Freund von meinem Cousin wollte, dass ich einen Unbekannten mit einer Harpune totschieße, das wollte er von mir. Er hat mir Name, Adresse, Tag und Uhrzeit gesagt. Wenn ich das mache, was er mir aufträgt, gibt er so viel Geld, wie ich in meinem ganzen Leben niemals sehen werde. Aber ich wollte alles vorher wissen. Er war ein Blinder, ein blinder alter Mann mit dunkler Brille und Stock und einem Hund zu den Füßen. Auch Stimme hatte er wie Blinder, eine Stimme, die dich immer findet. Bei dem Obelisk waren andere wie er um ihn herum, ein kleines militärisches Kommando. Böse Gesichter. Sie starren mich an, aber die Wahrheit ist, ich bin kein Killer, und als ich das sage, bewegt sich sein Mund bisschen, vielleicht war das Lächeln, vielleicht nicht, er hat eine Hand gehoben, dann hat mein Cousin mich am Arm genommen, und wir sind Richtung Bahnhof gegangen. Ist das nicht lustige Geschichte? Man sagt zu einem, er soll einen Mann töten, den er nicht kennt, er lehnt ab, und am selben Abend wird er verhaftet wegen anderen Mord. Dieser Blinde war ein Hexenmeister, er hat unsere Zukunft gelesen. Darum habe ich hier drin den Spitznamen, den er mir gegeben hat.«

Corso wäre gerne aus dem Zimmer gegangen, doch jetzt war es zu spät. Zuhören war sein Fluch. Vielleicht hatten sie ihm ja auch einen Stern hinter das Ohr geritzt, der bei jeder Erzählung blutete.

Er zog sich mit abgestützten Händen hoch.

»Hast du jetzt kapiert, warum ich dich gesucht?«

Corso starrte die Wand voller Bücher an.

»Ein Blinder mit Stimme von einem Blinden«, sagte Queequeg noch einmal.

Corso schauderte. Dieser junge Mann voller Tätowierungen schien wirklich aus einem Walfangschiff gestiegen zu sein.

Elvira merkte, dass die Begegnung beendet war, und kam auf sie zu, aber Queequeg blieb sitzen. Er wartete, bis der Wärter hereinkam, dann ließ er sich in seine Zelle bringen.

I

Moi qui jadis
ai connu le bonheur

Hätte er den Sonntag nicht in einer Veterinärklinik mit dem Warten auf den Bescheid über Leben oder Tod seines Hundes verbracht, er hätte gesagt, dass dieser Sonntag dieselbe Monotonie wie alle vorherigen hatte. Er überstand ihn auf dem Stuhl, den er jetzt seit fünf Tagen besetzt hielt und versuchte, im Geist die letzten Informationen dem hinzufügen, was er bereits wusste, hatte dabei aber den starken Verdacht, dass er kurz vor dem Wahnsinn stand. Abgesehen von einer Katze, die sich beim Sturz vom Balkon ein Bein gebrochen hatte, vergingen die Stunden an diesem Nachmittag in völliger Einsamkeit. Von Zeit zu Zeit hob er den Kopf und blickte zum Ausgang, aber der leere Empfangsschalter machte ihn nur nervöser. Er wusste nichts von ihr, doch über diese junge Frau nachzudenken, hatte ihm mehr Trost gespendet, als ihm bewusst gewesen war. Sie war der einzige Mensch, mit dem er all diese Stunden wirklich geteilt hatte. Aber dies war ein Sonntag ohne Trost, und im ganzen Haus hatten nur zwei Ärzte Dienst.
Der Tinnitus war betäubend stark. Als außer ihm keiner mehr in der Klinik war, sagte eine Ärztin, die weniger streng

war als die anderen, wenn er eine Weile mit seinem Hund zusammen sein wolle, könne er das tun. Das würde sein Schicksal nicht ändern, ihm aber auch nicht schaden. Corso freute sich. Er folgte der Ärztin in die Intensivtherapie. Django lag am gewohnten Platz hinter der Plastikabschirmung, doch jemand musste ihn bewegt haben, denn jetzt lag sein Kopf zum Fenster gewandt.
Er legte eine Hand auf seinen Rücken, das Tier zeigte keinerlei Reaktion, die Muskeln waren entspannt, in einem künstlichen Schlaf versunken. Er fuhr mit einem Finger über seine glänzende Haut bis hinauf zum Kopf, streichelte die glatten Ohren, den Hals, den Raum zwischen den Augen oberhalb der Atemmaske, berührte dann die am Boden ausgestreckten Beine. Ich bin hier, Django, ich bin nie weggegangen. Aber Django konnte ihn nicht hören. Den Rücken an die Wand gelehnt, die Hände auf dem Bauch des Hundes, um jeden seiner Atemzüge zu überwachen, blieb Corso bis kurz vor Sonnenuntergang, als wäre jetzt für ihn die Zeit des Schichtwechsels gekommen.
Wie in Trance legte er die Strecke zwischen der Klinik und seiner Dachwohnung zurück, ohne mit dem Grübeln aufzuhören und immer mit diesem Gefühl, beschattet zu werden. Er kam erst wieder zur Besinnung, als eine Hand seinen Arm umfasste und ihn zusammenzucken ließ, während er den Schlüssel ins Schloss der Eingangstür steckte. Noch bevor er begriff, gegen wen er sich wehren musste, hatte er schon eine Verteidigungsposition eingenommen. Doch es war eine Frau, die ihn berührt hatte, sie stand vor der Gegensprechanlage, mit verstörtem Blick und glänzenden Augen.
»Seit drei Tagen versuche ich, Sie telefonisch zu erreichen.«

Die Stimme zitterte.
»Was wollen Sie von mir?«
»Ich heiße Marilia. Man hat mir gesagt, Sie haben Ihre Sitzungen verschoben, und ...«
»Nein, hören Sie, versuchen Sie es in paar Tagen wieder.«
»Das ist nicht möglich.«
Ihre Haare fielen glatt auf die Schultern.
»Was ist nicht möglich?«
»Ich muss mit Ihnen sprechen, jetzt sofort.«
»Tut mir leid, dies ist nicht der richtige Abend.«
»Auch für mich nicht.«
Corso drehte sich um und steckte den Schlüssel erneut ins Schloss.
»Das können Sie nicht tun.«
Er öffnete die Tür.
»Das können Sie nicht tun«, wiederholte Marilia.
»Hören Sie, ich habe nicht die geringste Ahnung, wer Sie sind, aber warum glauben Sie zu wissen, was ich tun kann und was nicht?«
»Sie können nicht einfach so aus heiterem Himmel aufhören, alles stehenlassen und mit einem Schlag verschwinden.«
»Ich hatte persönliche Probleme.«
»Ich vermute, viele Ärzte haben persönliche Probleme, aber darum lassen sie nicht ihre Sprechstunden ausfallen.«
»Ich bin kein Arzt.«
»Trotzdem haben Sie eine Verantwortung.«
»Eine Verantwortung? Wem gegenüber?«
»Mir gegenüber und gegenüber sehr vielen anderen Menschen.«
»Aber ich kenne Sie ja nicht einmal.«

»Sie haben vielen meiner Freundinnen geholfen, warum wollen Sie mir nicht helfen?«
»Das hat nichts mit Ihnen zu tun …«
»Ich muss unbedingt hereinkommen, denn bei mir endet es immer so.«
»Ich bitte Sie.«
»Seit Stunden warte ich auf Sie.«
»Bestehen Sie nicht drauf, ich bin sehr müde.«
»Wenn Sie mich nicht empfangen, haben Sie mich auf dem Gewissen.«
»Wollen Sie mich etwa erpressen?«
»Man hat mir gesagt, dass Sie ein sehr sensibler Mann sind.«
»Dann hat man sich geirrt.«
Marilia trat einen Schritt vor.
»Ich habe verstanden, ist auch egal. Tun Sie so, als hätten Sie mich nie gesehen.«
Sie entfernte sich auf dem Gehweg auf der Seite der Basilika.
Zu gerne hätte Corso der Haustür einen Schlag versetzt. Er drückte sie auf, dann hielt er inne.
»Scheiße«, sagte er.
Er drehte sich wieder zur Straße um.
»Signorina.«
Marilia blieb stehen.
»Weshalb brauchen Sie Hilfe?«
»Das ist eine lange Geschichte.«
»Wollen Sie hinaufkommen und sie mir erzählen?«
»Darum war ich hergekommen.«
Corso wollte sie schon hereinlassen, dann zögerte er. Und wenn ihn oben jemand anderes erwartete?

»Ich kenne einen Ort, ganz in der Nähe, wo wir etwas trinken können. Was meinen Sie?«
»In Ordnung, danke.«
Doch die Bierbar Marconi war an diesem Abend geschlossen. Sie mussten sich mit einer kleinen Bar mit Metalltischchen drei Straßen weiter begnügen.
»Wo wollen Sie anfangen?«
»Es wäre schön, wenn es einen Anfang gäbe.«
Ja, das wäre schön, dachte Corso, wenn es nur einen einzigen Grund gäbe, auf den wir unsere Irrtümer zurückführen können, statt all dieser falschen Fährten.
»Fangen Sie an, wo Sie wollen, das ist nicht wichtig.«
Marilia zog die Kette ab, die sie um den Hals trug, und legte sie auf den Tisch.
»Von wem ist die?«
»Ein Geschenk meines Exmanns.«
»Haben Sie ihn noch gern?«
»Nein.«
»Warum tragen Sie dann diese Kette?«
Marilia suchte nach einer Antwort, fand keine. Was bin ich für ein Idiot, tadelte Corso sich, wieder eine meiner falschen Fragen.
»Die Kette erinnert mich daran, wer ich bin, darum lege ich sie nicht ab«, sagte sie nach langem Schweigen.
Sie hatte ein interessantes Gesicht, wie jemand, der vieles in seinem Leben verpfuscht hatte. Sie bestellten zwei Weißbier, dann fragte Corso, wer die Person war, als die sie sich erinnerte.
»Ich bin ein Mensch, der nicht reagiert hat, als er zum ersten Mal angegriffen wurde«, sagte Marilia.
»Wir reagieren nicht alle gleich.«

»Bullshit.«
»Warum?«
»Es gibt nur eine Art zu reagieren.«
»Auch das ist ein Lernprozess.«
»Nein, wir haben nur eine einzige Gelegenheit, um zu zeigen, wer wir sind, und das ist die erste.«
»Finden Sie nicht, dass Sie zu sehr dramatisieren?«
»Leider nicht.«
»Glauben Sie wirklich, dass es für manche von uns nur einen einzigen Moment gab, in dem wir hätten sprechen, uns wehren, uns verteidigen sollten, und wir haben es nicht getan?«
»Ja, genau so ist es.«
»Ist das der Anfang, den Sie nicht gefunden haben?«
»Vielleicht.«
»Sie haben das niemandem erzählt?«
Marilia schüttelte den Kopf.
»Danach hat er weitergemacht?«
»Ja, auch vor unseren Kindern. Aber trotzdem war ich nicht imstande, den Mund aufzumachen. Bis er mich eines Abends so heftig gestoßen hat, dass ich mit dem Kopf gegen die Kühlschranktür geknallt bin und er mich in die Notaufnahme bringen musste.«
»Und der Arzt, der Sie untersucht hat, hat alles verstanden.«
»Ich selbst hab es ihm gesagt.«
»Das war richtig.«
»Nein, auch da habe ich einen Fehler gemacht.«
Corso trank einen Schluck.
»Ich habe meine Kinder genommen und bin zu meiner Schwester gezogen. Doch der erste Richter, vor den die Schei-

dungsklage kam, hielt das Verhalten meines Mannes nicht für einen ausreichenden Grund, ihm das gemeinsame Sorgerecht zu verwehren. Er wollte nicht einmal berücksichtigen, dass die häusliche Gewalt in Gegenwart der Kinder stattfand.«
»Gab es keine weiteren Instanzen?«
»Doch, aber es endete schlimmer, als es angefangen hatte. Man hat mich für die Eltern-Kind-Entfremdung verantwortlich gemacht, wissen Sie, was das ist?«
»Nein.«
»Dem Gericht zufolge bin ich eine *entfremdende* Mutter, weil ich nach der Trennung versucht habe, meinem Mann den Umgang mit den Kindern zu verweigern. Also musste ich eine Maßnahme ertragen, die meine Entfernung von Minderjährigen vorsieht.«
»Haben die Kinder nicht zu Ihrem Gunsten ausgesagt?«
»Ich wollte sie nicht in die Sache hineinziehen.«
»Bei wem leben sie jetzt?«
»Bei ihm.«
»Das tut mir leid«, sagte Corso.
Marilia trank das Bier in einem Schluck aus.
»Es zeugt nicht von Mut, wenn man zu spät reagiert. Selbst wenn ich meine Würde zurückerobert hätte, sie war nicht viel wert.«
Dieses Gefühl hatte Corso schon erlebt. Er verspürte es im Grunde immer, wenn er mit dem Leiden der Menschen konfrontiert war – jedes Wort war eine unerträgliche Bagatellisierung. Und er wollte diese Frau, die den ganzen Nachmittag auf ihn gewartet hatte, nicht mit weiteren frommen Lügen beleidigen. Von Büchern zu sprechen, wäre unanständig gewesen. Doch welches letzte Quäntchen

an Vertrauen in die Männer hatte sie vor seine Haustür geführt?
Er bat um die Rechnung. Dann fragte er Marilia, ob sie einen Moment zu ihm heraufkommen könne, er wolle sie nicht mit leeren Händen wegschicken.
Sie gingen ein Stück auf der Via Merulana zurück. Über der Basilika Santa Maria Maggiore war ein blendend heller Mond aufgegangen, aber das Licht, das er über der Stadt verströmte, war kalt, feindlich. Sie fuhren mit dem Fahrstuhl hinauf, und Corso machte ihr ein Zeichen, auf dem Treppenabsatz zu warten. Er wollte erst kontrollieren, ob alles in Ordnung war.
Das Zimmer lag im Halbdunkel. Durch das Fenster drangen die Lichter des Viertels und die Stimmen auf der Straße. Er stellte den Ventilator mit den verbeulten Flügeln an und wartete auf sein träges, aber tröstliches Surren. Dann rief er ihr zu, sie solle die wenigen Stufen zu seiner Wohnung hinaufsteigen.
Marilia blieb an der Schwelle stehen. Abgesehen von Gabriel war sie der erste Mensch, der seit fünf Tagen seine Wohnung betrat.
»Hier wohnen Sie?«
»Ja.«
Die Luft des Ventilators bewegte kaum ihre Haarspitzen. Er ging zum Bücherregal und nahm eines der wenigen Bücher heraus, an dessen Platz er sich erinnerte. Vor ein paar Tagen hatte er es wieder eingeordnet und auf die anderen gelegt, ohne zu wissen, dass er es so bald brauchen würde. Serena hatte es ihm geschenkt, mittlerweile war das in einem anderen Leben gewesen. Auf der ersten Seite standen ihr Name und eine alte Widmung.

»Es gibt keine Bücher, die uns zu dem Menschen machen können, der wir nicht sind, aber dies hier war mir bei vielen Gelegenheiten nützlich.«

Marilia schlug es auf und war im ersten Moment verblüfft, wie angesichts eines Irrtums. Corso freute sich darüber.

»Man hatte mir gesagt, dass Sie Romane empfehlen.«

»Ich empfehle nur Bücher, die ich liebe und dir mir gutgetan haben.«

Marilia betrachtete zum zweiten Mal das Frontispiz. Philippe Petit, *Über mir der offene Himmel. Szenen aus dem Leben eines Hochseilkünstlers.*[7]

»Schlagen Sie mir vor, mich bei einem Zirkus anstellen zu lassen?«

»Das ist ein kleines Handbuch für Akrobaten, aber es lässt sich auf viele andere Dinge anwenden.«

»Zum Beispiel?«

»Es lehrt, auf einem Seil zu gehen. Und dass das Seiltanzen nicht bloß das Universum der Leichtigkeit ist, sondern ein Handwerk.«

»Ist der Autor vertrauenswürdig?«

»Als Heranwachsender wurde er aus sämtlichen Schulen Frankreichs geworfen, weil er so geschickt mit seinen Händen und mit Spielkarten war, dass er seinen Lehrern heimlich die Brieftasche entwenden konnte. Er konnte auch Einrad fahren, er beherrschte Zaubertricks, jonglierte mit Fackeln. Eine Weile schlug er sich als Straßenkünstler durch, ein Gaukler mit roten Haaren und schwarzem Kostüm. Aber er liebte kühne Bravourstücke, und ihn interessierte der Raum über unseren Köpfen. Er war einer der größten Äquilibristen oder, wie er selbst sagt, Seiltänzer aller Zeiten. Er ist zwischen den Kirchtürmen von Notre Dame, den Pfeilern der Harbour Bridge in Sydney und über die Niagara-Fälle balanciert. Und eines Tages im August 1974 ist er zwischen den Türmen des World Trade Center von einem Dach zum anderen spaziert. Durch die Luft, auf einem Drahtseil. Er nannte das seine heimlichen *performances.* Über diese Aktion wurde auch ein Dokumentarfilm gedreht.«

»Er fragte nicht um Erlaubnis?«

»Der Himmel gehört allen, der Boden nicht. Von den vielen Freiheitsliebenden der Siebzigerjahre war Petit für mich der radikalste und der poetischste. Zusammen mit Charles Schulz.«

»Schulz, der von den Peanuts?«

»Ja.«

»Ihrer Meinung nach sollte ich also die Werke von Akrobaten und die Comicstrips von Charlie Brown lesen, um von meinen Problemen geheilt zu werden?«

Corso fürchtete, schon wieder zu weit gegangen zu sein. Trotzdem bemühte er sich, den Satz zu Ende zu bringen.

»Wenn Sie unbedingt einen Roman wollen«, sagte er, »dann gäbe es das Buch eines irischen Schriftstellers, Colum McCann, *Wie spät ist es jetzt dort, wo du bist?*«.[8]

»Ein schöner Titel.«

»Es sind vier Erzählungen, die alle am selben Tag spielen, genau der, an dem Petit von einem Turm zum anderen des World Trade Centers balancierte.«

Marilia sah ihm in die Augen.

»Es ist nur so, für mich gibt es kein Drahtseil mehr. Und die Türme gibt es auch nicht mehr.«

Doch auch bei ihr kam der Satz abgehackt heraus.

Nein, Corso, du wirst niemals lernen, in dieser Welt zu leben, du wirst immer rückfällig, dachte er.
Er setzte sich in den Ledersessel, auf dem in den letzten Monaten alle seine Patienten Platz genommen hatten, und plötzlich überwältigte ihn die Anspannung der letzten Tage. Seit langer Zeit schon war ihm das nicht mehr passiert, und er schämte sich sehr deswegen, aber er fing an zu weinen. Er weinte über Django, der in jenem Raum lag, über seine unabänderlich leere Dachwohnung, darüber, dass Feng nicht zurückkam. Und weil man in seiner Stadt kein Seil mehr spannen und darüber tanzen konnte.
Marilia kam zu ihm, fand aber nicht die Kraft, etwas zu tun.
Ein paar Minuten lang blieben sie reglos, bis Corso wieder normal atmete. Marilia verabschiedete sich mit diesem besonderen Zug um den Mund, von dem man nicht recht wusste, ob es ein Lächeln oder ein Ausdruck von Traurigkeit war. Corso hörte vom Sessel aus, in dem er versunken war, wie die Tür zufiel, und dachte, dass er, selbst wenn er hier ausziehen und sich tausend Kilometer entfernt niederlassen würde, nicht aufhören könnte, diese Arbeit zu tun.

Montag,
4. Juli 2016

H

Comme une épave
mon cœur est lourd

»Marta, bist du das?«
»Ja, natürlich, Vince.«
»Wie geht es dir?«
»Gut.«
»Gehst du heute zur Arbeit?«
»Ich habe die Nachmittagsschicht.«
»Darf ich vorbeikommen?«
»Vince ...«
»Ich weiß, ich hab nichts mehr von mir hören lassen.«
»Seit zwei Monaten höre ich nichts mehr von dir.«
»Du hast recht.«
»Du sagst immer, ich sei deine beste Freundin, ich dachte, ich verdiene eine andere Behandlung.«
»Verzeih mir, Marta.«
»Diesmal genügt das nicht, du magst den Leuten ja zuhören können, aber du bist unfähig, den Menschen nahe zu sein, die dich gernhaben.«
»Mir war die Zeit nicht vergönnt, das zu lernen.«
»Lüg nicht.«
»Auf jeden Fall ist es jetzt zu spät.«

»Ich verstehe nicht.«
»Ich wollte mich nur von dir verabschieden.«
»Du reist ab?«
»Dazu hat mir der Mut gefehlt.«
»Solltest du mit einer Frau wegfahren?«
»Marta, wenn ich zu dir kommen darf, dann erzähle ich dir alles.«
»Das ist nicht nötig, ich kenne dich.«
»Nein, warte.«
»War es etwas Ernstes?«
»Wir sollten nach China fliegen, sie wollte mir die Gegend zeigen, wo sie geboren ist, mich nach Peking mitnehmen.«
»Und warum bist du nicht mit ihr gegangen?«
»Ich hatte Angst.«
»Wann wirst du dich je ändern?«
»Es tut mir leid, Marta.«
»Was tut dir leid?«
»Alles, mir tut alles leid.«
»Du bist wirklich merkwürdig.«
»Ich bin nur müde.«
»Wenn du mich angerufen hast, um dich bemitleiden zu lassen, dann hast du dich verwählt.«
»Nein, nicht darum.«
»Also, was willst du?«
»Mich von dir verabschieden, wie ich schon sagte.«
»Wir werden genug Zeit dafür haben, aber nicht jetzt.«
»Marta, ich bin nicht sicher, ob wir Zeit haben werden.«
»Wie meinst du das?«
»Ich fühle mich, als machte jemand Jagd auf mich.«
»Die Chinesin?«
»Nein, nicht sie.«

»So hast du dich immer gefühlt.«
»Jetzt ist es anders.«
»Du machst eine Szene, nur damit ich dich zu mir einlade.«
»Nein, Marta.«
»Mir gefällt nicht, wie du redest.«
»Ich wollte dir nur sagen, wie wichtig deine Freundschaft für mich war.«
»War?«
»Ich hoffe, dass sie das immer noch sein kann, aber ich bin nicht sicher.«
»Jetzt machst du mir Angst.«
»Entschuldige.«
»Am Ende verzeihe ich dir ja doch jedesmal, Vince. Aber du kannst heute nicht herkommen, ich bin nicht allein.«
»Ach, wie dumm von mir.«
»Spiel nicht den Eifersüchtigen. Reden wir lieber von dir, bist du verliebt in diese Frau?«
»Vielleicht.«
»Du bist dir nie sicher, bei gar nichts, und das ist dein Problem.«
»Ja, ich glaube, ich bin in sie verliebt.«
»Worauf wartest du dann noch, sag es ihr.«
»Erst muss ich etwas klären.«
»Nicht alle Frauen sind so nachsichtig wie ich, Vince.«
»Ich weiß.«
»Verlier nicht noch mehr Zeit.«
»Warum sind wir eigentlich kein Paar geworden, du und ich, Marta?«
»Das hat sich nicht ergeben.«
»Nicht in diesem Leben.«

»Endlich eine Hoffnung: im nächsten Leben werde ich mich daran erinnern.«

Aus den weit geöffneten Fenstern kam die hektische Atmosphäre jedes Montagmorgens. Corso wusch sich rasch und machte sich fertig, um das Haus zu verlassen. Auf der Treppe fiel ihm ein, dass er Signor Gigi seit fast einer Woche nicht gesehen hatte, und er merkte, dass ihm die nachmittäglichen Plaudereien, aber auch die schweigsamen Momente mit ihm fehlten. Er erinnerte sich auch daran, dass dieser alte Boxtrainer ihn schon oft in seine Wohnung eingeladen hatte, aber er hatte immer einen Vorwand gefunden, um nicht hinzugehen. »Das mache ich, wenn ich dich etwas Wichtiges fragen muss«, hatte er beim letzten Mal gesagt. Nun, jetzt hatte er eine Frage.
Signor Gigi wohnte im Treppenhaus B, doch um diese Zeit war er möglicherweise noch im Bett. Gabriel hatte die Eingangstür für seine üblichen morgendlichen Putzaktionen offen stehen lassen. Ohne nachzudenken, ging Corso ins Treppenhaus und stieg ins erste Stockwerk hinauf. Hier war er noch nie gewesen. Das Türschild hatte einen Messingrahmen, darin steckte ein vergilbtes Papier mit einem kursiv geschriebenen Namen:

LUIGI MARANCIA

Er zögerte einen Moment, dann klingelte er.
»Wer ist da?« fragte eine Männerstimme.
Corso hatte ihn nicht geweckt.
»Ich bin's, Vince, bitte entschuldigen Sie.«
Er öffnete mit einem breiten Lächeln.

»Wo hast du gesteckt, mein Junge? Ich habe mir Sorgen gemacht.«
»Ich hatte ein paar Probleme.«
»Ja, Gabriel hat so etwas angedeutet. Wie geht's dir jetzt?«
Corso schüttelte den Kopf.
»Komm rein.«
Fotos überall in der Wohnung. Sogar unter dem Fenster, auf einem Tisch, allesamt Fotos von Boxern, in Schwarzweiß, mit silbernem Rahmen. Alte Boxgrößen der Vergangenheit, an die sich keiner mehr erinnerte. Manche trugen ein Autogramm am oberen Rand oder unten. Über dem Sofa feierte ein Plakat die Meisterschaft bei den Olympischen Spielen in Mexiko 1968, ein anderes zeigte Nino Benvenuti, wie er Emile Griffith einen harten Hieb versetzte, und ein drittes warb für einen Aperitif mit dem sprechenden Namen »Carneras Faust«.
»Wenn ich die Plakate abnehmen würde, hätte ich das Gefühl, ich würde ausziehen«, sagte Signor Gigi, »die Männer hatte ich alle in meinem Boxstudio.«
Die Pokale und andere Trophäen wurden in einer Vitrine aufbewahrt, die den Mittelpunkt der Zimmerwand bildete.
»Diese Wohnung ist sehr schön.«
»Hast du sie dir so vorgestellt?«
»Ungefähr.«
»Setz dich.«
Corso setzte sich in seinen Sessel, Signor Gigi rückte für sich einen Stuhl vom Tisch.
»Es tut mir leid für deinen Hund, aber er ist ein Kämpfer, er wird alles daran setzen, durchzukommen.«
»Das tut er gerade.«

»Auch du musst das tun.«
»Was meinen Sie damit?«
»Auch wer am Rand vom Ring steht, ist ein Teil des Spiels. Gib nicht auf, noch nicht.«
»Ich werde es versuchen.«
»Hast du eine Idee, wer das gewesen sein könnte?«
»Gabriel sagt, er hat zwei Typen gesehen, die sich tagelang vor dem Haus herumgetrieben haben. Sie sahen aus wie Boxer und hatten Spinnennetze auf dem Unterarm tätowiert.«
»Ich kenne diese Symbole. Es fing mit dem römischen Gruß in den Umkleidekabinen an, dann kamen die keltischen Kreuze, die Tattoos mit Hakenkreuzen, mit Wolfszähnen ... Auch darum habe ich mich zurückgezogen, der Wind, der da wehte, gefiel mir nicht mehr.«
»War es nicht auch in den Siebzigerjahren so?«
»Wer in den Siebzigerjahren Boxer war, der boxte und Schluss. Klar, die Politik gab es auch, aber nicht in den Boxstudios, wenigstens nicht in meinem. Und die Kampfsportarten waren noch nicht so verbreitet wie jetzt. Für Boxhandschuhe interessiert sich heutzutage keiner mehr, sie melden sich nur an, um zu lernen, wie man Schlagstöcke und Messer benutzt.«
»Das ist nicht sehr ermutigend.«
»Warum haben sie es auf dich abgesehen?«
»Keine Ahnung. Einmal habe einen von denen ein Kinderbuch zu lesen gegeben.«
»Glaubst du, sie waren beleidigt?«
»Ich habe den Schutz abgelehnt, den sie mir angeboten hatten.«
»Was für einen Schutz?«

»Dass mir nichts angetan wird dafür, dass ich in diesem Viertel weiterarbeiten und nicht aufhören will.«
»Das hat ihnen wahrscheinlich nicht gefallen.«
»Ich fürchte, hinter ihnen steht jemand, der noch gefährlicher ist.«
»Ich kann mir kaum etwas Schlimmeres vorstellen.«
»Sie sind nur billige Handlanger.«
»Du denkst an einen Auftraggeber?«
»Ja, allerdings weiß ich nicht, wer das ist und was er von mir will.«
»Was haben sie dir noch angetan, außer deinen Hund zu vergiften?«
»Sie haben meine Platten zerbrochen, Bücher und Karten zerrissen und meinen Motorroller geklaut, aber ich glaube, Letzteres war ein außerplanmäßiger Zufall.«
»Die Vergiftung?«
»Die Vergiftung ist eine Geschichte voller Fragezeichen. Aber bitte entschuldigen Sie, ich wollte Sie da nicht mit hineinziehen.«
»Ich freue mich, dass du vorbeigekommen bist, um mich zu besuchen.«
»Und ich muss Sie etwas fragen.«
»Sprich.«
»Gab es in der Geschichte des Boxkampfs jemals einen blinden Boxer?«
»Viele haben eine Netzhautablösung davongetragen.«
»Nein, ich meine, ob es je einen Boxer gab, der blind war.«
»Vor einem Jahrhundert verlor ein Amerikaner bei einem Kampf die Sehkraft auf einem Auge, aber er kämpfte weiter und gewann in der elften Runde. Warum fragst du mich das?«

»Stellen Sie sich vor, sie müssten gegen einen blinden Gegner kämpfen. Wie würden Sie ihm entgegentreten?«
»Ich habe mal einen Sportler trainiert, der nach einem Unfall nur noch Schatten sah, wie er sagte. Er hatte mehr Wut im Bauch als alle anderen, und das machte ihn gefährlich, gefährlicher als jeden anderen. Ein Angeber wollte ihn beim Training herausfordern und ging nach wenigen Sekunden zu Boden.«
»Das war es, was ich wissen wollte.«
»Nein, warte, ich habe dir noch nicht geantwortet.«
»Sie haben gesagt, dass so einer ganz und gar nicht auf die leichte Schulter zu nehmen ist, das ist schon eine Antwort.«
»Vorsicht gilt immer, für alle. Du hast mich nach einer Taktik gefragt.«
»Ja.«
»Nun, ich würde ihm mit geschlossenen Augen entgegentreten.«
»Warum?«
»Die Züge deines Gegners vorherzusehen, ist die wichtigste Kunst im Boxkampf. Wer im Voraus ahnt, was der Gegner tun wird, und sich entsprechend verhält, der gewinnt, nicht der Stärkere.«
»Die Augen schließen kann ein Mittel sein, um die Züge eines Blinden zu erahnen?«
»Nur dadurch wirst du so unvorhersehbar sein wie er.«
»Es ist wirklich immer hilfreich, mit Ihnen zu sprechen.«
«Du weißt, wo ich wohne, komm, wann immer du möchtest.«
»Das werde ich tun.«
»Django wird wieder auf die Beine kommen, bestimmt.«
»Das hoffe ich.«

»Und du sei auf der Hut. Höchste Wachsamkeit, hör auf einen Alten.«
»Sie sind noch nicht so alt.«
»Älter als jetzt kann ich nicht werden, Vince.«

G

Je reste seule, isolée, sans soutien
Sans nulle entrave, mais sans amour

Als es Mittag wurde, setzte er seine Sonnenbrille auf und verließ die Klinik, wo er den Vormittag verbracht hatte. Die Sekretärin grüßte ihn, indem sie den Kopf hob, wie jedes Mal, wenn er hinausging oder zurückkehrte. Die Sonne blieb unerbittlich. Corso kaufte ein belegtes Brötchen und setzte sich zum Essen an die einzige Stelle auf der Piazza Vittoria, die im Schatten geblieben war. Die Hitze hatte alle Bänke leergefegt. Nur eine Bettlerin mit einem Metallschild um den Hals verkaufte Sträußchen mit Lavendel und Veilchen vor dem Zaun. Es war dieselbe, die sich vor ein paar Tagen plötzlich in Luft aufgelöst hatte. Auf dem Schild standen nur drei Worte in Großbuchstaben:

ICH SEHE NICHTS

Sonst war niemand auf der Straße, und Corso kam es vor, als wäre die ganze Stadt inzwischen nur noch von Blinden bewohnt. In Wahrheit schien die Frau nicht völlig blind. Man sah, dass sie ein Auge verloren hatte, doch das andere schien noch recht gut zu funktionieren und aufzupassen, ob jemand kam, vielleicht weil die Frau fürchtete, dass sie heimlich beobachtet wurde oder man ihr das Geld aus dem Korb stehlen wollte.

Möglicherweise war es nur Einbildung oder zufällige Übereinstimmung, aber in den letzten Tagen schienen ihm die Gesichter vieler Passanten irgendwie vertraut, als wäre er ihnen schon einmal begegnet, vielleicht in einem Buch. Was geschah da? War es mit ihm jetzt schon so weit, dass die Literatur die Wirklichkeit ersetzte? Und die Figuren wanderten aus den Romanen aus, ohne daran zu denken, zumindest einen falschen Namen anzunehmen? Durch welche Porta Magica war dieser Kommissar gekommen, der immer ein wenig schläfrig wirkte und sich quälend in Corsos Gedanken eingenistet hatte? Und der Häftling, den er im Gefängnis getroffen hatte?

Er phantasierte. Aber die Blumenverkäuferin, die wenige Meter von ihm entfernt saß, hatte er ganz sicher schon einmal gesehen. Als er das Brötchen aufgegessen hatte, erinnerte er sich plötzlich. Vor ein paar Tagen war er in einem Buch über Fotografie auf die Abbildung einer Bettlerin gestoßen, die ganz ähnlich aussah. Die Geschichte dieses Fotos hatte ihn neugierig gemacht. Ein junger Mann, sechsundzwanzig Jahre alt, hatte es 1916 in New York aufgenommen. Er hieß Paul Strand. Ein paar Monate zuvor hatte Strand ein zweites, aus dem Apparat eines Onkels abmontiertes Objektiv an seiner Spiegelreflexkamera angebracht und das erste verschlossen. Manchmal entdeckte jemand den Trick und jagte ihn weg, manchmal nicht. Corso hatte sich nach dem Grund gefragt. Warum fotografierte dieser junge Mann eine Blinde, indem er so tat, als fotografierte er in eine andere Richtung? Auch wenn er mit der Kamera direkt auf ihre Nase gezielt hätte, hätte sie es nicht bemerkt. Für wen hatte Strand dann dieses Täuschungsmanöver inszeniert? Für das schweigende, unfreiwillige Publikum auf den Straßen einer Metropole, das vom Anblick eines Mannes, der eine Blinde fotografiert, abgestoßen oder verletzt sein könnte? Oder um gerade von ihr nicht *gesehen* zu werden?

Ein Papagei sprang auf einem hohen Baum von einem Ast zum anderen. Dies war ein Nachmittag voller Fragen und Zufälle. Auch Strand war an jenem Tag in New York auf der Jagd nach Zufällen, aber im buchstäblichen Sinn, als bestünde seine Arbeit nur darin, Dinge zu verfolgen, die sich zufällig überschneiden. Tatsächlich hatte sein Fotoapparat zwei Objektive, ein verschlossenes und abwesendes, das andere dagegen schief und in Alarmbereitschaft, wie die Augen der Frau, zumindest dem Anschein nach. Das Gerät, das fotografierte, und das fotografierte Objekt entsprachen sich, und keiner hatte mehr sagen können, *wer* beobachtete und *wer* beobachtet wurde.

Angesichts dieser Dynamik falscher Blicke kam ihm abermals der berechtigte Verdacht auf einen Betrug. Hatte er genau im Abstand von einem Jahrhundert eine zweite Stadtstreicherin überrascht, die sich gerade eine Pause vom mühseligen Gewerbe des wandernden Blinden gönnte? Wer hatte die Worte geschrieben, die sie um den Hals trug, diese sorgfältig gezeichneten Buchstaben mit klaren Umrissen, die nirgendwo den weißen Raum beschmutzten? Doch er hatte sich schon einmal geirrt, er wollte den gleichen Fehler nicht noch einmal begehen. Unerwartet kamen ihm Verse auf die Lippen:

Der Mantel, den er trägt, ist totenschwarz
Und auf der Brust steht, flammend auf der Schwärze,
In Lettern das Wort »Unsichtbar« gemalt.[9]

Wie oft hatte er sich schon gefragt, wie Anna Karenina oder Mima Pedrell ausgesehen hätten, wenn es digitale oder analoge Fotografien von ihnen gegeben hätte, ein einfaches Passbild oder einen Schnappschuss auf einem Fest. Jetzt kannte er die Antwort. Wenn es auch nur ein einziges Foto einer Romanfigur geben würde, sie hätte das Gesicht dieser Blumenverkäuferin, denn es wäre das Bild einer Blinden, die das Foto von sich selbst um den Hals trägt, auf dem sie wiederum mit einem Foto von sich erscheint, und unendlich oft so weiter. *Mise en abyme* sagen die Franzosen dazu, in den Abgrund der unendlichen Wiederholung gesetzt. Ein Foto, das von einer Grenze aus aufgenommen wird: einerseits die Wirklichkeit, in der man lebt, und andererseits ein Brunnen, in den man sich herablassen kann, aus dem man jedoch immer ausgeschlossen bleibt. doch kein Foto hätte je zeigen können, was diese Frau *sah*. Diese Schrift war *das Sinnbild oder Symbol des Maximums, das wir von uns selbst und der Welt wissen können.*
Im Gegensatz dazu war der Fotoapparat von Paul Strand ein spiegelbildliches Schild auf dem implizit geschricbcn stand:

»FOTOGRAF«

was gleichbedeutend war mit »SEHENDER MANN« und das mit nicht geringerer Verzweiflung, wenn es stimmt,

was manche Fotografen behaupten, dass man im Gesicht eines Menschen sogar viele Jahre bevor er ihn begeht, den Selbstmord erkennen kann.
Im Grunde hatte das alles die bühnengerechte Stimmigkeit einer Verabredung, auch wenn ihm an diesem schwülen Nachmittag kein Schild mit unsichtbaren Worten um den Hals hing.
Über sich selbst hätte er nur sagen können:

»LESENDER MANN«

und vielleicht war jede von Menschen überlieferte Erzählung seit Anbeginn der Zeiten ja wirklich nichts anderes als das Gerede eines Blinden.
Kaum hatte er diese letzte Vermutung angestellt, stand die Frau auf, nahm den Korb, schüttete die Münzen, die er enthielt, in ihre Rocktasche und griff nach dem Stock. Die anderen sah Corso nicht ankommen. Sie erschienen fast gleichzeitig auf mehreren Seiten der Piazza und strömten alle an einer Stelle zusammen. Manche hatten einen Hund, die meisten nur das Stöckchen, das in regelmäßigen Abständen gegen Hauswände oder auf den Asphalt klopfte. Insgesamt mochten es acht oder neun sein. Falls jemand sie begleitete, hielt er sich gut versteckt. Corso fürchtete, sie hätten ihm eine Falle gestellt, doch es konnte auch sein, dass er abermals zufällig einen ihrer Treffpunkte entdeckt hatte. Denn inzwischen gab es keinen Zweifel mehr für ihn: Das war eine Sekte, und sie operierte wie eine Geheimgesellschaft, man traf sich unter der Erde oder auf sonnenbeschienenen Plätzen, und ihr Anführer war ein Herr der Schatten.

Also schloss er hinter seiner Brille die Augen, wie Signor Gigi ihm geraten hatte. Wenige Meter nur trennten ihn von der Gruppe, die sich um den Baum vor der Porta Magica versammelte.

Die Stadt hatte sich plötzlich in Luft aufgelöst, jede Bewegung war ein Schritt ins Leere. Vorsichtig kam er näher, bis er den Atem eines der Männer wahrnahm. Er ahnte, wie sie sich aufgestellt hatten, blieb aber ein wenig zurück, um keinen Fehler zu begehen. Dann hörte er den Mann näherkommen, auf den sie warteten.

»In einer Stunde wird auch diese neue Operation abgeschlossen sein«, sagte dieselbe Stimme, die Corso schon von der Decke der unterirdischen Basilika an der Porta Maggiore widerhallen gehört hatte. »Die Bestätigung werdet ihr bald haben.«

»Welche Befehle gibt es für uns?«

»Euch bis morgen Nacht zu trennen.«

»Wo treffen wir uns?«

»Beim Großen Lombarden, um elf.«

Corsos Beine waren müde, und sein Herz klopfte. Er wartete, bis sein Atem wieder regelmäßig ging, bevor er sich bewegte. Als er die Augen öffnete, hatten die Blinden sich auf dem Bürgersteig zerstreut wie ein Windstoß des Schirokko.

Die Piazza überfiel seine Augen mit Wucht. Schritt für Schritt erreichte er langsam die Umzäunung des Parks, dann ging er weiter in Richtung Via Merulana. Ein Unbekannter, der hinter dem Blumenkiosk am Tor lehnte, nahm ein Telefon und begann Corso zu folgen.

Jetzt war er sicher. Beim Karussell der Verfolgungen war soeben, in perfekter Kreisbewegung, ein wichtiger Zug gemacht worden, und er war der Spielstein in der Mitte: Die Polizei verfolgte Corso, der die Blinden verfolgte, die wiederum ihn verfolgten.

F

Dans la tristesse et la nuit qui revient

Nur Touristenbusse waren auf der Straße. Ein paar Autos parkten in zweiter Reihe, aber niemand saß darin, als wäre das Ende der Welt gekommen und alle wären geflohen, ohne sich noch um irgendetwas zu kümmern. Die Geschäfte waren geschlossen oder leer, die Straßen verlassen. Nur vor einer Einfahrt hinter dem Brancaccio-Theater parkten zwei Polizeiwagen schräg bis auf den Gehweg. Auf dem Dach des ersten Wagens drehte sich noch das Blaulicht, doch das Sirenengeheul war ausgeschaltet. Ringsum hatte sich eine Menge Menschen jeden Alters versammelt. Die Hausbewohner, dachte Corso. Alle blickten nach oben auf einen unbestimmbaren Punkt. Corso verspürte den Impuls, schnell weiterzugehen, doch dann hob auch er die Augen und las die Hausnummer 219 einer lausfarbenen Wohnkaserne.

»Sie lag auf dem Rücken, als man sie fand, der Rock war bis übers Gesicht hochgezogen.«

»Die Bluse stand offen, und zwischen ihren großen, schlaffen Brüsten rann der Schweiß.«

»Sie trug weiße Unterhosen«, präzisierte eine Frau mit ausgebleichten blonden Haaren.

»Wie wurde sie getötet?«
»Man hat ihr die Kehle von einer Seite bis zur anderen aufgeschlitzt.«
»Das haben sie gesehen, als sie ihr den Rock vom Gesicht nahmen.«
»Ein Beamter sagte, ihr wurden die Luftröhre, die Halsschlagader und die Kehle durchtrennt.«
»Was für eine Waffe haben sie benutzt?«
»Vielleicht ein Küchenmesser.«
»Wie bei den alten Frauen an der Piazza.«
»Sie war eine so unauffällige Person.«
»Wer kann das nur gewesen sein?«
Corso wollte sich gerade davonstehlen, als ihn jemand am Arm packte. Er spürte eine unsichere Hand.
»Hätten Sie die Freundlichkeit, mit uns auf die Wache zu kommen?«
Den Akzent erkannte er sofort, er folgte gehorsam und stieg in den Fiat Bravo. Sie wechselten kein Wort, bis sie in seinem Büro saßen. Corso nahm auf demselben hölzernen Stuhl Platz, auf dem er gesessen hatte, als er zum ersten Mal in dieses Zimmer gekommen war. Der Kommissar holte eine Mappe aus einem Karteikasten und legte sie auf den Schreibtisch.
»Wo waren Sie am Samstagvormittag?«
»Auf dem Markt.«
»Jemand, der Ihnen sehr ähnlich sah, den Zeugenaussagen zufolge, die wir gesammelt haben, wurde gesehen, wie er die Leiche eines jungen Mannes auf dem Tisch eines Fischstandes ablegte.«
»Das war ich, Commissario.«
»Gut, das macht die Sache viel einfacher.«

»Ich stand ganz in der Nähe und bin nur eingeschritten, um dem Opfer zu helfen.«
»Und warum sind Sie dann weggelaufen und haben nicht auf uns gewartet?«
»Ich wollte die Mörder verfolgen.«
»Was haben Sie gesehen?«
»Es waren zwei junge Männer mit Tätowierungen auf den Armen. Einer auch auf der Wade.«
»Leider bestätigt niemand diese Version.«
»Aber da waren doch so viele Menschen …«
»Ja, Menschen, die aussagen, dass Sie sich über einen Mann beugten, der am Boden mit dem Tod kämpfte.«
»Ich habe versucht, ihm zu helfen, wie ich schon sagte.«
»Doch als sie die Sirenen der Einsatzfahrzeuge hörten, sind Sie verschwunden.«
»Ich war völlig erschüttert, glauben Sie mir.«
»So erschüttert, dass Sie einen armen Blinden geschlagen haben.«
»Commissario …«
»Viele Zeugen haben Sie beschrieben, die Kunden in einer Bar, ein Student. Auch das waren Sie, stimmt's?«
»Ja, das war ich.«
»Was haben Sie denn gegen Blinde? Warum treffen Sie sich mit denen?«
»Ich hielt ihn für einen Betrüger.«
»Sie scheinen mir sehr verwirrt zu sein.«
»Es ist nicht so, wie es scheint, Commissario. Seit einer Woche ist alles ein einziges Inferno.«
»*Chisto è un munno ammunnato, e la notte ce bballene le diavule.*«
Sein Tonfall hatte sich verändert.

»Nehmen wir an, ich bin bereit, Ihnen zu glauben. Sie werden mir beipflichten, dass Sie in Ihrer Lage äußerst schwer zu verteidigen wären.«
»Ja, Commissario.«
»Lassen Sie uns rekapitulieren: Es gab fünf Morde, alle mit gemeinsamen Merkmalen. Die letzten vier haben sich in wenigen Tagen in immer kürzeren Abständen ereignet, vom vergangenen Sonntag bis heute. Und Sie waren immer am Tatort. Finden Sie nicht, dass das eine verdächtige Übereinstimmung ist, oder ist es purer Zufall?«
»Es ist offensichtlich, dass mich jemand in etwas verwickeln will.«
»Sie sagten mir doch, Sie hätten keine Feinde.«
»Das dachte ich.«
»Wenn ich Sie jetzt verhaften würde, würden die Beweise, die wir haben, bereits für eine Verurteilung ausreichen, ist Ihnen das klar?«
»Aber die Morde würden weitergehen, und ich wäre entlastet.«
»Da wäre ich nicht so sicher. Wenn es wirklich jemanden gibt, der Ihnen schaden will, könnte er weitere Morde aufschieben, nur um Sie zu ruinieren.«
Corso reagierte betroffen.
»Ich habe nichts damit zu tun, Commissario.«
Ingravallo stand auf und ging zum Fenster.
»Lassen Sie mich zu meinem Hund gehen.«
»Gehen Sie, machen Sie schnell, bevor ich es mir anders überlege.«
»Sie verhaften mich also nicht?«
Ohne zu antworten, ging der Kommissar aus dem Zimmer, und die Hand, die Corso ihm ausgestreckt hatte, schwebte

unbeholfen in der Luft. Scheute auch er, wie Queequeg, jeden körperlichen Kontakt?

Während Corso die Treppe der Wache hinunterging, dachte er, dass er zu viel von seiner Vorstellungskraft verlangt hatte. Jahrelang hatte er sie mit all diesen sinnlosen Lektüren zermürbt, und jetzt wusste er nicht mehr, in welche Stadt es ihn verschlagen hatte. Den Nachmittag verbrachte er in der Klinik, ohne irgendeine Auskunft über Djangos Zustand zu bekommen. Die Sekretärin bewegte sich nicht von ihrem Platz, und nur gegen sechs Uhr gab es ein bisschen Unruhe, als ein belgischer Schäferhund mit einer Bisswunde gebracht wurde. Ein streunender Hund hatte ihn vor einer Mülltonne angegriffen und ihm mit den Zähnen eine tiefe, lange Wunde im Rücken gerissen. Das Tier verlor Blut, seine Besitzerin schien unter Schock zu stehen. Doch abgesehen von Notfällen bot dieser Ort wenigstens den Vorteil einer kühlen und die meiste Zeit über ruhigen Umgebung. Corso blieb bis zum Abend.

Als er nach Hause ging, bereitete das Viertel sich auf die Nacht vor. Hier und da leuchteten schon Lichter auf. Er kam zur Haustür und warf, bevor er hineinging, wie gewohnt einen Blick auf die Umrisse der Basilika, die am Ende der Straße aufragte. Seine Wohnungstür öffnete sich, wie sie sich immer hatte öffnen lassen. Nur ein sehr aufmerksamer Blick hätte die Kratzer im Holz auf der Innenseite der Tür bemerkt. Alles hatte wieder sein gewöhnliches Aussehen angenommen. Der Teppich, der Schreibtisch, die Bücher im Regal – zumindest dem Anschein nach. Doch ohne Django war auch dieser Zufluchtsort öde, ja feindselig geworden.

Für ihn, der in ständig wechselnden Pensionen, in gesichtslosen, unbelebten Zimmern aufgewachsen war, und auch während des Studiums und danach immer dort geschlafen hatte, wo es sich gerade ergab, in vorläufigen, mit anderen geteilten Wohnungen oder in den Betten erster Freundinnen, in dem von Serena, für einen wie ihn stellte diese Dachwohnung die größte Annäherung an die Vorstellung von einem Zuhause dar. Die erste Wohnung, die er mit seiner sonderbaren Arbeit hatte erhalten können. Doch sein wirkliches Zuhause, das einzige, das er während all seiner Umzüge immer bei sich getragen hatte, waren die Bücher. Sie auf dem Boden verstreut zu sehen, zerrissen, zerstört wie die Platten, hatte ihm alles Vertrauen genommen. Jetzt enthielten auch die Bücher eine heimliche Drohung. Er spürte, wie sie ihn nachts unter Druck setzten, ihn sogar vor ihren eigenen Inhalten warnten, als versteckte sich in diesen Regalen etwas von dem Gift, das Django krank gemacht hatte. Er würde nicht mehr versuchen, seine kleine Bibliothek nach einem Schema zu ordnen, es war viel richtiger gewesen, alles ungeordnet wieder aufzustellen.

Er öffnete die Schreibtischschublade und nahm die Seiten in die Hand, die er vor ein paar Tagen vom Boden aufgelesen hatte. Er hatte sie weggelegt, ohne sich zu bemühen, herauszufinden, aus welchem Buch sie ausgerissen wurden. Er strich eine Seite glatt und begann zu lesen:

Da lief Karl zu ihm hin und berührte ihn. Das arme Tier war kalt und steif. Aus seinem vor Schmerz krampfhaft geschlossenem Maule waren ein paar gallige Tropfen auf den Boden gefallen und hatten sich mit blutigem, schaumigem Geifer vermischt. Der Hund hatte

> ein Barett seines Herrn gefunden und hatte seinen Kopf darauf gelegt, er wollte offenbar auf dem Gegenstand sterben, der ihm seinen Freund vorstellte.

Das arme Tier war kalt und steif ... Dieses Kapitel erzählte von der Vergiftung eines Windhundes namens Actaion. Der Titel des Romans und der Autor standen auf dem oberen Rand der Seite, doch Corso hatte ihn schon erraten, es war *Die Königin Margot* von Alexandre Dumas. In seinem Plan einer Auflistung aller Hunde in der Literatur kam Actaion kurz vor Argos.
Als er weiterlas, packten ihn Angst und Entsetzen.

> Dann kniete er sich zu seinem Hund nieder und untersuchte mit kundigem Auge dessen Körper. Das Auge des Tieres war auffallend glasig, die Zunge war entzündet und von Eiterblattern übersät. Diese Erkrankung war gewiß merkwürdig, der König schauderte. Karl zog hierauf die Handschuhe wieder an, die er abgenommen und in den Gürtel gesteckt hatte, und hob jetzt die farblose Lefze des Hundes in die Höhe, um die Zähne zu untersuchen. Er fand in ihren Zwischenräumen weißliche Faserteilchen, die sich an den Spitzen der Eckzähne verankert hatten. Er löste sie aus den Zähnen und erkannte, daß sie Papierreste waren. An den Stellen, an denen das Papier angeklebt war, war die Entzündung stärker, das Zahnfleisch war angeschwollen, und die Schleimhaut wie von Vitriol zerfressen. Der König sah aufmerksam im Zimmer umher. Auf dem Teppich lagen noch einige Stückchen Papiers, das anscheinend von gleicher Herkunft war, als das im Maul des Hundes vorgefundene.[10]

Schlagartig fielen ihm die merkwürdigen weißen Speisereste ein, die die Ärztin am Abend von Djangos Einlieferung in die Klinik von den Zähnen des Hundes gelöst hatte, und er wusste, wie Django vergiftet worden war – mit den Seiten eines Buches. Sie hatten es fertiggebracht, dass er eine Seite oder nur Fetzen davon schluckte, die anderen Seiten hatten sie zerknüllt auf dem Boden liegenlassen.
Er steckte die Blätter in eine Klarsichthülle, dann ging er ins Bad und wusch sich sorgfältig die Hände. Er würde die Seiten morgen in die Klinik bringen, um sie untersuchen zu lassen.
Ihm kam noch ein Gedanke, der ihn zum Bücherregal führte. Wie hatte er das nur vergessen können? Er begann, alle Regale zu untersuchen, indem er mit dem Finger über den Rücken jedes Bandes strich. Das Buch musste doch hier irgendwo stehen, neben den anderen. Er irrte sich nicht, er erkannte es bei der Berührung. Es war neben einer Liedersammlung von Leonard Cohen und einer Geschichte des Jazz gelandet: weißer Umschlag, glänzend und fest, der Titel in Brailleschrift. Das Buch, das er dem Blinden nicht hatte zurückgeben können, nachdem er aus dem Wartezimmer verschwunden war, und den er vergeblich bis zur Piazza Vittorio verfolgt hatte.

⠊⠉⠓ ⠞⠕⠑⠞⠑
⠺⠑⠝ ⠊⠉⠓ ⠺⠊⠇⠇

Es lief ihm kalt über den Rücken – alle Seiten im Inneren waren glatt.
Corso hatte das Gefühl, ein schreckliches Dominospiel vor

sich zu haben. Er machte den Computer an und versuchte, die Zeichen zu übersetzen.
Langsam entstand vor seinen entsetzten Augen ein Titel:

ICH TÖTE
WEN ICH WILL

Er warf sich auf das Sofa und fühlte sich sehr allein. Der Plattenteller stand unbewegt an seinem Platz, ein Karussell, das aufgehört hatte, sich zu drehen. Mit ungeheurer Anstrengung holte er eine der wenigen LPs, die unversehrt geblieben waren, aus ihrer Hülle. Die Stimme von Léo Ferré erfüllte das Zimmer.

Avec le temps
Avec le temps, va, tout s'en va.

Er setzte sich wieder an den Schreibtisch.

Wenn ich die erste Eigenschaft deines Schattens nennen müsste, von der viele Dinge herrühren, würde ich von deinem »Vorausliegen« sprechen. Deine Musik ist die Musik der Prämissen, der lang zurückliegenden Vorgeschichten. Du hast den Geschmack einer Legende, du bist ein Indiz, das vorausgeht, die Vorahnung von etwas, was sich bereits zugetragen hat. Das Alpha und Omega von allem. Aber nicht deinetwegen verstecke ich mich in mir selbst, denn du gehst sogar meiner und unserer Scham voraus, und ich bestehe aus all diesem Vorausliegen: Ich trage in jedem einzelnen meiner Atome eine Erfahrung, die vielem vorausging, auch der Liebe. Ich habe immer älter gewirkt als ich war, vor allem in meiner Kindheit, als eine unnatürliche Ernsthaftigkeit mich umgab wie eine Krone aus Kupfer und Zink. Die Kindheit passte zu mir, da sie die Zeit ist, die vorausgeht, aber bei mir nahm sie eine schiefe Form an. Ich verdanke dir das Talent, unbemerkt und als Fremder durch die Welt zu gleiten, ich verdanke dir die unstrittige Geschicklichkeit, keine Spuren zu hinterlassen, und dieses umsichtige, seiltänzerhafte Achtgeben, kein Geräusch zu machen. Als könnte deine Abwesenheit, die ursprünglicher ist als die Erbsünde, das Ergebnis eines vorsätzlichen Plans gewesen sein, eine Übung in der Selbstauflösung, im Verschwinden, darin, die Grenzen des Erlaubten nicht zu überschreiten, bis man den Zustand einer Mutmaßung annimmt. Und es ist wirklich lächerlich, Vater, dass das letzte Paradox unserer gemeinsamen Geschichte mein eigenes fortschreitendes Verschwinden ist, nicht deines. In der waghalsigen Erwartung, dass du eines Morgens oder eines Abends in Fleisch und Blut vor meiner Tür erscheinst, musste ich mich, um dir gleichen zu können, mehr zum Schatten machen als du Schatten bist. Du bist der Beweis meiner Inkonsistenz, nicht ich der deinen.

Doch in die Kindheit zurückzugehen, ist immer, als kehrte man an den Tatort zurück.

Als er den Stift vom Papier hob, wusste er nicht mehr, wie spät es war. Er blickte aus dem Fenster auf die menschenleere Gasse, dann stieg er die Treppe zum Hochbett hinauf.

Am morgigen Abend würde auch er um elf Uhr zum Großen Lombarden gehen, das stand fest. Und endlich schlief er einen schweren, ergebenen Schlaf, ohne Visionen.

Dienstag,
5. Juli 2016

E

Où sont tous mes amants

Von diesem Dienstag würde Corso nichts mehr erinnern. Für ihn hatte diese Woche schon verstümmelt begonnen. Während des ganzen Tages hatte er nur die Ankunft einer Landschildkröte wahrgenommen. Ein Mann brachte sie in einer Schachtel, er hatte ihr mit einem Rasenmäher den Panzer zerbrochen. Würden Sie ihn in dieser Klinik wirklich wieder zusammenkleben können? Eine Stunde später sah er den Mann weggehen, das Tier war mit einem weißen Verband umwickelt.

Die ganze restliche Zeit hatte Corso damit vergeudet, einzig und allein an das Treffen mit den Blinden zu denken, das ihn in der Nacht erwartete, daran, was er sagen würde. Er aß in einem kleinen chinesischen Restaurant zu Abend, das nur von Asiaten besucht wurde, und ging gegen zehn Uhr endlich zur Haltestelle Viale Manzoni, wo er auf die Linie 3 der Straßenbahn wartete. Er mochte diese Straßenbahnlinie, weil er in einem Buch gelesen hatte, dass eine Straßenbahn mit derselben Nummer vor Kafkas Haus vorbeifuhr, deren Licht bis an die Wände seines Zimmers reichte, ein Licht, das Kafka besonders liebte, weil seine Verlobte Felice Bauer mit dieser Straßenbahn fuhr.

Corso beschloss, viele Haltestellen weiter, am anderen Flussufer, auszusteigen und zu Fuß zurückzugehen, um seine Gedanken ein letztes Mal zu sammeln. Wie ein Geisterhaus zeichnete sich im gelben Licht der Straßenlaternen der Bahnhof Trastevere vor ihm ab, seine zugemauerten Türen und Fenster, der verwahrloste Garten, das verriegelte Tor und der Widersinn einer Eisenbahnlinie ohne Gleise an der Grenze eines Stadtviertels, das sich nach und nach vom Zentrum entfernte und immer öder wurde. Er ging daran vorbei wie man an einem Gebäude vorbeigeht, das es nicht geben dürfte, dann nahm er eine Straße mit dichtbelaubten Bäumen. Der Stromausfall traf ihn überraschend beim Überqueren der letzten Ampel – schlagartig versank der Platz in urzeitlicher Finsternis, nur das Geräusch plätschernden Wassers erfüllte den plötzlich erweiterten Raum, doch es war nicht auszumachen, ob es von den drei riesigen gläsernen Becken des Brunnens oder vom Fluss kam. Bis irgendwann ein Auto vorüberfuhr, lagen die Straße und der Gehweg in völliger Dunkelheit. Langsam leuchteten hinter einigen Fensterscheiben kleine Lichtschimmer auf (Kerzen, Fackeln, Handys) wie ein Tanz von Irrlichtern auf den Fensterbänken.

Er schlug eine Straße ein, die sanft zur Testaccio-Brücke aufstieg. Vor wenigen Jahren war hier ein altes Gebäude abgerissen worden, und an seiner Stelle ragte jetzt ein gigantisches, modernes Mietshaus auf, das einem stolzen, eleganten Kreuzfahrtschiff ähnelte, wenn überall die Lampen eingeschaltet waren, das aber jetzt den Eindruck eines vom Kurs abgekommenen, mit seiner Ladung aus Schiffbrüchigen und Kranken umhertreibenden Bootes machte. Ein in der Nacht versunkenes Sanatorium.

Er überquerte noch eine Erhebung, die nach rechts abbog und stand endlich vor der breiten Brücke, die auf die andere Seite des Tibers führte. Hinter der Brücke wurde der Fluss schmaler, verwilderte fast, ein Ufer, das nur noch aus Sand und Schilf bestand, streifte den Umriss des Schlachthofs und verwandelte ihn in den Schattenriss einer Zollstation, die eine Abfolge von Randgebieten ohne Anfang und Ende einleitete, eine einzige Sandfläche, gottverlassen und vergessen, ein Pfad aus Papiertaschentüchern, Präservativen und verrosteten Messern, zerrissenen Damenhandtaschen, einem verbrannten Stuhl, dem Gerippe eines Fahrrads und umgekippten Kanistern, wo nachts eine Schar einsamer Menschen umherirrte, deren Existenz nirgendwo verzeichnet war, eine in der Hauptstadt verborgene weitere Stadt, die man nur von der Seite aus betrachten konnte, wenn man an ihr vorüberfuhr wie auf einem Schiff, oder von einem Brückengeländer aus ihre schwarze Silhouette erkannte, diesen dunklen, furchterregenden Schatten unter einem Hügel, der nur aus aufgehäuften Scherben bestand.

Kein Auto erleuchtete die Straße mit seinen Scheinwerfern, und Corso merkte, dass er sich verlaufen hatte. In Wirklichkeit wusste er noch, wohin er ging und wie weit er auf seinem Weg schon gekommen war, doch er fühlte sich auf eine grundsätzlichere Weise verwirrt, wie aus der Zeit gerissen, aus dem logischen Gefüge der Welt verstoßen und an eine Grenzlinie gedrängt, die ihm, hätte er sie überschritten, wie ein endgültiger Abschied erscheinen würde. Sein Gang wurde unsicher, und zum ersten Mal kamen ihm Zweifel, ob er weitergehen oder aufgeben und in seine Dachwohnung oder in die Klinik zurückkehren sollte, wo sein Hund lag, um sich mit dem Nichts zu begnügen, das wir wissen, ohne noch Beweise oder Widerlegungen zu brauchen und davon abzulassen, dem nachzuforschen, was sich nicht erforschen lässt. In dem Moment wurde ihm auch bewusst, dass er der einzige Überlebende seiner Familie war, ohne Eltern und Kinder, mit weit entfernten, unregelmäßigen Liebesbeziehungen, ein Segment ohne Ursprung und Folgen. Er war endlich beim letzten Zug des Spiels angekommen. Seine Einsamkeit hatte ihn begünstigt, hatte ihm ermöglicht, diese schwierige Kunst in allen Einzelheiten zu lernen. Denn niemals hatte er den Ausgang aus seiner labyrinthischen Stadt gesucht. Seit jeher war seine Richtung nicht die rettende Richtung gewesen, sondern ihr Gegenteil: eine Karte voller Hindernisse, Rückkehren, verbotener Übergänge. Er musste wissen, dass die Literatur darin schult , sich zu verirren, nicht sich wiederzufinden. Sie steht immer auf der Seite des Irrtums, der falschen Abzweigung, des Waldesdickichts statt des Pfades.

Vom Fluss stieg ein Lichtschimmer auf, als würde das Wasser eine geheime elektrische Quelle verbergen oder unter der Wasseroberfläche wäre gerade der phosphoreszierende Schwanz eines Tiefseefisches rasch vorübergeglitten. Aber es war nur der Widerschein des Himmels über ihm. Er musste nichts anderes tun, als der Strömung zu folgen und auf den eisernen Riesen des Gasometers zugehen, der mit seinen vom Rheumatismus verrosteten Knochen aus der Dunkelheit auftauchte und den Horizont beherrschte wie die höchste Theaterkulisse. Wäre ein alter Don Quixote bei ihm gewesen, er hätte seinen Klepper sicher zu einem schwerfälligen Trott angetrieben, um mit gezück-

ter Lanze auf diesen schielenden Zyklopen loszustürmen, ohne abzuwarten, bis der sich als erster auf seinen schwankenden Beinen bewegte.
Corso hob noch einmal die Augen, dann ging er weiter über die Brücke und war nach ein paar Metern am anderen Ufer angelangt, in einer Senke, die nach links abfiel. Der Wind verriet, dass hier eine lange Reihe unsichtbarer Platanen stand. Corso ging unter einem Ladenschild einer Bar hindurch, das mit seinen erloschenen Neonleuchten das hölzerne Schild einer Hafenkneipe hätte sein können, und nahm den kürzesten Weg zum Viertel Testaccio. Er ging an den Mauern düsterer Fabrikgebäude entlang und am Eingang des Schlachthofs vorbei, der aussah wie das Eingangstor zu einem Jahrmarkt auf dem Land, nachdem alle weggegangen waren. Der Stromausfall hatte sich bis zu dieser Kurve fortgesetzt und wie eine Seuche jeden Stein in ein klebriges Dunkel getaucht. Auf seinem Weg lag jetzt ein ständiger Markt, der auf einem einstigen Fußballplatz entstanden war, dann umging er den kleinen Golgatha von Rom, wo jahrhundertelang Amphoren weggeworfen worden waren, und eine alte, verlassene Wache der Feuerwehr. Sogar die Schatten waren von den Gehwegen verschwunden, und nach so langem Umherirren schien auch sein eigener Schatten es müde zu sein, ihm zu folgen. Schließlich ging er geradeaus weiter, sein Kompass waren die Straßenbahngleise mitten auf der Fahrbahn. Das Postgebäude konnte man nur erahnen, aber so, als läge es nicht in den Grünanlagen des Stadtviertels, sondern wäre mitten in einen Wald verbannt. Erst am Ende der Straße konnte er die Spitze einer weißen Pyramide erkennen, aber das war eine Frechheit, ein Irrtum in all dem Schwarz ringsum.

Kurz vor der Porta San Paolo blieb er an der alten Stadtmauer stehen, die vor dem Stadttor lag, dann bog er in eine Seitenstraße ein, wo es kein anderes Geräusch gab als das Knacken trockener Zweige unter seinen Füßen und die wegrollenden Steinchen, gegen die er stieß. An manchen Stellen musste er sich geradezu vorwärtstasten, um nicht zu stürzen. Dabei merkte er, dass der unaufhörliche Lärm, der seine Ohren seit Tagen beherrschte, ihm eine Pause gewährte. Er kostete die Wiederkehr der Stille aus wie ein gutes Vorzeichen, und das machte ihm Mut. Um einzutreten, musste er das halb geöffnete Türchen des Friedhofs nur leicht drücken.
Er liebte diesen Ort. Eine Zuflucht für Selbstmörder, Schauspieler, Künstler. Für all jene, die sich nicht zum katholischen Glauben bekannten: Juden, Orthodoxe, Protestanten. Ein Bezirk für Staatenlose vor den Stadtmauern, aus dem nur Prostituierte ausgeschlossen waren, schade, denn dort wären sie wenigstens nicht in die Verlegenheit gekommen, ein Foto für ihren Grabstein auszusuchen. Kein Grab hatte eins – nur Namen, Daten und Verse waren in den Stein gemeißelt. In der feuchtwarmen Luft versuchte Corso den gesamten Friedhof mit Hilfe seines Gedächtnisses und seiner Vorstellungskraft zusammenzusetzen. Wenn der Tod ein Vogel wäre, hätten zu dieser nächtlichen Stunde alle den Staub gespürt, den er beim Landen aufgewirbelt hätte, den durchdringenden Geruch der Stechpalmen, Zypressen und des aufgelockerten Sandes und die durch seine Flügel bewegte Luft.
Ein von brennenden Kerzen gesäumter Pfad wies ihm den Weg, doch Corso wusste schon, dass er den Mittelgang nehmen und bis zur achten Reihe gehen musste, wie die Lich-

ter anzeigten. Er konnte nicht mehr fehlgehen. Er ahnte die Anwesenheit anderer Menschen zwischen den Gräbern, doch vielleicht war es nur der Atem der Statuen. Es hatte keinen Sinn mehr, zu überlegen, ob er wach war oder schlafwandelte.

Der Spalt zwischen den Grabsteinen war eng, Corso kam nur schwer hindurch. Er passte auf, dass er nicht stürzte und den Fuß nicht auf eine falsche Stelle setzte. Er bog zwei Geranien beiseite, die sich zu weit vorgewagt hatten, und ging noch ein paar Meter weiter. Wenn er sich recht erinnerte, lag das Grab, das er suchte, am Ende des Gangs. Mit Mühe entzifferte er nur die Namen, die vom Kerzenlicht erreicht wurden. Überall wuchs Gras, und üppig wucherten Pflanzen, jedes Grab war zu einem wilden Garten geworden, den niemand mehr pflegen würde. Er machte noch zwei, drei Schritte, bis keine Kerze mehr den Weg beleuchtete. Dann hob er den Kopf und las:

HIER IN SEINEM ALTEN HERZEN
WO NOCH IMMER TRÄUME UND UTOPIEN
LEBENDIG SIND
GEWÄHRT ROM EINE ZUFLUCHT
DEN STERBLICHEN ÜBERRESTEN
VON CARLO EMILIO GADDA
DEM GENIALEN UND GELEHRTEN KÜNSTLER
DEM PASSIONIERTEN MORALISTEN UND BÜRGER
DEM MEISTER DER PROSA
MAILAND 1893 – ROM 1973

D

Moi mon cœur
n'a pas vieilli pourtant

»Willkommen.«
Der Mann, der gesprochen hatte, saß hinter dem Grabstein mitten zwischen anderen Gräbern. Seine Umrisse verschwammen in der Umgebung, weil er eine lange schwarze Jacke trug, die ihm bis zu den Schuhen reichte, schwarz waren auch der Hut und die Brille. Corso musste an die Handschuhe denken, die manche Gaukler vor einem dunklen Hintergrund tragen, damit ihre Hände unsichtbar sind, und er begriff, dass auch der Stromausfall der Trick eines Illusionisten gewesen war. Weiß war an dem Mann nur der Stock. Doch seine Erscheinung überraschte Corso nicht, er wusste seit Stunden, dass er ihn hier finden würde und dass er erwartet wurde.
»Willkommen«, wiederholte der Mann.
»Warum haben Sie mich herkommen lassen?«, fragte Corso, doch seine Stimme zitterte.
»Sie sind es, der mich gefunden hat«, erwiderte der Alte.
»Ich bitte Sie, spielen Sie keine Komödie.«
»Ich hätte auch nur eine der vielen möglichen Vermutungen sein können.«

»Nein, Sie waren die einzige.«
»Vielleicht nur für Sie.«
Corso schwieg.
»Nun, was wollen Sie wissen?« fragte der Blinde.
»Ob ich mich auf Ihre Spur begeben habe oder Sie sich auf meine und mich dabei wie eine Marionette bewegt haben.«
»Sie haben Sinn für Humor. Ein Blinder könnte, selbst wenn er wollte, einen anderen Menschen weder manövrieren noch beschatten.«
»Dann sagen Sie mir, aus welchem Grund ich auf diesen Friedhof gerufen wurde und von wem.«
Der Mann machte mit dem Oberkörper eine halbe Drehung und zog die Schultern zurück.
»Ich wollte ein Buch schreiben, Signor Corso.«
»Und wozu diene ich Ihnen dabei?«
»In meinem Buch musste auch der Detektiv zum Romancier werden.«
»Ich bin kein Detektiv und erst recht kein Romancier.«
»Jeder Leser ist einer.«
»Sagen Sie mir, warum Sie diese tragische Inszenierung veranstaltet haben«
»Haben Sie das noch nicht verstanden? Obwohl Sie sich dagegen wehren, sind auch Sie einer dieser Ermittler, die die aberwitzigsten Fährten in Betracht ziehen. Darum sind Sie vor dem Commissario hier angekommen, der, wie ich vermute, bereits auf der Jagd nach Ihnen ist.«
»Sie sind wahnsinnig.«
»Widersprechen Sie sich nicht, Signor Corso. Wenn ich die einzig mögliche Vermutung bin, kann ich nicht gleichzeitig die verrückteste sein. Sie werden genug gelesen haben,

um meine Blindheit nicht zu unterschätzen, wenigstens Sie nicht. Sicher kennen Sie die Figur des Max Carrados, den von Borges so geliebten blinden Detektiv, der alle Fälle nur mit seiner Intelligenz löste.«

»Sie haben mich herkommen lassen, um über Kriminalromane und Wahnsinn zu sprechen?«

»Welcher Ort könnte geeigneter sein als dieser? Wir sind umgeben von Dichtern und Schriftstellern aller Zeiten.«

»Was ist das für ein Buch, das Sie schreiben wollten?«

»Ein unauffindbares Buch. Um die Wahrheit zu sagen, ich wollte nur die Bücher der anderen beenden, denn in allen fehlt immer ein letztes Kapitel.«

»Sie nehmen mich auf den Arm.«

»Keineswegs. Verstehen Sie noch immer nicht? Als ich entdeckte, welchen Beruf Sie haben, konnte ich nicht widerstehen. Für Sie sind die Bücher die Heilung, Signor Corso, für mich sind sie die *enfermedad*.«

Er benutzte genau dieses spanische Wort, und Corso dachte, dass er es bei Gadda geklaut haben musste.

»Die mir vorausgingen, haben immer vor dem Abgrund angehalten, abgesehen von ein paar verfluchten, einsamen Genies, die hineingestürzt sind, wie Rimbaud oder Oscar Wilde, der sich in eine Bar in Neapel verirrt hatte, ohne Geld, um die Rechnung zu bezahlen. Ganz zu schweigen von Edgar Allan Poe, der in den Straßen von Baltimore irre Reden führt, Witwer, haushoch verschuldet und vom Alkohol entkräftet. Erinnern Sie sich, wie der Erfinder des Genres starb?«

»Nein.«

»An einem Blutandrang im Gehirn. Er war der Erste, der das Verhältnis zwischen Fiktion und Wirklichkeit auf die radikalste Weise umkehrte. Das hat ihn das Leben gekostet.«

»Ich verstehe nicht.«

»Kennen Sie *Das Geheimnis der Marie Rogêt?* In dieser Erzählung versuchte Poe einen ungeklärten Kriminalfall zu lösen, für den er sich krankhaft begeisterte. Es ging um den Mord an Mary Rogers, einer Verkäuferin in einem Zigarrenladen in New York, die bei Castle Point im Hudson River gefunden wurde. Poe veränderte nicht mal ihren Namen, er verlegte nur alles nach Frankreich und ersetzte den Hudson durch die Seine.«

»So etwas tun viele Schriftsteller.«

»Ja, Signor Corso, aber in diesem Fall vermuteten zwei Journalisten, dass Poe in seinem Wahn sogar so weit gegangen war, diese Zigarrenverkäuferin selbst zu töten, um ihre Geschichte schreiben zu können. Verstehen Sie jetzt?«

Corso lief ein Schauder über den Rücken.

»Dafür haben wir keine Beweise, aber diese so detaillierte Erzählung könnte das Geständnis eines Mordes sein, Signor Corso.«

»Machen Sie bitte keine Witze.«

»Mehrere Zeugen hatten gesehen, wie die junge Frau mit einem Mann in einem Wald verschwand. In dieser Zeit war Poes Frau an Tuberkulose erkrankt, und er stürzte in den Alkoholismus. Finden Sie denn nicht, dass meine Theorie damit ausreichend bestätigt wird? Der Schriftsteller selbst, der sich freiwillig zum ersten Verdächtigen macht? Ein Wegbereiter. Vielleicht ist aber auch genau das Gegenteil passiert. Poe genügte es nicht mehr, Geschichten zu schreiben, er wollte sehen, wie sie sich bewahrheiteten.«

Der Blinde ließ diese letzten Worte sacken wie eine Provokation.
»Wer bis an die Grenze gegangen ist, Signor Corso, ist entweder verrückt geworden oder hat sich das Leben genommen oder ist bei dem Versuch gestorben, eine Gleichung zu lösen, nämlich die unmögliche Übereinstimmung zwischen Erfindung und Wirklichkeit zu entdecken.«
Die Stimme des Blinden hallte jetzt durch die Friedhofsstille wie die eines Besessenen, der keine Kontrolle mehr über sich hat.
»Außer Poe sind sie alle nur eine Etappe vor der Hölle stehengeblieben. Keiner hat den letzten Schritt getan, die literarische Form in Erfahrung zurück zu verwandeln. Denn eine Geschichte, die in einem Buch erzählt wird, ist nicht der Zeit unterworfen. Wir sind es. In einem Buch geschieht ein Mord immer wieder, bis in Ewigkeit. Das war das Muster, das ausgearbeitet werden musste: vom theoretischen Plan zum Plan für konkretes Handeln überzugehen.«
»Zu welchem Zweck?«
»Inzwischen werden Sie es begriffen haben. Unser Projekt ist, die Überlegenheit der Literatur über das Leben zu beweisen. Und das konnten nur Blinde tun, denn wer mit den Händen liest, erfährt, dass alles real ist. Verstehen Sie? Ich erinnere mich nicht, wer das gesagt hat, aber Lesen ist wirklich Sehen, und Schreiben ist Blindsein. Ich berühre jedes Wort, es sind meine Finger, die die Buchstaben des Alphabets erkennen, ich kann sie streicheln, die erhöhten Punkte zählen, die die Buchstaben formen, den Raum abschätzen, den sie einnehmen. Für mich sind sie die einzige Möglichkeit, der Welt Konsistenz zu verleihen.«
»Auch einem Mord?«

»Ja, auch einem Mord. Das Ziel ist, die Grenze einzureißen, die seit fünftausend Jahren das Geschriebene vom Leben trennt, für immer die Linie zu überschreiten, die den Tag von der Nacht scheidet, eine Linie, die für mich nicht mehr existiert, seit ich erblindet bin. Ja, ich will die Wirklichkeit entmachten, sie abschaffen. Sind Sie denn ganz unempfänglich für die ungeheure Faszination dieser Idee? Die Welt wieder mit Minotauren, weißen Walen, Riesenkraken und Zyklopen zu bevölkern! Bücher trösten und erlösen schon lange keinen mehr, Signor Corso, das wissen Sie besser als jeder andere. Also ist der Moment gekommen, da sie ihre zerstörerische Kraft in der Welt verbreiten werden, und es ist richtig, dass sie es von dieser Stadt aus tun, die einst die Hauptstadt der Welt war. Ich hoffe, Sie können dank Ihrer Intelligenz die Schönheit meines Plans einer sozialen Palingenese erkennen. Der Tod, der sich überall als Zitat einnistet.«
Corso überlegte, ob der Mann dieses ganze Theater nur ersonnen hatte, um hier seinen verrückten Monolog zu halten. Jahrelang hatte er darüber nachgedacht, und jetzt konnte er ihn endlich in seiner ganzen entsetzlichen, wahnsinnigen Logik darstellen. Der Tonfall des Blinden war euphorisch geworden. Es fehlten nur noch die letzten Sätze und der Ausgang, der für ihn daraus folgen wurde.
»Eure Sekte ist also eine Lesegruppe?«
»Wären Sie neulich abends nicht weggelaufen, dann hätte ich Sie eingeladen, an einer unserer Versammlungen teilzunehmen. Wir haben uns auch einen Namen gegeben, wie Sie gelesen haben dürften, wenn Sie den Titel des Buches übersetzen konnten, das Sie zu sich nach Hause genommen haben.«

»Warum haben Sie mit den beiden alten Damen an der Piazza Vittorio begonnen?«

»Das waren keine alten Damen, das waren zwei Harpyien, die Geld zu Wucherzinsen verliehen.«

»Warum mit ihnen?«

»Sie werden es nicht glauben, wir haben sie ausgelost.«

»Erklären Sie das genauer.«

»Wir konnten uns nicht einig werden, also haben wir beschlossen, die Titel der ersten Bücher, mit denen wir uns beschäftigen würden, aufzuschreiben und die Zettel in eine Urne zu stecken, um die Wahl ganz dem Zufall zu überlassen. Die Hände von fünf Blinden haben sie gezogen.«

»Habt ihr auch die anderen durch Los entschieden?«

»Ja, sie gehören alle zu Romanen, die wir im Leben am meisten geliebt haben, und, glauben Sie mir, es war berauschend, sie unter diesem neuen Blickwinkel wieder zu lesen. Es gibt eine geheimnisvolle Komplizenschaft zwischen dem Schicksal der Menschen und dem Schicksal der Bücher.«

»Und das erste, das aus der Urne kam, war *Verbrechen und Strafe*?«

»Besser konnte man gar nicht beginnen, dieser Roman hat nie aufgehört, mich zu fesseln.«

»Bei dem in Tarquinia ermordeten Araber habt ihr euch von *Der Fremde* inspirieren lassen.«

»Sie müssen zugeben, dass die Nachahmung philologisch korrekt war.«

»Warum habt ihr zwischen beiden Morden zwei Monate gewartet?«

»Dostojewskij war nur die Generalprobe. Sie diente mir da-

zu, die Risiken abzuwägen und die Reaktionen der Polizei zu studieren.«
»Der von der Straßenbahn abgetrennte Kopf dagegen ...«
»Ich muss zugeben, da hat uns das Schicksal geholfen.«
»Wieder ein Russe.«
»Ja, unsere Hommage an Bulgakow. Eine beeindruckende Interpretation, finden Sie nicht? Die Rückkehr des Teufels nach Rom, verkleidet als Blinder?«
»Und der auf dem Markt aufgeschlitzte junge Mann?«
»Sie haben den Bezug sicher erraten.«
Corso hätte sich diesem schauerlichen Spiel gerne verweigert, aber er konnte nicht umhin, zu antworten.
»Das war nicht schwierig.«
»Ich würde sagen, die Wiedergabe dieses angekündigten Todes war sogar wirkungsvoller als im Buch. Und auch Sie haben dazu beigetragen, als Sie die Leiche mit wahrhaft künstlerischer Intuition auf dem Fischstand ablegten. Ich bin sicher, das hätte auch García Márquez gefallen.«
Corso erinnerte sich an die erste Seite dieses Romans und an den Traum der Hauptfigur, bei dem er durch einen Wald geht, während ein leichter Regen fällt.
»Aber wie habt ihr wissen können, dass sich ein weißgekleideter junger Mann auf dem Markt aufhalten würde?«
»Die Welt ist voll von Santiago Nasars, Signor Corso. Und literarische Figuren lassen sich für alle Zeiten von ihrem Schicksal anziehen, sie tun nichts anderes als es ständig zu bestätigen. Wie die Menschen übrigens auch.«
»Auch die Opfer waren zufällig?«
»Es hätte mir nicht missfallen, wenn sie es gewesen wären. Doch gerade bei ihnen haben wir jedes Detail peinlich genau studiert. Die ersten waren zwei Blutsauger, wie

ich schon sagte, der zweite ein algerischer Drogenhändler, der von der Straßenbahn getötete Mann ein Polizeispitzel.«

»Und der Junge vom Markt?«

»Ein Ehebrecher, genau wie sein literarisches Vorbild. Er hatte eine Beziehung mit einer Frau, die schon einem reichen Geschäftsmann aus dem Viertel versprochen war.«

»Bleibt noch das letzte Opfer.«

»Eine wohlhabende, schwermütige Dame.«

»Darum haben Sie sich mit mir vor dem Grab von Carlo Emilio Gadda verabredet.«

»In der Via Merulana haben sich unsere Schicksale endlich gekreuzt. Hätte es eine bessere Übereinstimmung geben können, als das Verbrechen der *grässlichen Bescherung* im selben Haus stattfinden zu lassen, in dem der Autor es sich vorgestellt hatte?«

Wie Corso vermutet hatte, waren die schlimmsten Befürchtungen, die er sich insgeheim gemacht hatte, zutreffend.

»Und was habe ich mit all dem zu tun?«

»Sie sind mittendrin, Sie mit ihrer unbegreiflichen Liebe zu Büchern.«

»Warum haben Sie mich dann nicht umbringen lassen, wie Sie es von dem Fremden verlangt hatten, den ich im Gefängnis aufgesucht habe?«

»Von Queequeg?«

»Ja, von Queequeg.«

»Sie umbringen war das, was die meisten meiner Leute wollten. Sie müssen ziemlich viele Menschen verärgert haben, manch einer trägt Ihnen das nach. Also habe ich für Sie das spektakulärste und edelste Zitat gefunden, nichts weniger als den *Moby Dick*. Kein anderer Mord wäre literarischer gewesen als Ihrer. Ich bin sicher, irgendwann hätte ich diesen Jungen überzeugt, dass ein wohlwollendes Schicksal ihn zu mir geführt hat. Als man ihn mir beschrieb, einen Riesen voller Tätowierungen, der aussah wie ein Matrose, habe ich sofort an Queequeg gedacht. Wer weiß, was für ein Gesicht der Commissario gemacht hätte, wenn er vor Ihrem Leichnam gestanden wäre, von einer Harpune durchbohrt wie ein Walfisch. Doch nach dem Unglück, das ihm und seinem Cousin widerfuhr, habe ich es mir anders überlegt. Es würde ein noch romanhafteres Vergnügen sein, sämtliche Verdachtsmomente auf Sie zu lenken, Signor Corso. Es war zu aufregend, einen Zuschauer wie Sie zu haben und ihn in die Hölle mitzureißen.«

Auch seine Worte waren wachsbleich geworden, passend zum Ambiente der Grableuchten und Kerzen.

»Was wollten Sie beweisen?«

»Dass die wahre Hauptfigur eines jeden Romans sein Leser ist.«

»So ist es schon seit Don Quixote.«

»Sogar schon früher, will man genau sein. Doch wenn Sie die These von der Literatur als einer Form der Erfahrung konsequent bis zum Ende denken, wird es ihnen offensichtlich erscheinen, dass jeder Leser auch der tatsächliche Vollstrecker all dessen ist, was er liest, jeder einzelnen Gewalttat, die er ausübt oder erleidet, sogar bis zu jedem Mord. Sein innerster Wunsch ist nämlich, den Platz desjenigen einzunehmen, der schreibt.«

»Aber warum mussten Sie Django vergiften?«

»Mein Fehdehandschuh. Das stammt aus einem weniger

bedeutenden Roman von Dumas und sollte Sie warnen. Ein infantiles Spielchen, bitte entschuldigen Sie, irgendetwas musste ich Ihren Feinden schließlich zugestehen.«

»Wie haben Sie es fertiggebracht, mich jedes Mal an den Ort Ihrer Verbrechen zu bringen?«

»Sie sind ein offenes Buch, Signor Corso. Wenn jemand seine Lektüre auf einem Stuhl im Wartezimmer eines Tierarztes vergisst, werden Sie alles tun, um ihm sein Buch zurückzugeben. Sie sind ein sehr vorhersehbarer Mensch, und ich hatte meine Streitkräfte, um sie vierundzwanzig Stunden am Tag überwachen zu lassen.«

»Eine militärische Operation?«

»Wenn Sie es so nennen wollen.«

»Wer hat Sie finanziell unterstützt?«

»Mein Vater hat mir ausreichend Geld hinterlassen, außerdem bereits geschulte Männer. Andere habe ich gekauft, so wie ich Queequeg gekauft hätte.«

»Wie können Sie sicher sein, dass sie Ihnen treu sind?«

»Ich kenne jeden einzelnen von ihnen. Und alle, ohne Ausnahme, hassen diese Gesellschaft dafür, wie sie ist.«

Dieses Gespräch ist sinnlos, dachte Corso, und es war ein großer Fehler gewesen, es zu beginnen. Von Minute zu Minute konnte er mehr Einzelheiten erkennen, jetzt war er sicher, dass die Schatten zwischen den Statuen sämtlich Menschen waren, und er hatte das Gefühl, sich in einer Gerichtsverhandlung zu befinden, bei der die Heilige Sekte der Blinden vollzählig anwesend war und im Begriff stand, ihn zu verurteilen. Ein paar Gräberreihen weiter hinten beugte sich der Schmerzensengel über seinen Marmorsockel, um in alle Ewigkeit zu weinen, und sein weißer Fleck in der Dunkelheit war die einzige konkrete Verbindung, die Corso noch im Umkreis der Vernunft hielt. Doch er war schon an der Grenze angelangt.

»Und was wollen Sie jetzt von mir?«

Der Blinde räusperte sich.

»Ganz einfach. Ich möchte, dass Sie in unseren Lesekreis eintreten. Wir brauchen Männer wie Sie, wer weiß, wie viele Empfehlungen Sie mir geben könnten. Sie haben schon Ihr Buch, dessen Seiten gefüllt werden müssen.«

»Und wenn ich mich weigere?« fragte er, doch ihm brach die Stimme.

»Sagen wir so, Sie sind der weiße König und ich der schwarze, doch zwei Könige können nicht auf dem Schachbrett zurückbleiben. In diesem Fall würden Sie mir keine Wahl lassen. Rom, die Kapitale, ergo Kapitalstrafe. Wenige Schritte von hier steht schon ein Grabstein mit Ihrem Nachnamen, Sie kennen ihn sicher.«

Ja, Corso kannte ihn. Gregory Corso, der amerikanische Lyriker der Beatgeneration, lag dort begraben, unweit von Shelley und Gadda. Das ist unser Familiengrab, hatte er zu all den Frauen gesagt, die er hierher gebracht hatte, ein geschmackloser Scherz. Doch gleich darauf hatte er ihnen die Geschichte dieses Sohns italienischer Auswanderer erzählt, der in New York geboren wurde und, noch minderjährig, im Gefängnis die Literatur entdeckt hatte. Von da an hatte er immer gesagt, er habe sich im Leben nur dank Stendhal, Dostojewskij und Victor Hugo gerettet. Doch jetzt nahm all das den Geschmack einer unheimlichen Fügung an.

»Unter all den Büchern, die Sie gelesen haben, gibt es zweifellos einige mit blutigen Szenen, die Ihnen im Gedächtnis geblieben sind und die Sie nachstellen möchten. Sie brauchen nur zu wählen, und Ihr Wunsch wird, wenn es mir irgend möglich ist, auf die getreueste Weise erfüllt. Lesen ist ein Akt der Omnipotenz. Haben Sie schon eine Idee?«

Zwei Männer lösten sich von den Statuen, an die sie lehnten, und kamen auf ihn zu. Von beiden Seiten packten sie ihn an den Armen, bevor er irgendeine Bewegung hätte wagen können.

»Ich habe Ihnen einen sehr großzügigen Vorschlag gemacht. Nun, wie lautet Ihre Antwort?«

Die beiden Männer, die ihn festhielten, umklammerten seine Arme noch härter. Das Pfeifen in den Ohren war jetzt unerträglich, und ihn schwindelte so sehr, dass er sicherlich das Gleichgewicht verloren hätte, wenn sie ihn losgelassen hätten.

Nach einer langen Stille begann der Blinde wieder zu sprechen, doch seine Stimme kam gedämpft und tonlos bei Corso an, als spräche er von einem weit entfernten Ort unter der Erde.

»Ich hatte gehofft, Sie wären sofort zur Zusammenarbeit bereit, aber ich werde Ihnen alle Zeit zum Nachdenken geben, Signor Corso. Ich bitte Sie nur um etwas Geduld. Sobald wir den Initiationsritus beendet haben, können Sie nach Hause gehen und lernen, dass nur Blinde das Reich der Schatten schützen können.«

Aus einer Ecke des Friedhofs näherten sich zwei weitere Gespenster. Ein Drittes zündete ein Kohlebecken in Form einer Urne im Windschutz einer Grabkapelle an. Schlagartig lag ein großer Bereich des Friedhofs in einem zitternden Licht. Die beiden Schatten überreichten dem Blinden etwas Glänzendes, doch Corso brauchte eine Weile,

um in diesem länglichen, geschliffenen Gegenstand ein Schwert zu erkennen. Der Blinde erhob sich, auf seinen Stock gestützt, von dem Stuhl, aus dem er die ganze Zeit gesprochen hatte. Er war nicht besonders groß und hatte eine merkwürdige Art, auf den Beinen zu stehen, es schien, als verlagerte er sein ganzes Gewicht nur auf eine Körperseite. Mit seiner schwarzen Kleidung ähnelte er einem jener Nachtvögel, die abgelegene Orte lieben und sich nie blicken lassen. Seine Männer begleiteten ihn zum Kohlebecken, dann führten sie seine Hand bis zum Griff des Schwertes, er hob es hoch und näherte es mit einer feierlichen Bewegung der Flamme.
Corso meinte das Keuchen Dutzender, hinter den Grabsteinen versteckter Hunde zu hören, fast glaubte er, ihre dunklen Umrisse in dem Teil des Friedhofs zu erkennen, der noch im Dunkeln lag.
Der Blinde hielt das Schwert ins Feuer, bis es glühte, dann erteilte er einen Befehl, den Corso nicht verstand. Seine Schutzengel zerrten ihn vor den Blinden und zwangen ihn, niederzuknien. Der Blinde hob das glühende Schwert aus dem Kohlebecken und schwang es in der warmen Luft.
Corso musste an das Buch denken, das er immer bei sich getragen hatte, in den vielen Hotelzimmern, in denen er während seiner Kindheit übernachtet hatte. Auf dem Einband war das Gesicht eines Mannes mit rotem Bart abgebildet, einer der Kuriere des Zaren. Wer weiß, wo dieses Buch hingekommen war, jahrelang hatte er es beim Aufwachen immer neben sich wiedergefunden, zusammen mit wenigen anderen Dingen. Das Buch half ihm, zu glauben, er würde immer am selben Ort schlafen, er hätte nur ein Zimmer, wie seine Kameraden.

»Ich hoffe, Sie ersparen mir die Unannehmlichkeit, Ihnen die nächsten Schritte dieser Zeremonie erklären zu müssen.«
Corsos Augen füllten sich mit Tränen, genau wie die Augen von Michael Strogoff an der Stelle im Buch, wo er nach der Sitte der Tartaren geblendet wird. Aber Feng war weit weg, er hatte also keine Frau vor sich, die er in Erinnerung behalten konnte, wie der Held bei Jules Verne. Die letzten Dinge, die er sehen würde, waren nur ein gewaltiger Friedhof und eine weiße Pyramide. Bei ihm würde keine aus der Augenhornhaut austretende Träne einen Dunstschleier zwischen dem Schwert und seinen Pupillen bilden und ihm das Augenlicht retten. Solche Wunder geschehen nur in Romanen. Schon spürte er, wie seine Gesichtshaut unter dem heißen Stahl runzelig wurde, die Augenbrauen sich entzündeten und seine Pupillen zuckten wie verzweifelte Insekten. In wenigen Sekunden würde das Schwert seine Netzhaut und den Sehnerv für immer zerstören. Der Schwarm Nachtfalter fiel ihm ein, von dem er vor sieben Tagen geträumt hatte, ihre aschgrauen Flügel – er würde erblinden. Die letzten rätselhaften Worte, die sein Feind sprach, drangen durch den Lärm, der ihm die Ohren verstopfte und erreichten ihn wie ein weiterer rätselhafter Gleichklang.
»Alles muss neu erfunden werden, und die Liebe bildet keine Ausnahme.«
Plötzlich öffneten sich viele Gräber gleichzeitig unter großem Getöse. In alle Ewigkeit, dachte Corso, würde er sich an nichts anderes erinnern als an dieses Höllenspektakel. Das Schwert strich ihm über die Stirn, vor Schmerz und Angst verlor er das Bewusstsein.

C

Ils sont je ne sais où
À d'autres rendez-vous

Er hätte nicht sagen können, wie lange er bewusstlos war. Beim Fallen war er mit dem Kopf gegen einen Stein geschlagen, und als er wieder zu sich kam, lag er noch am Boden. Ihn graute davor, die Augen zu öffnen, um zu überprüfen, ob er noch Augenlider hatte, er fasste sich nur an die Stelle, die ihn am meisten schmerzte, im Nacken, und fühlte, dass sie nass war. Er legte die Hand auf die Lippen, und als er daran leckte, erkannte er den eisenhaltigen Geschmack von Blut. Trotz eines heftigen Schwindels hatte er die Kraft, sich aufzusetzen. Er hob das Kinn und beschloss, die unrettbare Zerstörung seiner Sehkraft zu ermessen. Um ihn herum schrien überall Menschen, es herrschte ein großes Durcheinander aus Schüssen und Schlägen, doch er war nur auf sich selbst konzentriert. Er versuchte es erst mit einem Auge, dann mit dem anderen. War es das also, das Labyrinth ohne Ausgang, in dem alle Linien seines Lebens zusammenliefen? Würde er sich je mit dem Zögern seiner Schritte auf den Gehwegen abfinden können? Mit der Angst, zu stürzen? Damit, sich für immer im Kreis zu drehen? Doch gerade als er kurz davor war, zu akzeptieren, dass seine Welt von nun an nur noch von Gespenstern bevölkert sein würde, setzten sich langsam wieder Formen zusammen, die Rinnen des Friedhofs, die Umrisse der Zypressen, die versetzten Reihen der Grabsteine.

Der Blinde war mit Handschellen gefesselt.

»Sind Sie wohlauf?« fragte der Kommissar, während seine Männer die letzten Phasen ihrer nächtlichen Operation beendeten.

Mühsam erkämpfte sich Corso ein schwankendes Gleichgewicht im Stehen und bedeckte sein Gesicht mit den Händen.

Einige hatten zu fliehen versucht und sich zwischen den Grabsteinen versteckt, doch aus der Höhe strahlten starke Scheinwerfer. Das Ganze wirkte eher wie ein Filmset als wie eine Razzia.

Der Kommissar strich sich über die schweißnassen Haare. Corso hätte nie gedacht, dass der Anblick des Gesichts eines Polizisten, selbst eines so wirren und schiefen wie dieses, ihn derart glücklich machen würde.

»Wie es scheint, bin ich nicht als Erster hier angekommen.«

»Wir haben Sie erwartet.«

»Sie hätten mich informieren können, dann hätten wir uns verabredet.«

»Dieses Risiko konnte ich nicht eingehen.«

»Dann wäre es für Sie nur ein Kollateralschaden gewesen, wenn ich mein Augenlicht verloren hätte oder schlimmer?«

»Sie haben es nicht verloren.«

»Wenig hat gefehlt.«

Der Kommissar sagte nichts dazu, als wäre es nicht der Mühe wert. Er fuhr sich nur mit der Hand über die Stirn.

»Sie wussten also, dass die Sekte für diese Nacht eine Zeremonie geplant hatte?«

»Wenn man Blinde länger beschattet, wird man schließlich vorausschauend.«

»Und Sie wussten auch, dass die Zeremonie mich betraf?«

Im Dunkel der Nacht erinnerten die Augen des Kommissars an die eines Luchses.

»Ich war mir nicht sicher, in welcher Rolle.«

»Dachten Sie wirklich, ich sei der Anführer dieser Bande fanatischer Mörder?«

»Ich lasse keine Vermutung aus, wie oft muss ich Ihnen das noch sagen?«

»Fast tut es mir leid, Sie enttäuschen zu müssen.«

»Auch Ihnen folgen wir seit Tagen.«

»Und wie haben Sie sich dann die Vergiftung meines Hundes erklärt?«

»Ich nahm an, Sie wollten eine falsche Fährte legen.«

»Sie haben sehr viel Phantasie.«

»Ich halte mich ausschließlich an reale Fakten.«

Der Blinde versuchte, sich umzudrehen, doch der Kommissar packte ihn am Arm.

»Also waren Sie hergekommen, um mich zu verhaften?«

»Ich habe viele Beamte in den Grabkapellen postiert, außerdem habe ich mich mit einer zweiten Mannschaft in den ältesten Gräbern versteckt.«

»Das muss ziemlich unbequem gewesen sein.«

»Wir hatten es wenigstens kühl.«

»Auch das war eine literarische Strategie.«

»Ich interessiere mich nicht für Literatur.«

»Aber warum haben Sie mich nicht verhaftet, wenn Sie so viele Verdachtsmomente hatten?«
»Sie konnten nicht alles allein gemacht haben.«
Doch plötzlich wurde ihr Gespräch durch die Stimme des Blinden unterbrochen. Corso hatte den Klang verdrängt.
»Ihr werdet nichts beweisen können ...«
Die wenigen Worte genügten, um Corso abermals erzittern zu lassen, obwohl sie ein hilfloses, mit Handschellen gefesseltes Wesen aussprach, das ihm nichts Böses mehr antun konnte.
»Ich habe genügend Beweise gesammelt«, sagte der Kommissar.
»Einer mit einem Nachnamen wie dem Ihren könnte beim besten Willen nicht beweisen, dass Sie und ich echt sind«, erwiderte der Blinde, »und dass jede einzelne Tatsache unseres Lebens nicht nur ein Schatten der bereits geschriebenen Dinge ist. Habe ich nicht recht, Don Ciccio? Wer weiß, wie oft man Sie so genannt hat.«
Auf diesen letzten Satz hin drehte der Kommissar sich zu ihm um und verpasste ihm einen Fausthieb auf die Nase. Corso hörte, wie der Knorpel das Geräusch einer Wasserpfütze machte, die unter Tritten zerplatzt. Der Mann schwankte, fiel aber nicht. Nur ein starker Strom Blut floss ihm bis zu den Lippen.
»Der Schmerz, den Sie jetzt fühlen, wie ist der, erfunden oder real? Und der, den Sie all Ihren Opfern zufügten? Nur ein Produkt ihrer Einbildungskraft?«
Corso wollte einschreiten, doch der Kommissar hielt ihn mit ausgestrecktem Arm zurück, als wollte er ihm zu verstehen geben, dass er seine Handlungen völlig unter Kontrolle hatte.

»Ich habe keine Lust, ein Schattengefecht zu führen«, sagte er. »Ich habe mir eure irrsinnigen Reden geduldig angehört, jetzt möchte ich den wahren Grund für so viele sinnlose Tode hören.«
Der Blinde trocknete sich, so gut es ging, das Blut um die Nase. Er schien nichts zu spüren, in einer anderen Welt zu sein. Dann setzte er sich auf einen Grabstein mit kyrillischer Inschrift.
»Aus welchem verfluchten Grund ließen Sie Ihren Opfern einen Stern hinters Ohr ritzen?«
Die Reaktion war schroff und kalt.
»Wollen Sie es ihm erklären, Signor Corso?«
Corso säuberte seine mit Erde beschmutzte Hose.
»Es handelt sich auch hier um ein Zitat.«
»Noch ein Zitat, Erbarmen!«
»Auch dies ein Roman, Commissario.«
Corso hatte das Zitat sofort erkannt.
»Wie Sie sehen, Commissario«, sagte der Blinde geradezu stolz, »bin ich nicht der einzige, der dieses Spiel mit Assoziationen spielt.«
»Was bedeutet der Stern?«
Die Frage war an beide gerichtet, doch nur der Blinde gab eine Antwort.
»Er bedeutet, dass alles zweideutig und verdoppelbar ist. Als Evita starb, gab General Perón sofort nach ihrem Tod Befehl, sie einzubalsamieren. Man füllte ihren Körper mit Sägemehl, behandelte ihn mit Formaldehyd, Paraffin und Zinkchlorid, injizierte ihm Lösungen mit Thymol in die Oberschenkelarterie und hängte ihn, umgeben von Mandel- und Lavendelduft, in der Mitte eines riesigen Saals in einem von durchsichtigen Seilen gehaltenen Sarg mit

gläsernem Deckel auf, damit die Menschen sich weiterhin in sie verliebten, auch als Tote. Doch eine Bande aus Nekrophilen drohte, sie zu verschleppen, um ein Lösegeld von Perón zu erpressen, also wurden Kopien angefertigt, die dem Original aufs Haar glichen. Die Ähnlichkeit war so perfekt, dass es selbst für Perón, der immerhin mit dieser Frau das Bett geteilt hatte, unmöglich gewesen wäre, sie zu unterscheiden. Wirklicher als die Wirklichkeit, wie man so sagt. Darum wurde der echte Körper von Evita versteckt, doch zuvor wurde ihr dieses Zeichen hinter ein Ohr geritzt, damit man sie wiedererkannte, falls sie mit den Kopien vertauscht wurde.«

»Und wo haben Sie diese Geschichte gelesen?«

»In einer Erzählung von Rodolfo Walsh. Dann in einem Buch von Tomás Eloy Martínez.«

»Wissen Sie, dass ich noch immer nicht verstehe, ob Sie die Bücher hassen oder krankhaft in sie vernarrt sind?«

»Nur Bücher lösen fortwährend Konsequenzen aus, alles andere existiert nicht mehr, es ist, als hätte es nie existiert.«

»*Me pare d'ascì pazze, coma nu gliommere ce nen ze sfila.* Ich glaube, ich werde verrückt, wie ein Wollknäuel, das sich nicht mehr entwirren lässt«, schnaubte der Kommissar. «War es wirklich nötig, die Opfer so zu markieren, nachdem man sie getötet hatte?«

»Sie glauben nicht an die Macht der Symbole?«

»Nein, daran glaube ich nicht.«

»Symbole sind Ankündigungen.«

»Und was kündigte diese Narbe an?«

»Dass die Imitation von nun an das Original sein würde und sehr viel wertvoller sein würde. Ich wollte keinesfalls einzigartige Exemplare schaffen, Sie, Commissario, sind sehr viel blinder als ich, Sie gehören einem anderen Jahrhundert an, einem Jahrhundert, das seit geraumer Zeit tot ist. Ich wollte Panik erzeugen. Im Grunde habe ich Sie beide benutzt. Jetzt wird jeder wissen, dass alles, was geschrieben wurde, sich bewahrheiten kann: Pestseuchen, Epidemien, Morde, bis hin zur Apokalypse, dem visionärsten und realistischsten Roman, der je erdacht wurde. All die maßlosen Phantasien der Menschen werden sich auf die Straßen ergießen. In Europa und in Amerika sind bereits weitere Lesegruppen wie die meine aktiv. Und in Zukunft werden sich noch mehr solcher Gruppen bilden.«

In der Feuchtigkeit der Nacht waren die Haare des Kommissars noch krauser geworden.

Corso senkte die Augen. Der Blinde berührte mit den gefesselten Händen die schmerzende Nase und sprach weiter.

»Die erste Sekte der Blinden entstand in den Sechzigerjahren in Buenos Aires. Auch sie trafen sich im Untergrund der Stadt, und ihr Ziel war, die Macht zu ergreifen. Ernesto Sábato, ebenfalls ein argentinischer Schriftsteller, hatte einen ausführlichen Bericht über sie verfasst, doch niemand glaubte ihm. Man dachte, sein *Bericht über die Blinden* sei nur ein fiktives Werk. Stattdessen musste es wörtlich genommen werden. Das ist unsere einfache Regel.«

»Was wollten Sie erreichen?«

»Mein Plan war, bis zur nächsten Woche auf sieben Mordzitate zu kommen. Mir fehlte nur noch eins.«

»Aber sie mussten aufhören.«

»Es sind ohnehin nur die ersten einer langen Reihe.«

»Die ersten und die letzten.«

»Bald werden weitere folgen. Und nicht nur in Rom. Ihr

werdet sehen: die Welt wird vergewaltigt und verwüstet werden.«
Der Kommissar rief zwei Polizisten zu sich. Corso vermutete, er würde Befehl geben, den Blinden wegzubringen, der Fall war nun gelöst, und dieser Mann musste in eine psychiatrische Haftanstalt eingewiesen werden. Doch Ingravallo schien sich anders zu besinnen, er bedeutete seinen Männern, sich zu entfernen und stellte eine letzte Frage:
»Sind Sie von Geburt an blind?«
Der Blinde zuckte zusammen, als hätte ihn jemand an den Schultern gerüttelt. Auch sein Gesicht schien sich zu verändern. Vor allem die Stimme wurde anders.
»Nein«, sagte er nach einer langen Pause.
»Eine Krankheit?«
Der Blinde antwortete nicht.
»Ein Unfall?«
»Nein, nichts von alledem.«
»Was dann?«
»Es war alles deren Schuld.«
»Welche Schuld? Wessen Schuld?«
Ein Windstoß bewegte die Blätter in den Bäumen.
»Schuld der Bücher, Commissario, der Bücher. Ich verbrachte endlos viele Stunden mit Lesen, allein in meinem Zimmer. Es war, als wäre ich immer woanders. Aber dadurch, dass ich all meine Zeit auf diese Weise verschwendete, begriff ich nichts mehr von dem, was um mich herum passierte.«
»Ich habe Sie noch nicht nach Ihrem Namen gefragt.«
»Ist das denn wichtig?«
»Ersparen Sie mir diese Banalitäten, ich werde Sie ohnehin identifizieren müssen.«

»Mein Vater nannte mich Edo.«
»Nachname?«
»De Stefani. Ich bin der Sohn von Giovanni Antonio De Stefani.«
»Der Bankier, der vor ein paar Monaten ermordet wurde?«
»Ja.«
»Ich hätte wegen seines Todes ermitteln sollen, doch der Fall wurde dann anders verwaltet.«
»Mein Vater war zu mächtig geworden, Commissario.«
»Wir hatten ihn wegen einigen Straftaten vernommen: Handel mit Diamanten, Drogenhandel, Erpressung ...«
»Er wurde nie verurteilt.«
»Nein, aber die Staatsanwaltschaft war im Begriff, einen Haftbefehl gegen ihn zu erlassen.«
»Wenn ihr ihn verhaftet hättet, wären viele Köpfe gerollt, genau wie der, den ich über die Piazza Vittorio rollen ließ.«
»Was glauben Sie, wurde er darum ermordet?«
»Das ist sehr wahrscheinlich.«
»Seine Beerdigung hat großes Aufsehen erregt.«
»Meinen Sie wegen dieser Geschichte mit dem römischen Gruß?«
»Ich hatte ein Ermittlungsverfahren eingeleitet.«
»Es wurde keine einzige Straftat begangen, das hat auch ein Gerichtsurteil bestätigt. Ich habe nur seinen letzten Willen erfüllt.«
»Eigentlich müsste es ein staatliches Gesetz geben, das bis zu drei Jahren Haft gegen den verhängt, der bei einer Teilnahme an öffentlichen Versammlungen Zeichen und Symbole der aufgelösten faschistischen Partei oder rechtsextremer Organisationen benutzt.«
»Und Sie glauben, in unserem Land gibt es noch jemand,

der bereit wäre, für die Einhaltung eines solchen Gesetzes zu sorgen?«

Corso hörte angespannt zu, seine Stirn glühte.

»Und so haben Sie nach dem Tod Ihres Vaters seinen Platz eingenommen?« fragte der Kommissar.

»Wer hätte gedacht, dass ein Blinder wie ich dazu fähig gewesen wäre?«

»Sie haben also die Tatsache genutzt, dass Sie völlig unverdächtig waren, um seine umstürzlerischen Machenschaften fortzuführen, stimmt's?«

»Nein, mein Vater wollte nur den Staat destabilisieren, mein Plan ging sehr viel weiter.«

Der Kommissar ließ seine Arme sinken, dann begann er, eine Bestandsaufnahme der grausigen Vorfälle der letzten Tage an den Fingern abzuzählen.

»Die beiden Geldverleiherinnen, die in dem Palazzo an den Arkaden wohnten, der Araber am Strand von Tarquinia, der von der Straßenbahn enthauptete Mann, der Junge auf dem Markt, die Signora in der Via Merulana ... es sind sechs Opfer, aber nur fünf Zitate aus Romanen.«

Eine Eidechse flitzte zwischen den Gräbern hindurch.

»Meine Rechnung geht nicht auf, Sie haben gesagt, Ihnen fehlt nur noch eins, um auf sieben zu kommen. Sie haben ein Opfer vergessen.«

Mit eiskalter Stimme fuhr der Kommissar fort.

»Ihr Vater wurde an einer Kreuzung zwischen der Via Appia und der Via Nettunense am Boden liegend gefunden. Er war mit bloßen Händen erwürgt und aus seinem eigenen Auto geworfen worden. Darf ich berechtigterweise annehmen, dass er in jener Februarnacht mit Ihnen zusammen war?«

Corso stockte der Atem.
»Das ist der einzige Mord, den Sie allein begehen mussten, habe ich Recht? Der Sohn, der den Vater tötet, eine alte Geschichte.«
Der Blinde hob das Kinn und schien zu lächeln, doch unmerklich.
»Zuletzt habe ich Sie auf meine Seite gebracht, sehen Sie, Commissario? Doch von dieser Seite aus steht alles auf dem Kopf. Die Mythen, die Prophezeiungen, die Schuld, die Anordnung der Ereignisse ...«
»Dann bringen Sie sie wieder in eine Reihenfolge.«
»Auch diese Stadt leidet unter einem Fluch, Commissario, aber der Schuldige ist nicht mehr Ödipus. Für mich lief die Geschichte genau andersherum. Wollen Sie wirklich wissen, wie ich erblindet bin?«
»Ja.«
»Es war an einem Nachmittag, ich hatte gerade *Der seltsame Fall des Dr. Jekyll und Mr. Hyde* zu lesen begonnen, doch ich war durstig geworden, also stand ich auf. Ich erinnere mich, dass mir ein Bein wehtat, denn am Vormittag hatte ich bei einem Schulausflug ins Museum lange Wege zurückgelegt. Ich weiß nicht, ob ich das Geräusch zuerst von der Küche aus oder im Flur hörte. Doch ich versichere Ihnen, dass ich seither nie aufgehört habe, es zu hören. Es kam aus dem Zimmer meiner Mutter. Sie war zuhause, doch seit ein paar Minuten erfüllte eine unnatürliche Stille den Flur. Das kam mir seltsam vor. Also ging ich nachschauen, aber die Tür zu ihrem Zimmer war verschlossen. Ich rief nach ihr, ich versuchte, die Tür zu öffnen, dann schaute ich durchs Schlüsselloch und sah das, was ich vorher nicht hatte sehen können. Der Körper mei-

ner Mutter baumelte an einem Strick. Sie hatte sich erhängt, Commissario. Darum verdiente ich, für den Rest meines Lebens blind zu sein.«

Eine Möwe flog schnell über ihre Köpfe.

Die drei blieben lange stumm, bis der Kommissar eine Hand hob und zwei Polizisten in Uniform den Blinden am Arm zum Ausgang des Friedhofs führten.

Auf den Bürgersteigen brannte wieder das Licht der Straßenlaternen.

»*Passe l'angel e dece ammén*«, bemerkte Ingravallo leise.

Corso fasste sich an den Kopf.

»Soll ich Sie in eine Notaufnahme fahren?«

»Nein, es geht mir gut.«

Er blutete fast schon nicht mehr am Nacken.

Sie sahen sich in die Augen.

»Lassen Sie sich wenigstens von einem Streifenwagen nach Hause bringen.«

»Nein danke, das ist wirklich nicht nötig.«

»Wie Sie wollen. Aber ich brauche Sie noch«, sagte der Kommissar.

»Wofür?«

»Um Ihre Zeugenaussage zu Protokoll zu geben. Kommen Sie noch diese Woche in mein Büro.«

Corso nickte und ging weg, ohne sich umzudrehen. Er verspürte nur das Bedürfnis, ein paar Schritte zu machen.

An der ersten Haltestelle nahm er einen Nachtbus.

Er musste einen Brief schreiben.

Mittwoch, 6. Juli 2016
und die folgenden Tage

B

Jadis quand j'étais belle?
Adieu les infidèles

Als das Handy klingelte, schlief Corso noch. Die Ereignisse des Vorabends hatten ihn stark erschöpft. Er tastete nach dem Telefon auf dem Nachttisch, und erst nach zwei, drei Versuchen war er in der Lage, zu antworten. Doch die Stimme am anderen Ende ließ ihn sofort hellwach werden. Schon beim ersten Wort erkannte er sie, es war die Sekretärin aus der Tierklinik. Er setzte sich im Bett auf und schüttelte das Laken ab. Ein unerbittliches Licht war in die Dachwohnung eingedrungen, an den Fenstern stieg ein Geruch nach indischer Küche auf. Corso hatte das Gefühl, über eine unsäglich lange Zeit seiner Wohnung ferngeblieben zu sein. Sein Kopf schmerzte. Er betrachtete den Schrank mit dem großen bunten Auge auf den Türen, das Geländer des Hängebodens, das Plakat mit Buster Keaton, als Sherlock Jr. verkleidet, den zwischen dem Bilderrahmen und dem Nagel steckenden Weidenzweig, den Gabriel ihm gegeben hatte, unten die Kochnische, den Schreibtisch aus Eichenholz, den Plattenspieler neben dem Sofa, und er wunderte sich, dass alles wieder an seinem Platz war. Diesen Anruf erwartete er seit Tagen, doch jetzt, da er endlich gekommen war, hatte er Angst, zuzuhören.

»Signor Corso, sind Sie das?« fragte die junge Frau, die einzige, die ihm während dieser ganzen langen Woche Gesellschaft geleistet hatte, obwohl sie in all diesen Tagen nur ein paar Worte und viele Blicke zwischen Wartezimmer und Empfangstresen gewechselt hatten. Doch es erschien ihm richtig, dass man sie mit diesem Anruf betraut hatte. Von niemandem sonst wollte er es erfahren, nur von der Stimme dieser Frau, deren linken Arm er nie in Bewegung gesehen hatte.

»Ja«, sagte er mit großer Anstrengung, »das bin ich.«

Der Lärm von der Straße übertönte das quälende Brummen in seinen Ohren. Er hielt das Handy etwas vom Ohr entfernt, wie um den Schlag zu dämpfen, der daraus kommen würde.

»Ihr Hund ist heute Morgen aufgewacht.«

Die junge Frau sagte es in einem Atemzug, doch in ihrem Tonfall hatte sich eine Unschlüssigkeit oder Scham erhalten, und Corso dachte, dass das ganze Leben ein Stottern war, vor allem anderen. Er wollte sich bedanken, doch er blieb reglos dort sitzen, halbnackt, mitten auf dem Bett, in dem er seit Monaten schlief. Er war bereit, sich der seit Tagen erwarteten Nachricht auszuliefern, einen weiteren Verlust, eine weitere Verurteilung zu langen Jahren der Einsamkeit hinzunehmen.

Die Freude überraschte ihn, als wäre das Ganze ein Irrtum, die Freude, die er aus seinem Leben verdrängt hatte, und auf die er jetzt unvorbereiteter war als auf den Schmerz. Er hatte aufgehört, sie vorauszusehen, sie für eine Möglichkeit im Lauf der Dinge zu halten. Den Schmerz ja, den kannte er. Alle seine Hinterhalte kannte er, seine Bisse, die ihn nachts mit den Zähnen knirschen ließen, seine unsichtbare Tätowierung, die er in den Augen und Händen trug, in der Musik, aus der er gemacht war, den Ort, wo er sich versteckte. Doch jetzt weitete eine unbekannte Freude seine Brust, und er wusste nicht, wie er diese Freude ertragen sollte, so groß erschien sie ihm.

»Er ist sehr schwach, aber er hat die Augen geöffnet und bewegt sich; die Ärzte sagen, dass die Blutwerte sich fast wieder normalisiert haben. Wir dürfen vorsichtig optimistisch sein und davon ausgehen, dass er das Schlimmste schon überstanden hat. Aber er muss noch ein, zwei Tage zur Beobachtung hier bleiben.«

Wieder versuchte Corso zu antworten, doch jede Silbe blieb ihm im Mund stecken, und er unterdrückte ein Schluchzen.

»Signor Corso?«

»Ja, ich verstehe«, sagte er endlich, und diese drei Wörter verbrauchten all seine Kräfte. Er hörte die Frau noch hinzufügen, dass er kommen könne, wann er wolle, sein Hund würde sich freuen, ihn wiederzusehen. Er legte das Telefon aufs Bett und ließ sich rückwärts fallen, als müsste er wieder in einem der vielen Hotels seiner Kindheit schlafen.

Am Abend fand er sich auf dem Rückweg aus der Tierklinik unversehens vor dem Schaufenster des Tattoo-Studios wieder. Der Laden war noch geöffnet, er legte eine Hand auf die Türklinke und drückte sie herunter. Erminia, das Mädchen, das er in der vergangenen Woche kennengelernt hatte, lächelte ihm zu.

»Ciao, ich freue mich, dass du wiederkommst.«
Corso begrüßte sie mit einer Handbewegung.
»Du erinnerst dich an mich?«
»Natürlich. Wie viel Zeit hast du?«
»So viel Zeit, wie nötig ist.«
»Du hast Glück, ich wollte gerade schließen.«
»Sehr gut.«
»Komm mit.«
Sie führte ihn in das große Hinterzimmer, zeigte ihm eine Liege und bat ihn, sein Hemd auszuziehen. Corso gehorchte.
»Bist du sicher, dass du deine Meinung nicht geändert hast, was die Wahl deines Tattoos betrifft?«
»Ziemlich sicher.«
»Was hältst du von einem Wäldchen aus dunklen Bäumen mit Ästen, die vom Handgelenk bis zum Arm wachsen?«
»Warum?«
»Das Ergebnis ist sehr originell.«
»Glaub ich, aber warum denkst du gerade an einen Wald für mich?«
»Ich weiß nicht, es würde dir gut stehen. Im Grunde mache ich nichts anderes, als die Zeichnung zu nutzen, die ohnehin schon unter deiner Haut verläuft, die der Adern.«
»Danke, aber ich hätte lieber meinen Heißluftballon.«
»Willst du ihn mit einem bunten Ballon und einem Anker, der herabhängt, oder einen im Vintage-Look? Oder einen Ballon in Form eines Auges, wie der von Odilon Redon?«
»Als Kind habe einen in einem alten Kinderbuch gesehen.«

»Beschreib ihn mir.«
»Oben war eine kleine Stange mit einer Spitze befestigt, und die Hülle hatte ein Schachbrettmuster mit Arabesken in der Mitte. Am Korb hingen zwei Säcke, die im Wind zu schaukeln schienen.«
Erminia begann, etwas auf ein Blatt Papier zu zeichnen.
»Sah er so aus, der Heißluftballon, an den du dich erinnerst?«
Corso betrachtete ihn aufmerksam.
»Die Ähnlichkeit ist sehr groß. Wie hast du das gemacht?«
»Ich hatte dasselbe Buch wie du.«
Ja, diese Frau hatte eine schöne Art zu lachen.
»Willst du noch etwas ändern?«
»Nein, er ist perfekt. Wird es wehtun?«
»Das hängt davon ab.«
»Wovon?«
»Davon, wie sehr du dir dieses Tattoo wirklich wünschst.«
»Ist das eine Frage?«
»Ja.«
»Ich glaube, ich will es haben.«
»Gut. Hast du Angst vor den Nadeln oder vor dem Blut?«
Corso schüttelte den Kopf.
»Okay, entspann dich und vertrau mir.«
Sie rieb den Arm ein, auf dem sie arbeiten würde. Dann ging sie zum Waschbecken, um die Nadeln vorzubereiten.
»Also Schwarzweiß?«
»Ja, Schwarzweiß.«
Anfangs spürte er das Brennen eines Stichs auf der Haut, doch im Unterschied zu normalen Injektionen dauerte dieses Gefühl an. Es war trotzdem erträglich. Erminia stach schnell und mit sicherer Hand.

»Das ist mir noch nicht passiert, weißt du?«
»Was?«
»Ich habe noch keinem einzigen Kunden die Narbe von der Pockenimpfung verdeckt.«
»Ich gehöre zu einer anderen Generation.«
»Sag das nicht, ich habe Kunden, die sind sehr viel älter als du, aber so etwas ist noch keinem eingefallen.«
»Und wenn ich es bereuen würde?«
»Du wirst es nicht bereuen, denn ich vervollständige lediglich eine Tätowierung, die du schon immer gehabt hast.«
»Wird eine Sitzung reichen?«
»Wenn du Geduld hast, ja.«
Es dauerte insgesamt wenig mehr als eine Stunde, aber die Zeit verging schnell. Als sie fertig war, desinfizierte Erminia seinen Arm und warf die Nadeln weg, die sie benutzt hatte.
Im Licht der Neolampen, das die lange Reihe Flakons mit Farben und Reinigungsmilch beleuchtete und von den weißen und roten Kacheln an der Wand reflektiert wurde, stieß Corso auf sein Gesicht im Spiegel. In den letzten Tagen war auch sein Bart grauer geworden.
»Du kannst aufstehen, wir sind fertig.«
Corso rollte auf eine Seite und betrachtete sich.
Der Ballon einer kleinen, aber unverkennbaren Montgolfiere hatte sich auf seinem Arm aufgebläht.

A

Où sont tous mes amants
Tous ceux qui m'aimaient tant

Fünf Tage danach, so sagte Corso später aus, sei er am Morgen in den Hof der ehemaligen Kaserne Sani gegangen. Die Universität war menschenleer. Er war oft hergekommen, um Feng nach ihren Vorlesungen abzuholen, erkannte den Ort aber nicht wieder. Als er in den ersten Stock hinaufging, waren auch die Flure leer, die Räume verlassen. Sogar die Bücherschränke der Bibliothek waren verschwunden. Ein paar Frauen wischten den Boden. Er fragte sie, was passiert sei.
»Sie sind alle letzte Woche weggegangen, wussten Sie das nicht?«
»Weggegangen? Wohin?«
»Der Fachbereich Orientalistik ist an den Bahnhof umgezogen«, sagte die Jüngere.
»Nach San Lorenzo«, präzisierte eine andere.
Corso bedankte sich und ging, als hätte ein Orakel ihm einen Urteilsspruch ohne Berufung mitgeteilt. Doch auf der Treppe traf er Miho, die Lektorin für Japanisch, eine Freundin von Feng. Sie hielt Papiere in der Hand.
»Was machst du denn hier?«

»Ich bin zu spät gekommen.«
Miho betrachtete ihn schweigend.
»Wenn du Feng meinst, bist du eher einen Tag zu früh dran.«
»Warum?«
»Sie landet morgen Mittag um drei Uhr in Fiumicino.«
»Wer geht sie abholen?«
»Ich«, sagte Miho.
»Sonst niemand?«
»Nein, niemand.«
Sie musterten sich eine Weile, dann sagte Corso: »Lass mich an deiner Stelle hingehen.«
»Ich glaube, das ist keine gute Idee.«
»Ich auch nicht, aber lass es mich probieren.«
»Und wie willst sie abholen, mit dem Mofa?«
»Das hat man mir gestohlen.«
»Ja, und dann?«
»Ich werde mir ein Auto besorgen.«
»Das glaube ich nicht.«
»Ich verspreche es.«
»Und wenn sie dich nicht sehen will?«
»Ich werde sie nach Hause bringen, und dann verschwinde ich aus ihrem Leben.«
Miho dachte darüber nach.
»Rufst du mich an, wenn es Probleme gibt?«
»Ich werde dich anrufen.«
»Na, dann viel Glück, Vince.«
Corso umarmte sie und gab ihr einen Kuss.
Gabriels Auto war ein alter, dunkelgrüner Fiat 127, und es schien jedes Mal fast wie ein Wunder, dass der Motor noch ansprang. Auch das Lenkrad ließ sich schwer drehen wie

die Lenkräder in den Autos von früher, und man brauchte viel Kraft in den Armen, nur um aus der Parklücke herauszukommen. Wenigstens lief man nicht Gefahr, Bußgelder zu kassieren, außerdem brauchte Gabriel den Wagen an diesem Dienstag nicht, Corso konnte ihn bis morgen behalten.
Er war am späten Nachmittag losgefahren, nachdem er telefonisch mit allen Patienten, die ihn weiterhin angerufen hatten, einen Termin vereinbart hatte. Er hatte sich in den Autobahnring eingefädelt und war dann endlich auf der Aurelia angekommen. Er fuhr am Meer entlang und ließ Civitavecchia hinter sich. Bei Sonnenuntergang erreichte er den Strand.
Django hatte sich während der Fahrt keinen Moment lang auf dem Rücksitz ausstrecken wollen, sondern die ganze Zeit vernehmlich keuchend aus dem Fenster geschaut. Auf diesen Straßen kam fast niemand vorbei, außer dem einen oder anderen Urlauber, der durch das Tor einer abgelegenen Villa herein oder herausfuhr. Auch der Parkplatz war leer, ein öder Platz aus Sand und Staub. Django sprang aus dem Auto, als hätte Corso ihn aus einem Hundezwinger befreit. Sie hatten noch viel Zeit, bevor Fengs Flugzeug landete.
Zusammen gingen sie zum Meer hinunter. In einer halben Stunde würde die Welt sich all ihre Geheimnisse zurückerobern, während dieser Tag sich träge seinem Ende zuneigte. Auf diesem Saum des Festlandes würden dann nur noch ein Mann und ein Hund spazieren, während die Schatten der Nacht schon den Schornstein des stillgelegten Kernkraftwerks und die Umrisse der vier Kessel umhüllten.

Corso setzte sich, um das Phänomen zu beobachten, er hatte mit dem Fuß eine Sonnenuhr in den Sand gezeichnet und wartete auf den Moment, in dem die Welle der Dünung sie überrollen würde. Über ihren Köpfen zeichnete sich langsam die leuchtende Narbe der Milchstraße ab. Er hatte Django von der Leine genommen und ihn zur Strandlinie laufen sehen, wo der Hund eine Fährte gewittert hatte. Dann warf er ihm kleine Zweige zu, und Django lief sie holen, im Dunkeln.

Beim ersten Mal dachte er, er hätte sich verhört.
Ein streunender Hund oder ein anderes Tier.
Das Geräusch kam von der Straße.
Doch außer ihnen beiden war niemand an diesem Strand.
Nur das verlassene Kraftwerk.
Und das Klatschen der Wellen.
Dann glänzten seine Augen, blankpoliert und blau wie zwei Glasmurmeln, während er das Maul auf und zumachte.
Wer weiß, ob er es auf den Mond oder diesen unheimlichen, postatomaren Bau abgesehen hatte, oder ob er es nur tat, um seine Aufmerksamkeit zu erregen.
Corso hatte ihn noch nie gehört, und ihm war, als würde er seinen Namen rufen.
Er holte ein Zigarettenpapier aus der Tasche, füllte es mit Tabak und rollte es zwischen den Fingern zusammen.
Django, sein Django, konnte bellen.

Z. Hd. meines Vaters

Hôtel Negresco
37 Promenade des Anglais
06000 Nice
France

Lieber Vater,
bis jetzt habe ich dir nur Ansichtskarten geschrieben, jahrelang, jeden Tag, an die Adresse des Hotels, wo du mich gezeugt hast, die einzige Verbundenheit, die das Leben uns gewährt hat, unsere vereinbarte, schicksalhafte Adresse. Eine Unzahl fragmentarischer Sätze, nichts als das, denn du und ich, wir haben keine gemeinsamen Erinnerungen, also auch nicht Liebe noch Hass, keine Anhäufung von Vorwürfen und Ressentiments, keine Anschuldigung, kein Tadel, diese stillschweigende Verschwörung der Spiegel, wie sie immer zwischen einem Vater und einem Sohn herrscht und sich manchmal in einen tödlichen Kampf verwandelt, manchmal in die verheerendste Zuneigung zu dem, der uns vorausgeht oder uns folgt, das hängt von der Rolle ab, die uns bei dieser unvermeidlichen, und ja, geradezu klassischen Komödie zugewiesen wurde.

Heute Abend will ich dir einen abschließenden Brief schreiben. Einen unmöglichen Brief an einen inexistenten Adressaten. Du hast mich vom »Spiegeln« befreit und vom Wettkampf, mithin sowohl von der Rivalität als auch vom Nacheifern. Dennoch bist auch du, wie es K. an einen sehr viel dominanteren Vater schrieb, für mich das Maß aller Dinge gewesen. Dein Sohn zu sein, bedeutet, ein Sohn der Abwesenheit zu sein, durch Genetik und Schicksal zu einer Familie von Gespenstern zu gehören, Blutsbande mit den Schatten geschlossen zu haben. Doch der Schatten hat folgende Eigenschaft: Solange man nicht weiß, was er verbirgt, kann er alles enthalten. Wie sollte ich den Umkreis deines Schattens begrenzen, den Umriss eines geheimnisvollen Riesen, den du bei jedem Schritt auf mich geworfen hast? Ich hätte gründlicher über den Rahmen nachdenken, zuerst die Quadrate und Felder unseres Schachbretts festlegen müssen, um dann, erst am Ende, zu versuchen, dein Gesicht zu erraten. Doch du flohst aus jeder Art Kartografie, und als Kind hatte ich nicht einmal ein rostiges Messer, um das Feld zu umreißen. Trotz allem habe ich weiterhin jeden Tag die verrückte Hoffnung genährt, du würdest erscheinen.

Du konntest jede beliebige Form annehmen, und das hast du getan. Je nach dem, was mir geschah, wechseltest du dein Aussehen. Mal warst du groß, im weißen Anzug, du arbeitetest für die Justiz, als Advokat; mal trugst du die Kleider eines Handelsreisenden, eines Mannes, der alle Sprachen der Welt beherrschte und jeden Kontinent der Länge und Breite nach durchquert hatte. Ich habe Listen von Berufen angelegt, bei denen Menschen andauernd in Bewegung sein müssen, und hoffte dadurch, deinen Beruf zu erraten. Doch in Wahrheit kamst du der Zeremonie jedes Abschieds zuvor, denn du warst weggegangen, bevor du wusstest, dass ich da sein würde, bevor wir uns trennen mussten. Tausendmal habe ich dich mit einem Hafen verbunden, mit

Bahnhöfen, einer verlassenen Zollstation oder auch nur mit einem jener Grenzkreuze, die in früheren Jahrhunderten die Grenze zwischen zwei Dörfern markierten. Ich hätte von Anfang an begreifen müssen, dass ich nur mit dem Abbruch verwandt war. Eine Wunde schließt sich, eine Wunde erzeugt eine Narbe sie kennzeichnet uns wie eine Tätowierung, die alle sehen können, zumindest die, denen wir gestatten, unseren nackten und verletzten Körper von Nahem zu betrachten. Der Abbruch aber, von dem ich spreche, hinterlässt keine Spuren. Im Spiel unserer Ähnlichkeiten, in ihrem Versprechen und in ihrer Verzweiflung, bist du nur ein leerer Spiegel vor einem anderen Spiegel gewesen, und darin war keine Gestalt – ein Nichts, unendlich oft wiederholt.

Wenn ich die erste Eigenschaft deines Schattens nennen müsste, von der viele Dinge herrühren, würde ich von deinem »Vorausliegen« sprechen. Deine Musik ist die Musik der Prämissen, der lang zurückliegenden Vorgeschichten. Du hast den Geschmack einer Legende, du bist ein Indiz, das vorausgeht, die Vorahnung von etwas, was sich bereits zugetragen hat. Das Alpha und Omega von allem. Aber nicht deinetwegen verstecke ich mich in mir selbst, denn du gehst sogar meiner und unserer Scham voraus, und ich bestehe aus all diesem Vorausliegenden: Ich trage in jedem einzelnen meiner Atome eine Erfahrung, die vielem vorausging, auch der Liebe. Ich habe immer älter gewirkt als ich war, vor allem in meiner Kindheit, als eine unnatürliche Ernsthaftigkeit mich umgab wie eine Krone aus Kupfer und Zink. Die Kindheit passte zu mir, da sie die Zeit ist, die vorausgeht, aber bei mir nahm sie eine schiefe Form an. Ich verdanke dir das Talent, unbemerkt und als Fremder durch die Welt zu gleiten, ich verdanke dir die unstrittige Geschicklichkeit, keine Spuren zu hinterlassen, und dieses umsichtige, seiltänzerhafte Achtgeben, kein Geräusch zu machen. Als könnte deine Abwesenheit, die ursprünglicher ist als die Erbsünde, das Ergebnis eines vorsätzlichen Plans gewesen sein, eine Übung in Selbstauflösung, im Verschwinden, darin, die Grenzen des Erlaubten nicht zu überschreiten, bis man den Zustand einer Mutmaßung annimmt. Und es ist wirklich lächerlich, Vater, dass das letzte Paradox unserer gemeinsamen Geschichte mein eigenes fortschreitendes Verschwinden ist, nicht deines. In der waghalsigen Erwartung, dass du eines Morgens oder eines Abends in Fleisch und Blut vor meiner Tür erscheinst, musste ich mich, um dir gleichen zu können, mehr zum Schatten machen als du Schatten bist. Du bist der Beweis meiner Inkonsistenz, nicht ich der deinen.

Doch in die Kindheit zurückzugehen, ist immer, als kehrte man an den Tatort zurück.

Welche Gefühle habe ich abgewendet? Welchen habe ich mich entzogen? Dem Schmerz? Der Wut? Ich war unempfänglich für jede Übertreibung, auch für den Jubel oder den Hass. Aus diesen Zweifeln habe ich meinen Charakter geformt. Aber glaube ja nicht, es handle sich um einen Mangel an Leidenschaft, meine Gelassenheit ist nur ein Instinkt. Ich habe alles ganz und gar und bis ins Letzte ausgelebt, auch wenn es schien, als erlebte ich es zeitversetzt. Ja, so ist es gelaufen, Vater. Für dich, mit dir, in dir habe ich jeden Verlust, jede Krän-

kung, jeden Stoß vorweggenommen. Und durch diese Vorwegnahme habe ich sogar den Tod auf irgendein beliebiges und vorherbestimmtes Ereignis reduziert. Hör doch auf, wirst du sagen. Wie kann man an den Vater schreiben, den man nicht gehabt hat, an einen Vater, der nie fähig war, Vater zu sein? Diese langen Reden sind nur eine Handvoll Wörter, hintereinander aufgereiht wie der Kies auf einem Pfad, ohne jeden Sinn oder Wert. Es stimmt, ich habe den Klang deiner Stimme nicht kennengelernt, ich kenne deinen Händedruck nicht, beides musste ich erfinden, ich musste mir künstliche Erinnerungen anfertigen. Dennoch bist du für mich mehr als ein Vater gewesen, ein Vater im Quadrat, die Quintessenz der Vaterschaft, und jetzt ist der Moment gekommen, da du mir die Geduld gönnst, die du bis jetzt nicht für mich aufbringen konntest. Unsere Beziehung war eine in der dritten Person Singular oder der zweiten Person Plural, wie zwischen Vätern und Söhnen vergangener Zeiten, alles ein: Was denkt Ihr? Und Ihr, was ratet Ihr mir?, alles ein Gebrauch des distanzierenden Pronomens, um unser unaufhörliches Gespräch weiterzuführen. Doch erst nach Mamas Tod haben wir angefangen, direkt miteinander zu sprechen. Vorher war sie da, um zu vermitteln. Ihr habe ich alle Fragen übergeben, die ich dir hätte stellen wollen. Und sie hütete diese Fragen, versuchte, mir auf jede eine Antwort zu geben, oder legte sie beiseite wie Dinge in eine Anrichte, überzeugt, dass ich früher oder später die Antwort darauf finden würde. Sie wollte dich nicht durch einen anderen ersetzen, mich irgendeinem vorübergehenden Statthalter anvertrauen: Die-

ser Vater war mir vom Schicksal zugefallen, diesen Vater musste ich behalten. Wann und wo sie nachholte, was sie selbst entbehren musste, weiß ich nicht, doch ich weiß sicher, dass ihre Hauptsorge war, ich könnte ständig auf dem Grund meiner kleinen, unbedeutenden Verletzungen wühlen. Damit mein Gemüt mit zunehmendem Alter nicht bitter wurde, belebte die Mama unsere wandernden Wohnungen, eine Pension nach der anderen, je nach den Arbeitsanstellungen, die sie bekam, mit einer fast magischen Anordnung unglaublicher Gegenstände, obwohl das Wunderbarste ihre Großzügigkeit war. Sie fürchtete, ich würde wie eine Halbwaise heranwachsen und mein Leben mit dem Ausbrüten von Groll und Selbstmitleid vergeuden. Darum möchte ich auch dich beruhigen, Mama: zumindest dieser Versuchung zu erliegen hast du mir erspart, und dafür bin ich dir dankbar. Aber das ist nicht der Grund, warum ich diesen Brief schreibe.
Ich glaube, ich verstehe jetzt besser, Vater: Dein Schweigen ist das Schweigen eines Gottes. Wie du siehst, führt uns eine Folge von, wenngleich schiefen, Gedanken an diesen entscheidenden Punkt: Zwischen dir und mir gibt es eine religiöse Beziehung. Jetzt kann ich endlich sagen, dass die Eigenart deines Schattens göttlicher Natur ist, denn wie eine Gottheit ist er ewig, unergründlich und unerreichbar. Wenn die Väter das Maß aller Dinge sind, dann hat die Welt, der du mich übergeben hast, die Form einer Muschel. Ich sollte in ihrem Mittelpunkt wohnen, in einem konkaven, nicht tragischen Raum, der die argwöhnischste aller Einsamkeiten in mir befestigt hat. In diesem unheilvollen Widerspruch

bin ich aufgewachsen: Zwischen der Gewissheit, dass ein Gott, wenn es ihn gab, wegging, bevor ich geboren wurde, und dem Wunsch nach deiner Rückkehr, der sich wundersamerweise all diese Jahre lang unversehrt erhalten hat.
Siehst du nicht auch, wie zwingend diese Verbundenheit ist? Unser Dialog ist ein Dialog zwischen dem Schatten eines Vaters und einem verlorenen Sohn, keine Physik der Sehnsucht, deren Gesetze für beide gelten. Wir sind uns nie begegnet, dennoch bis du der Adressat all meiner Worte. Sogar der Zweifel hat in unserer Geschichte den Klang der Elegie, nicht des Grolls. Ich finde keine Schuld, die ich dir zuschreiben könnte. Einzig und allein Zerstreuung kann ich dir zur Last legen. Dass du den Weg, der dich von diesem Hotel fortgeführt hat, nicht zurückgegangen bist, einfach nur, um zu fragen, ob es nicht zufällig dieser Ort war, wo du etwas verloren hattest. Aber ich nehme dir nicht übel, dass du es nicht getan hast. Welche anderen Probleme, welche Sorgen verbargen sich hinter deiner Fahnenflucht? Wovor flohst du denn wirklich? Von meiner Existenz wusstest du nichts oder hättest jedenfalls nichts wissen dürfen. Das frage ich mich jeden Tag. Und am Schluss gebe ich mir immer dieselbe Antwort: du flohst vor der Liebe. Du hattest Angst vor ihr, sogar eine heilige Scheu, vermute ich. Zu lieben hast du dir nur in flüchtigen Momenten gegönnt, weit weg von zuhause, in den Winkeln der Nacht, auf Reisen, wo es sich zufällig ergab und du dich selbst vergessen konntest. Denn genau das ist das wichtigste Merkmal der Liebe, die Selbstvergessenheit. Und als Liebhaber hast du in der

Kürze und Einmaligkeit einer Begegnung sicherlich eine Spur hinterlassen, in meinem Fall eine überaus offensichtliche. Doch am Morgen, bei Tagesanbruch, bist du verschwunden wie die Königin Mab, die Hebamme der Feen, wie jemand, der auch das Licht scheut. Denn nur im Finstern durftest du dich bewegen, und vielleicht ist es immer noch so.
Und ich muss der Nacht die Rolle des Briefträgers anvertrauen, wenn ich will, dass auch diese Korrespondenz dich erreicht. Du flohst vor der Liebe, ja, so wie ich sie immer floh, wegen all diesem genetischen Gepäck, das man einander unfreiwillig weitergibt. Dennoch möchte ich mir vorstellen, dass du die Erinnerung an meine Mutter aus irgendeinem unwägbaren Grund lange bewahrt hast. Und mit diesem unaufhörlich schwankenden Hin und Her steigen mir andere begründete Zweifel, quälend wie ein Schluckauf, wieder in der Kehle auf. Vielleicht hast du ja in den letzten Jahren alle Karten gelesen, die ich dir geschrieben habe. Vielleicht wusstest du alles, hast es vielleicht immer gewusst. Hinter einer Säule versteckt, hast du mich aufwachsen sehen. Du bist mir gefolgt, wenn ich die Straße überquerte oder vom Fahrrad fiel, oder als man mir aus Spaß meine Jacke klaute und ich es nicht schaffte, sie mir zurückzuholen. In Situationen, die dich stolz gemacht hätten, und in anderen, die dich erschreckt hätten. Erspart hast du mir die Hand im Nacken, am Saum des Pullovers, die den Schweiß berühren will, wie auch jede Überwachung, jeden Schutz, jede Nähe. Dennoch bin ich überwachter herangewachsen – das ist genau das richtige Wort – als alle

meine Freunde. Ich konnte auf mich selbst aufpassen. Ja, ich musste sogar auf andere achtgeben. Auf meine Mutter, auf ihre Kolleginnen, auf das ganze Leben um mich herum. Als hinge vieles, vielleicht alles von meiner Fähigkeit ab, die Achse jedes unberechenbaren Ereignisses und jeder Beziehung im Gleichgewicht zu halten. Die Aufmerksamkeit, die ich nicht von dir bekam, habe ich selbst ganz und gar auf mich genommen. Ich war mein eigener Vater.
Wie viele Fragen liegen mir noch auf den Lippen. Hast du dich zum Beispiel je gefragt, wie man ein Zeichen der Wertschätzung, wenn nicht des Lobes, vom unerreichbarsten aller Gespenster erhält? Wie viele Meriten hätte ich mir erwerben müssen, damit du endlich von dem unzugänglichen Thron herabstiegst, auf den du dich gesetzt hattest? Wie jedes Kind wollte ich nur eine Entschädigung, eine Belohnung. Ohne mir dessen bewusst zu sein, musste ich mich, so gut ich konnte, stets vorbildlich benehmen. Was ich auch tat, es geschah immer um deiner schweigenden Zustimmung willen. Doch auch darin hat deine Abwesenheit mir keine einzige Freiheit gewährt, wie die zynischsten meiner Kameraden glaubten. Einer von ihnen ging eines Tages so weit, mich vor den anderen laut zu beneiden, denn sein Vater hatte ihn am Abend zuvor getadelt und bestraft. Dir passiert das nie, sagte er, und sein Mund zitterte. Ich hätte ihm diesen analphabetischen Mund stopfen wollen, den Mund eines arroganten Opfers, das nicht wusste, wovon es sprach, doch meine Selbstbeherrschung verbot es mir natürlich.
Nein, du hast mich gezwungen, mich an einem ande-

ren Maß zu messen. Dein Urteil war nicht zufällig oder alltäglich, es beschränkte sich nicht auf eine einzelne Episode oder eine bestimmte Handlung, sondern fiel immer allumfassend und endgültig aus. In Wirklichkeit litt ich nicht unter einem Mangel an Blicken, sondern unter ihrer Übertreibung. Ständig waren deine Augen auf mich gerichtet, wenigstens habe ich es so empfunden, und nur das zählt letztlich. Nicht mal für eine Stunde konnte ich deine aufdringliche Macht abschütteln. Ich suchte Zuflucht bei vielen, willentlich nur vorübergehenden Liebschaften, was aber wieder nichts anderes war, als der Versuch, dir zu gleichen, die einzige deiner Verhaltensweisen zu kopieren, von der ich einen Beweis hatte. Und früher oder später gelangte dein Blick auch dorthin, bis in diese provisorischen Zufluchtsorte, wo er alles in Flammen aufgehen ließ, wie der Blick eines Zauberers. Jedes Gefühl. Jedes Vertrauen. Er machte mich zerbrechlich, verwundbar, flüchtig. Es war ein Labyrinth der Spiegel, wie immer. Immer übertrug ich nur meinen eigenen Blick auf dich, der einzige, von dem ich mich nicht befreien konnte. Das hatte ich dir auch geschrieben: Man kann sich vor allem schützen, nur nicht vor sich selbst. Und das war weitaus verpflichtender, als von einem äußeren Richter abzuhängen, und sei es der engste Blutsverwandte, der eine Macht über unser Leben ausübt, die wir früher oder später zurückweisen und in Frage stellen müssen, um uns unseren Platz in der Welt zu verdienen. Wenn nötig, auch mit einem symbolischen Mord oder einem Fluch. Doch wie hätte ich dich töten können, wenn jede Rebellion, jeder Widerspruch gegen deine

Macht sich in meinem Fall in einen Aufstand gegen mich selbst verwandelte? Ich konnte diesen Knoten nicht entwirren. Jedes Bedürfnis nach Mord war für mich eine Selbstmordphantasie. Glaube aber nicht, mir sei nicht bewusst, wie lächerlich es war und noch immer ist, auf unserer Verkettung zu bestehen. Unsere Geschichte ist nicht das kleinste Sandkörnchen wert und hat mich viel Zeit verlieren lassen. Es hätte genügt, die banalste Feststellung zu akzeptieren: Du warst nicht da, und du würdest niemals da sein. Aus deiner Sicht war ich wirklich noch vor meiner Geburt eine Waise, und nichts hätte daran etwas ändern können. Mehr gibt es dazu nicht zu sagen.
Stattdessen sieh dir diese zusammenhanglosen Überlegungen an, sieh, wohin ich vordringe mit all dem leeren Gerede und wie weit ich mich noch vorwagen könnte. Von der Erinnerung habe ich schon gesprochen. Ich habe sie Stein für Stein erbaut, wie besessen und rückwärtsgewandt, und es kam mir vor, als packte ich eine Tasche mit Kleidungsstücken, die ich früher besaß, als formte ich diese Tasche nach dem Inhalt, den sie aufbewahren sollte, nicht umgekehrt. Die Scham dagegen ist ein anderes Thema: Ich habe mich nicht für dich geschämt, das konnte ich nicht. Da du ein numinoser Gott bist, hast du nie einen irdischen Beweis deiner Mängel geliefert. Ich hatte keine Möglichkeit, auf einen Fehler zu stoßen, einen falschen Ton, und ihn offenzulegen, schweigend vielleicht, aber so unerbittlich wie Söhne bei einer solchen Untersuchung sind. Ich habe nie gesehen, wie du isst, fettige Finger und einen verschmierten Mund hast, Flecken auf einem Tischtuch

hinterlässt. Kein Irrtum, kein Missverständnis hat dein Gesicht beschmutzt. Nie hatte ich das Vergnügen, dich auf frischer Tat zu ertappen. Nie habe ich die Befriedigung erlebt, und sei es ein einziges Mal, dass ich recht hatte und du unrecht. Wir beide waren keine gegnerischen Kräfte, die einander die Stirn bieten und bei denen abwechselnd einer unterliegt und einer sich durchsetzt. Dein Stuhl war leer, darum hat sich auch die Scham gegen mich gewandt. Ich habe versucht, sie zu bezähmen, indem ich als Erster auf meine eigenen Ungeschicklichkeiten hinwies, ohne abzuwarten, bis die anderen sich über mich lächerlich machten. Doch damit habe ich nur bewirkt, dass die Scham zu meiner treuesten Gefährtin wurde.

In der Scham bin ich herangewachsen wie in einem Sonnensystem. Ich schämte mich dafür, dass ich keinen Vater hatte, und ich schämte mich für meine Mutter, für ihre stolze, stumme Einsamkeit. Ich schäme mich auch jetzt für diesen kindischen Brief nur aus Worten und Abstraktionen, aber keiner einzigen Tatsache. Anders konnte es freilich nicht sein: Wenn du göttlicher Natur bist, bist du, wie alle Götter, wesentlich Wort, Sprache. Und am meisten schäme ich mich dafür, dass ich sie nicht gut genug beherrschte. Ich habe ein Windrad aus Theorien gebaut, ohne einen einzigen Beweis. Ich hätte fester an die Kraft der Worte glauben sollen, mich ihnen anvertrauen müssen, dich in einem anderen Alphabet suchen müssen. Denn immer nur zufällig, wenn ich ein Buch las oder ein Lied hörte, hatte ich das Gefühl, deinen fremden Schritt in meiner Nähe wahrzunehmen. Geheimnisvoll vertraut.

Zum Schluss nun alles, was du mich gelehrt hast: Die einzig mögliche Form des Kennenlernens war für uns beide die Phantasie. Aber das genügt mir nicht mehr. Jetzt will ich einen Vater, mit dem ich sprechen kann. Und eine Liebe, vor der ich nicht mehr fliehe. Jetzt kann ich deinen Schatten endlich auslöschen.
Im Namen des Vaters, der du nie warst.
Des Sohnes, der ich nicht sein konnte.
Und der Umstände, die alles entweiht haben, was für beide Zukunft ist.
Amen, und so sei es, Vater.

Mit dieser seltsamen Verheißung grüße ich dich.
Vince

Freitag,
15. Juli 2016

Nun, wie geht es Django?
Zum Glück hat er sich wieder erholt.
Sicher gleicht er Ihnen.
Warum?
Ein zäher Bursche, nach dem, was ich gehört habe.
Nein, er ist viel stärker als ich.
Sie sind auch nicht gerade ein Weichei.
Danke.
Sie haben keine gute Zeit hinter sich, nach Ihrem Gesicht zu urteilen.
Ich hätte Sie seit einer Woche anrufen sollen, Signora Doliner.
Sagen Sie mir nur, ob alles vorbei ist.
Ja, es ist vorbei.
Und warum wollten Sie dieses Treffen mit mir?
Das Gespräch mit Ihnen hat mir gefehlt. Und diese Bar hat mir gefehlt.
Das glaube ich nicht.
Um die Wahrheit zu sagen, ich hatte beschlossen, unseren Mietvertrag zu kündigen.
Das ist nicht Ihr Ernst, oder?
Ich hatte daran gedacht.
Ihr Mietvertrag war doch zum Ende des Sommers verlängert worden.

Ich hatte gefürchtet, ich müsste für längere Zeit meinen Wohnort wechseln.

Das hätte mir nicht gefallen.

Mir auch nicht.

Es ist nicht passiert.

Ich hatte Angst.

Das kann ich mir vorstellen, man hört viel Schlimmes. Sehen-Sie mal, hier.

Was ist das?

Die Nachrichten von heute. Ein terroristisches Attentat in Nizza, gestern Abend ...

In Nizza?

Ja, auf der Promenade des Anglais. Kennen Sie die?

Ich bin dort aufgewachsen.

Stimmt, das hatten Sie mir erzählt.

Gab es viele Opfer?

Es war ein Blutbad. Ein Lastwagen ist in die Menge gefahren. Die Leute schauten dem Feuerwerk anlässlich des Nationalfeiertags zu. Über achtzig Tote.

An welcher Stelle der Promenade war das?

Ich weiß nicht, es scheint, er ist noch ziemlich lange weitergefahren ... Ein berühmtes Hotel wurde zum Aufnahmezentrum für die Verletzten gemacht.

Das Hotel Negresco?

Ja, genau das, sie haben es in den Fernsehnachrichten gesagt. Kennen Sie das Hotel?

Meine Mutter hat dort gearbeitet.

Die ganze Welt ist verrückt geworden, Signor Corso. Zum Glück hat das Morden in unserem Viertel aufgehört. Wussten Sie, dass man neulich Abends eine Buchhandlung abgebrannt hat?

Der Geist der Zeit. Vielleicht ist das Böse ja wirklich nötig für die Gesellschaft, es ist ihr Grundprinzip.

Wie sind wir nur so weit gekommen?

Naja, wir hatten alle Anzeichen schon längst vor Augen. Es war naiv von uns, zu glauben, die Geister der Vergangenheit könnten für immer verschwunden sein. Und jetzt sind wir müde, weil wir erschöpft sind, werden sie uns erwischen.

Bón, wenn es nötig ist, werde ich wieder den Kurier spielen.

Ihre Konstitution möchte ich haben.

Geben Sie sich nicht so bescheiden, das zieht nicht bei mir.

Möchten Sie eine Gitanes?

Ja, danke.

Soll ich auch einen Tom Collins bestellen, wie beim letzten Mal?

In meinem Alter wird er mir nicht schaden.

Mir auch nicht.

Man hat mir erzählt, Ihr Hund bellt jetzt sogar wieder.

Drei Tage lang hat er nicht mehr aufgehört. Das tut mir leid, ich wollte nicht stören.

Lassen Sie ihn, bis jetzt war er still, die anderen Mieter werden damit zurechtkommen.

Um ehrlich zu sein, er hat schon wieder aufgehört.

Wirklich?

Eine freiwillige Entscheidung, vielleicht.

Kein Wunder, er ist schließlich Ihr Hund.

Ich hatte Angst, Sie würden mir vorschlagen, ihn wegzugeben.

Mittlerweile gehört er auch zur Familie.

Wenn er sich nicht wieder erholt hätte, hätte ich Ihnen die Schlüssel zurückgegeben und wäre abgereist.

Hätten Sie auch Ihren Beruf aufgegeben?

Ohne Django hätte ich nicht weitermachen können.
Ich freue mich, dass es anders gekommen ist.
Ich freue mich auch. Danke, Signora Doliner.
Wofür?
Dass Sie mir ein Zuhause gegeben haben.

Nachtrag

Dies ist mir oft widerfahren, so als wäre mein »Ich« ein von einem Erdbeben zerstörtes Territorium mit großen Spalten und mit zerrissenen Telefondrähten. Und in solchen Fällen kann alles geschehen: es gibt keine Polizei, es gibt keine Armee. Jedes Unglück kann sich ereignen, jede Art von Raub oder Plünderung.

Ernesto Sábato
Sobre Heroes y Tumbas[11]

Bücher, Lieder und andere literarische Heilmittel

Die Zitate auf Französisch am Anfang jedes Kapitels ergeben, rückwärts gelesen, den Text des Liedes *Oú sont tous mes amants?* von Fréhel. Wer mehr über diese Sängerin erfahren will, findet ihre Geschichte im Roman *Ischia* von Gianni Mura.

EPILOG

Als allgemeines Medikament stets wirksam und angeraten ist die Lektüre der scharfsinnigsten Abhandlung über die zweifache Natur unserer Zeit: *Der seltsame Fall des Dr. Jekyll und Mr. Hyde* von Robert Louis Stevenson.

Y

Der japanische Krimi, den Vince an dem Morgen liest, an dem die Geschichte beginnt, heißt *Spiel mit dem Fahrplan* von Matsumoto Seicho. Die Lektüre sei besonders Pendlern empfohlen, die sich über die Unzuverlässigkeit der Bahn ärgern.

V

Wie Vince der jungen Frau in der Bierbar erzählt, gehört Yeong-Hye, die Hauptfigur in dem Roman *Die Vegetarie-*

rin von Han Kang, zu einer langen Liste weiblicher Romanfiguren, die ein Zeichen am Körper tragen. Darunter z. B. die Lilie auf der Schulter von Milady de Winter in *Die drei Musketiere* von Alexandre Dumas oder der scharlachrote Buchstabe, der die Brust von Hester im gleichnamigen Roman von Nathaniel Hawthorne zeichnet. Als Heilmittel gegen die Ernüchterung derjenigen, die nicht mehr an die Wörter glauben, sei außer der Lektüre von *Die Vegetarierin* auch *Le parole che ci salvano* (Die Wörter, die uns retten) von Eugenio Borgna empfohlen.
»Es stimmt nämlich wirklich, alle Medikamente für die Seele sind Scheiße« sagt Tadeus in *Lissabonner Requiem* von Antonio Tabucchi.
Das Video mit der Begegnung zwischen Marina Abramović und Ulay findet man leicht im Internet.

S

Der Satz »Das Summen ist das Schicksal, das an die Tür klopft« stammt weder von Onetti noch von Cortázar, sondern findet sich in dem Roman *La hora sin sombra* (Die Stunde ohne Schatten) von Osvaldo Soriano. Dieses Buch ist eine ausgezeichnete Kur gegen Tinnitus und hilft auch, über die Beziehung zum Vater nachzudenken, aber nicht nur das.
»Der Übergang zwischen dem Bewusstsein und dem Nichts wird sehr kurz sein«, ist ein Vers aus einem Gedicht von Luigi Di Ruscio.

R

»Wie angerührt aus einer andern Welt« ist ein Vers aus dem Gedicht *The Prelude* von William Wordsworth.

Das Lied, das am Schluss des Kapitels zitiert wird, heißt *Le milonghe del sabato* (Die Milongas am Samstag) und stammt von Joe Barbieri, der es mit Gianmaria Testa im Duett singt.

Q

Menschen, die sich schämen, ihre Gefühle zu zeigen, empfehlen wir außer der regelmäßig wiederholten Lektüre der *Odyssee* auch ein Buch über das Weinen in den Homerischen Epen: Matteo Nucci, *Le lacrime degli eroi* (Die Tränen der Helden)[12].

O

Jack Londons *Ruf der Wildnis* ist eine nützliche Lektüre für alle Besitzer eines Haustiers, außerdem für alle, die mit Tieren nie gut zurechtkamen.
Wer jeden Morgen ein Gefühl der Leere verspürt, versuche *Der Besen im System* von David Foster Wallace zu lesen. Heilen kann das Buch ihn nicht, er wird sich aber wenigstens etwas weniger einsam fühlen.
Der Roman einer Amerikanerin, den Adelia am Ende des Kapitels erwähnt, ist *Menschenkind* von Toni Morrison.

N

»Das Verhängnis macht uns unsichtbar« ist ein Satz, den der Richter in dem Roman *Chronik eines angekündigten Todes* von Gabriel García Márquez mit roter Tinte auf das Blatt 382 der Ermittlungsakte schreibt.

L

Du siehst, ich habe nicht vergessen ist der Titel der Autobio-

graphie von Yves Montand, die er zusammen mit Hervé Hamon und Patrick Rotman schrieb. Eine äußerst empfehlenswerte Lektüre für alle, die seit vielen Jahren keinen fesselnden Abenteuerroman mehr finden.
Wer noch immer glaubt, dass die Philosophie uns helfen kann, die Gegenwart zu verstehen, sollte das Werk *Philosophie der symbolischen Formen* von Ernst Cassirer lesen, außerdem die erhellende Analyse der philosophischen Diskussion während der Weimarer Republik und ihrer historischen Folgen von Wolfram Eilenberger: *Zeit der Zauberer: Das große Jahrzehnt der Philosophie 1919–1929.*
Der Vers am Schluss des Kapitels »Wie die kahlgeschorenen Zuchthäusler streiche ich bestürzt an den Mauern entlang und stoße gegen alle Kanten« stammt von Giovanni Boine.

J

Queequeg in *Moby Dick* ist einer der besten Harpuniers an Bord der Pequod. Er ist auch indirekt verantwortlich für Ismaels Rettung. Sein ganzer Körper ist mit Tätowierungen bedeckt, und er kommt aus Rokovoko, einer weit entfernten Insel im Westen und Süden. Melville sagt, sie sei auf keiner Karte verzeichnet – das sind die wahren Orte nie.

I

Die Abhandlung *Über mir der offene Himmel. Szenen aus dem Leben eines Hochseilkünstlers* von Philippe Petit sollte man immer in Reichweite haben, wie Aspirin. Wenn man will, füge man hinzu: Colum McCann, *Wie spät ist es jetzt dort, wo du bist?*

G

Die Geschichte des Fotos von der blinden Frau, das Paul Strand 1916 in New York gmacht hat, findet sich in: Geoff Dyer (Hg.), *Der Augenblick der Fotographie.*

»Der Mantel, den er trägt, ist totenschwarz/Und auf der Brust steht, flammend auf der Schwärze/In Lettern das Wort »Unsichtbar« gemalt« und »Das Pappschild schien ein passendes Symbol/Des Äußersten, was wir in diesem Dasein/Von uns und von der Schöpfung wissen können« sind weitere Verse aus dem Gedicht *The Prelude* von William Wordsworth.

Die Fotografin, die behauptete, im Gesicht der Menschen könne man ihren Selbstmord erkennen, lange bevor sie ihn begehen, war Diane Arbus.

Der Große Lombarde ist Carlo Emilio Gadda.

Wer an dem Syndrom leidet, ständig beschattet zu werden, lese die Erzählung *Der Beschatter* von Gesualdo Bufalino in der Erzählsammlung *Der Ingenieur von Babel*[13].

F

Die »lausfarbene Wohnkaserne« zitiert das Haus Nr. 219 in der Via Merulana aus Carlo Emilio Gaddas *Die grässliche Bescherung in der Via Merulana.*

Das Lied von Léo Ferré, das Vince Corso in diesem Kapitel hört, heißt *Avec le temps.*

Wer seine Sehnsucht nach Fortsetzungsromanen stillen möchte, lese *Die Königin Margot* von Alexandre Dumas.

E

Wer meint, man müsse vor allem nach Druckfehlern und falschen Angaben suchen, der lasse sich auf keinen Fall folgende Lektüre entgehen: Adriano Sofri, *Kafkas elektrische Straßenbahn. Wie die* Verwandlung *verwandelt wurde – ein philologischer Krimi.*[14] Das Buch ist tatsächlich spannender als ein Kriminalroman. Wer es liest, bekommt eine der eindrucksvollsten Interpretationen der *Verwandlung* und viele interessante Informationen, darunter die, dass die Straßenbahnlinie 3 an Kafkas Haus vorbeifuhr.

D

Max Carrados ist ein blinder Detektiv, erfunden von dem Schriftsteller Ernest Bramah, der ihm zwischen 1914 und 1934 viele Bücher widmete.
Wenn man fürchtet, die Grenzlinie zwischen Wirklichkeit und Fiktion verloren zu haben, helfe man sich umgehend mit der Lektüre von *Das Geheimnis der Marie Rogêt* von Edgar Allan Poe.
Der Satz »Lesen ist Sehen, und Schreiben ist Blindsein« stammt von Cesare Garboli (*Scritti servili*).
Wer vergessen hat, wie herrlich es ist, frei zu sein, schlage den Gedichtband *Benzin* von Gregory Corso[15] wieder auf.
Wer sich über den mangelhaften Service der Post ärgert, lese, falls er es nicht schon als Jugendlicher getan hat, *Der Kurier des Zaren* von Jules Verne.
Der Satz »Alles muss neu erfunden werden, und die Liebe bildet keine Ausnahme«, den der Alte sagt, stammt von Julio Cortázar.

C

»… dass jede einzelne Tatsache unseres Lebens nur ein Schatten der bereits geschriebenen Dinge ist« sagt der Blinde zum Kommissar. Auch das ist ein Zitat aus *Candi-*

do oder ein Traum in Sizilien von Leonardo Sciascia[16]: »Wir glauben zu leben, glauben wirklich zu sein und sind doch nichts anderes als eine Projektion, ein Schatten der bereits geschriebenen Dinge«.

Als er den Kommissar Don Ciccio nennt, spielt der Blinde auf den berühmten Anfang von *Die grässliche Bescherung in der Via Merulana* von Carlo Emilio Gadda an: »Mit der Zeit nannten ihn alle Don Ciccio«.

Für alle, die von Duplikaten und Verdoppelungen besessen sind, empfehle ich als gutes Gegenmittel *Santa Evita*[17] von Tomás Eloy Martínez.

Den ersten detaillierten Bericht über die Existenz einer Sekte von Blinden im Untergrund von Buenos Aires findet man im zweiten Teil des Meisterwerks von Ernesto Sábato, *Sobre Héroes y Tumbas* unter dem Titel »Bericht über die Blinden«.

»*Me pare d'ascì pazze, coma nu gliommere ce nen ze sfila*« (Ich glaube, ich werde verrückt, wie ein Wollknäuel, das sich nicht mehr entwirren lässt) sind zwei Verse von Giuseppe Jovine.

Wenn es um eine zeitgenössische Version des Ödipus-Mythos geht, ist die erneute Lektüre von Sigmund Freuds Vorlesungsreihe *Einführung in die Psychoanalyse* immer nützlich. Wir verweisen auch auf *Das Sterben der Pythia* von Friedrich Dürrenmatt und den Film von Pier Paolo Pasolini *Edipo Re – Bett der Gewalt.*

WEITERE NÜTZLICHE BÜCHER (ABER MIT EINER GEWISSEN VORSICHT ZU LESEN ODER WIEDERZULESEN)

König Ödipus, *Verbrechen und Strafe*, *Der Fremde*, *Der Meister und Margherita*, *Chronik eines angekündigten Todes*, *Die grässliche Bescherung in der Via Merulana* und *Moby Dick*.

Die Straßenkarten von Vince Corso

DIE RÖMISCHEN SPAZIERGÄNGE IN DIESEM BUCH

Die Kirche Santa Bibiana
Die Arkaden an der Piazza Vittorio
Die Bierbar Marconi hinter der Basilika Santa Maria Maggiore
Die Aurelianischen Mauern von der Basilika San Giovanni bis zur Piazza di Porta Maggiore
Das Grabmal des Bäckers Eurysaces an der Piazza di Porta Maggiore
Die unterirdische Basilika an der Porta Maggiore
Der Markt auf der Piazza Vittorio in der ehemaligen Kaserne Sani
Der Kreuzgang von Sant'Eusebio
Der Gallienusbogen
Die Piazza Santa Maria in Trastevere
Die Villa Corsini und der Botanische Garten
Die Strafanstalt Regina Coeli
Die Via Merulana
Der Ponte Testaccio, das ehemalige Schlachthaus und der Gasometer

Der protestantische Friedhof im Viertel Testaccio (auf dem *cimitero acattolico* ruhen auch Antonio Gramsci und Andrea Camilleri, Anm. d. Red.)

UND AUSSERHALB ROMS

Das Museum der abgebrochenen Beziehungen in Zagreb

Anmerkungen

1 Walter Benjamin, Gesammelte Schriften, Bd. IV.1, (Hg.) Tillman Rexroth, Frankfurt a. M. 1980, Suhrkamp

2 Das letzte Buch Ricardo Piglias vor seinem Tod, nicht in deutscher Übersetzung erschienen, Zitat übersetzt von Annette Kopetzki

3 Zitiert nach der Ausgabe von 1926 im Georg Müller Verlag. Projekt Gutenberg, keine Übersetzernennung

4 Antonio Tabucchi, *Lissabonner Requiem: eine Halluzination,* München 1989, DTV, Ü Karin Fleischanderl

5 Francesco Ingravallo heißt der Kommissar in: Carlo Emilio Gadda, *Die grässliche Bescherung in der Via Merulana.*

6 Giovanni Boine, *Frantumi. Seguiti da plausi e botte,* Firenze 1921, Soc. Editrice »La Voce«, hier übersetzt von Annette Kopetzki

7 Philippe Petit, *Über mir der offene Himmel. Szenen aus dem Leben eines Hochseilkünstlers,* Stuttgart 1989, Urachhaus (keine Übersetzernennung)

8 Colum McCann, *Wie spät ist es jetzt dort, wo du bist?* Drei Erzählungen und eine Novelle, Reinbek bei Hamburg 2017, Rowohlt, Ü Dirk van Gunsteren

9 William Wordsworth, *Präludium. Ein autobiographi-*

sches Gedicht, Stuttgart 1974, Reclam, Ü Hermann Fischer

10 Zitiert nach Projekt Gutenberg: Alexandre Dumas, *Die Königin Margot*, 2. Band, Stuttgart 1924, Dieck & Co. (Keine Übersetzernennung)

11 Ernesto Sábato *Über Helden und Gräber*, Wiesbaden 1967, Limes, Ü Otto Wolf

12 Von Matteo Nucci gibt es den ins Deutsche übersetzten Aufsatz *Von Achill zu Odysseus. Der Lebenssaft der Tränen*, in: Möhrmann, Renate (Hg.), »So muss ich weinen bitterlich«. Zur Kulturgeschichte der Tränen, Stuttgart 2013, Kröner

13 Gesualdo Bufalino, *Der Ingenieur von Babel*, Frankfurt a. M. 1992, Suhrkamp, Ü Maja Pflug

14 Adriano Sofri, *Kafkas elektrische Straßenbahn. Wie die* Verwandlung *verwandelt wurde – ein philologischer Krimi*, Berlin 2019, Wagenbach, Ü Annette Kopetzki

15 Gregory Corso, *Benzin*, Berlin 2002, Stadtlichter Presse, Ü Alexander Schmitz

16 Leonardo Sciascia, *Candido oder ein Traum in Sizilien*, München 1990, DTV, Ü Heinz Riedt

17 Tomás Eloy Martínez, *Santa Evita*, Frankfurt a. M. 1997, Fischer Verlage, Ü Peter Schwaar

Inhaltsverzeichnis

FABIO STASSI ist in Rom geboren, die Familie stammt aus dem sizilianischen Piana degli Albanesi, Ort des berühmten Massakers, Portella della Ginestra, von Hand des Banditen Giuliano. Seine weitere Verwandtschaft setzt sich aus Emigranten aus vielen Weltregionen zusammen. Im Mittelpunkt seiner literarischen Arbeit steht das Thema der mehrfachen Identität der geretteten Sprachen. Sein Roman *L'ultimo ballo di Charlot* (dt.: *Ein Pakt fürs Leben*, Ü Monika Lustig, Zürich 2013) wurde in neunzehn Sprachen übersetzt. Er ist unersättlich in seiner Liebe zur Literatur und verzaubert alle. Zur Krönung ist er im *wahren* Leben Direktor der Biblioteca di Studi Orientali, Università »La Sapienza« in Rom. Die Liste seiner Auszeichnungen und Preise ist lang.

ANNETTE KOPETZKI ist in Hamburg geboren, Studium der Philosophie und Germanistik, Promotion über Literaturübersetzung. Lebenstragendes Fundament: zwölf intensive Jahre im Italien der 80er, worüber sie für deutsche Zeitungen schrieb. Die Veranstaltungen der »Weltlesebühne e. V.« und auf der Frankfurter Buchmesse waren und sind Herzstück ihres Übersetzerengagements. Zahlreiche Ü, u. a. Pier Paolo Pasolini, Erri de Luca, Andrea Camilleri, Alessandro Baricco, Roberto Saviano. 2019 wurde sie mit dem Paul-Celan-Preis für Literaturübersetzung ausgezeichnet.

FSC
www.fsc.org
MIX
Papier aus verantwortungsvollen Quellen
FSC® C089473

Deutsche Erstausgabe

Originaltitel: *Uccido chi voglio*

Übersetzung: Annette Kopetzki
Lektorat: Monika Lustig
Umschlag nach einer Zeichnung von
Karsten Müller, Braunschweig
Umschlag, Layout und Satz: Fagott, Ffm
Gesetzt aus der Servus Slab und der Axia
Gedruckt auf säurefreiem und chlorfrei gebleichtem Papier:
100 g/qm Fly 02 bläulich-weiß
Druck und Bindung: Beltz Grafische Betriebe, Bad Langensalza

Printed in Germany
ISBN: 978-3-9822252-8-9

219
AL CIV
IN ORIGINE INGRESS
CARLO EM
AMBIENTA LE DRAMMATI
"QUER PASTICCIACCIO B
CAPOLAVORO DELLA LET